ANDREAS RUSSENBERGER

P Geschäftsleitung

ANDREAS RUSSENBERGER

P Geschäftsleitung

KRIMINALROMAN

GMEINER

Personen und Handlung sind frei erfunden.
Ähnlichkeiten mit lebenden oder toten Personen
sind rein zufällig und nicht beabsichtigt.

Besuchen Sie uns im Internet:
www.gmeiner-verlag.de

Im Ehnried 5, 88605 Meßkirch
Telefon 07575/2095-0
info@gmeiner-verlag.de

1. Auflage 2023

Herstellung: Mirjam Hecht
Umschlaggestaltung: U.O.R.G. Lutz Eberle, Stuttgart
unter Verwendung eines Fotos von: © PIRO / Pixabay
Druck: CPI books GmbH, Leck
Printed in Germany
ISBN 978-3-8392-0469-6

»Sie dürfen nicht alles glauben, was Sie denken!«
Heinz Erhardt

PROLOG

Der pochende Schmerz in ihrem Kopf war das Einzige, was sie spürte.

Was war passiert?

Ihre Augen brauchten eine kurze Zeit, um sich an die Dunkelheit zu gewöhnen. Sie glaubte die Umrisse von Tannen zu erkennen. Dicke Schneeflocken schwebten ihr entgegen, sanft hin und her wogend. Gegen den schwarzen Himmel wirkten sie grau wie Vulkanasche. Alles war friedlich und still. Sie versuchte, ihre Hände und Beine zu bewegen. Erfolglos. Nur mit Mühe konnte sie den Kopf ein wenig heben. Ihr Körper war mit einer feinen Schneeschicht bedeckt. Aus der Asche war eine weiße Decke geworden. Vor ihrem Mund bildete sich feiner Nebelhauch. Die Temperatur musste weiter gefallen sein. Sie spürte die Kälte nicht mehr. Es fühlte sich an, als ob frisches Quellwasser durch ihre Adern flösse. Müde schloss sie die Augen.

Ich habe meine Familie verraten, schoss es ihr durch den Kopf.

Eine Träne kullerte über ihre Wange und verwandelte sich kurz darauf in einen wunderschönen Eiskristall.

ERSTER TEIL

DIE GESTÖRTE GOLFRUNDE

Am Zürichsee, 31. August

Hansjörg Wullschleger war ein vielbeschäftigter Manager. Den Golfsport zählte er ohne Gewissensbisse zur Arbeitszeit. Einerseits ließen sich nirgends so gute Kontakte knüpfen wie auf dem Golfplatz. Vier ungestörte Stunden mit einem gleichrangigen Kollegen, dem CEO der Bank oder einem reichen Kunden – einfach unbezahlbar. Andererseits war Golf für Wullschleger eben auch Arbeit. Harte Arbeit genau genommen, denn der hochbezahlte Generaldirektor war ein grottenschlechter Spieler, ja sogar völlig talentfrei, wie ihm sein ehemaliger Golflehrer unverblümt mitgeteilt hatte. Ehemalig, weil sich Wullschleger vehement beim Präsidenten des noblen Golf- & Freizeitclubs dafür eingesetzt hatte, dass der impertinente Golflehrer fristlos entlassen wurde. Dieser hatte die dünne Linie, welche die Höflichkeit von der Ehrlichkeit trennt, eindeutig überschritten, und bei einer Mitgliedschaftsgebühr, die den durchschnittlichen Schweizer Jahreslohn deutlich übertraf, musste man sich nicht alles gefallen lassen. Wullschleger war ein Mann, der besser austeilen als einstecken konnte. Ein Wesenszug, der seiner Karriere förderlich gewesen war und seiner Lebensphilosophie entsprach.

Me, myself and I.

Wullschleger war an diesem frühen Donnerstagmorgen alleine unterwegs, der Golfplatz würde sich erst später füllen. Ein heißer Spätsommertag kündigte sich an. Die Sonnenstrahlen färbten die Luft honiggelb, und es duftete nach frisch geschnittenem Gras. Bereits um 7 Uhr morgens herrschten über 20 Grad, und auf Wullschlegers pinkfarbenem Poloshirt mit dem Krokodil zeigten sich die ersten Schweißspuren. Trotz des herrlichen Wetters trottete der hochdekorierte Manager mit hängendem Kopf über die penibel gepflegte Anlage. Wullschleger war nie warm geworden mit dieser Sportart. Was mochte der Reiz daran sein, einen Ball, kleiner als ein Ei, in einem nur unwesentlich größeren Loch zu versenken, welches von einer nummerierten Fahne bewacht wurde? Und das 18 Mal! Der Manager hatte aus geschäftlichen Überlegungen mit dem Golfen angefangen. Die Mitgliederliste des elitären Clubs, der hoch über dem Zürichsee thronte, las sich wie ein »Who's who« der Zürcher Oberschicht. Die Aufnahmekriterien wiesen eine hohe Korrelation zum Vermögen und Status der Mitglieder auf. Abseitsstehen war da keine Option.

Schlecht für die Karriere.

Heute jedoch musste der Manager eine Trainingsrunde absolvieren. Am Wochenende stand die Clubmeisterschaft an. Bei diesem Turnier kam das wahre Können zum Vorschein – oder eben nicht. Jeder Schlag wurde gezählt, bis zum bitteren Ende. Wullschleger hatte sich in den vergangenen Jahren bei diesem Anlass immer entschuldigen lassen. Einmal war es der Rücken, dann die Schulter oder eine Geschäftsreise gewesen. Beim letzten Mal hatte er sich selbst ins Knie geschossen, wie er gerne zu sagen pflegte. Wullschleger hatte sich aufgrund eines erfundenen Schwächeanfalls seiner Frau kurzfristig abgemeldet, ohne diese darüber in Kenntnis zu setzen. Als sich einige Clubmitglieder in der Folgewoche bei ihr nach dem Wohlbefinden erkundigten, konnte ein Skandal nur dank der raschen Auffassungsgabe von Wullschlegers Gemahlin abgewendet werden. Ja, es gehe ihr wieder besser, hatte sie spontan gelogen. Ihre Loyalität bezahlte der Manager mit einer mehrwöchigen Verbannung ins Gästezimmer.

Also blieb ihm dieses Jahr nichts anderes übrig, als an der Clubmeisterschaft teilzunehmen. Und so versuchte Wullschleger nun mit einem guten Training zu retten, was schon verloren war.

Der Banker platzierte seinen batteriebetriebenen Golf Caddy im Wert von mehreren Tausend Franken neben dem Abschlag auf Loch Nummer vier, einer kurzen Spielbahn. Wullschleger kontrollierte auf seiner GPS-Uhr, was er bereits wusste: exakt 153 Meter bis zur Fahne. Er studierte die Schläger in seiner Golftasche und wählte den Driver, die Mutter aller Golfschläger. Der Driver war das längste Exemplar im Set und mit einem riesigen Schlägerkopf aus Titan bestückt – schwer, damit den Ball zu verfehlen. Ein guter Spieler würde mit diesem Schläger weit über das Ziel hinausschießen. Für Wullschleger war er die einzige realistische Chance, den Ball in die Nähe des Loches zu bringen.

Er machte einige Probeschwünge, seine Gelenke knackten wie ein alter Holzstuhl. Dann bückte er sich und präparierte den Ball mit dem Logo der Zürcher Investment Bank – warum eigene Bälle kaufen, wenn die vom Geschäft gratis waren? Anschließend richtete er sich aus, wackelte einige Male synchron mit dem Driver und seinem Hinterteil und drosch brachial drauflos. Der Ball flog davon wie ein Schieferstein auf Wasser, berührte immer wieder den Boden und gewann kaum an Höhe. Bald übernahm die Schwerkraft vollends die Kontrolle, und die kleine weiße Kugel rollte auf dem Rasen weiter und weiter, bis sie auf wundersame Weise unweit der Fahne liegen blieb. Wullschleger war begeistert und ballte die Hand zur Beckerfaust.

Das Glück des Tüchtigen.

Er verstaute seinen Schläger und machte sich auf den Weg zum Grün. Dort zog er den Putter aus der Golftasche, steckte sich den Golfhandschuh in die Gesäßtasche seiner Sporthose und schritt beschwingt durch das unerwartete Resultat zu seinem Ball. Seine dünnen Beine, die in Shorts steckten und nicht richtig zum massigen Oberkörper passten, leuchteten weiß in der Morgensonne.

Konzentriert, ja geradezu theatralisch studierte der Bankmanager die Lage des Balles und imaginierte sich die ideale Rollbahn zum Loch. Das wäre nicht nötig gewesen, da die fehlenden zwei Meter flach wie ein Brett waren. Aber ein bisschen Show gehörte für Wullschleger dazu, sogar wenn er sich alleine wähnte. Er blickte sich kurz um, ob wirklich niemand Zeuge seines besten Schlages seit Langem geworden war. Nirgendwo eine Menschenseele. Im angrenzenden Waldstück raschelte es. Wahrscheinlich ein Waldtier, dachte er sich. Dann setzte der Hobbygolfer mit grimmiger Entschlossenheit den Putter an den Ball, holte aus und ließ den Schläger mit einer sanften Pendelbewegung nach vorn schwingen.

In diesem Moment der absoluten Konzentration durchbrach ein lauter Knall die morgendliche Stille. Wullschleger zuckte zusammen, und der Ball verfehlte das Ziel. Ein aufgeschreckter Fuchs rannte über die Spielbahn. Wullschleger blickte ihm nach, bis er im Dickicht verschwunden war.

Der Manager schlug sich mit der linken Hand auf die rechte Schulter. Er glaubte, eine Biene habe ihn gestochen. Nur so war der stechende Schmerz, gefolgt von einem unangenehmen Kribbeln, zu erklären. Es fühlte sich an, als ob eine Brausetablette in seiner Schulter steckte. Langsam stellte sich ein metallischer Geschmack in seinem Mund ein. Wullschleger spuckte aus und war mehr erstaunt als erschrocken, als er roten Speichel vor sich auf dem teppichähnlichen Rasen sah. Die zweite Kugel durchschlug sein linkes Schulterblatt und blieb im Herz stecken. Der Manager fiel um wie eine Bahnschranke.

Es blieb ihm wenig Zeit für die letzten Gedanken. Umso erstaunter war Wullschleger über die Fülle an Bildern und Gefühlen, die sich ihm aufdrängten: Er umarmte seine Frau und drückte ihr einen zärtlichen Kuss auf die Wange. Dann kündigte er mit offenem Hemd und Dreitagebart seine Stelle bei der Zürcher Investment Bank und gleich noch die Mitgliedschaft im Golf- & Freizeitclub. Die Meinung seines Umfeldes war ihm plötzlich egal, er fühlte sich frei und leicht wie nie zuvor – wenn auch nur für wenige Sekunden. Schlagartig fiel der Vorhang, und es wurde dunkel. Die offenen Augen Wullschlegers waren auf den Golfball gerichtet.

*

Die Person im angrenzenden Waldstück betrachtete Wullschleger durch das Zielfernrohr. Anschließend schwenkte sie das Jagdgewehr sanft nach rechts und nahm den Golfball ins Visier. Der Finger am Abzug zuckte. Doch es war nicht der richtige Augenblick für Spielereien. Schon bald würde es auf dem Golfplatz von Polizisten wimmeln. Also zielte sie auf das Bein des Managers und drückte ab. Der laute Knall peitschte durch die Luft, und die Kugel zertrümmerte das rechte Knie Wullschlegers. Keine Regung, kein Zucken, als hätte das Geschoss einen Sandsack getroffen. Zufrieden stand die Person auf, verpackte sorgfältig das Gewehr und verschwand im dichten Wald.

DAS ROTE GRÜN

Am Zürichsee, 31. August

Armand Muzaton, Leiter der Zürcher Kriminalpolizei, war bislang noch nie in seinem Leben in einem Golfmobil gesessen. Heute brauste er in einem dieser elektrisch betriebenen Wägelchen holpernd über den Platz des noblen Golf- & Freizeitclubs hoch über dem Zürichsee. Das Ziel der Fahrt war Loch Nummer vier, wo die sterblichen Überreste von Hansjörg Wullschleger lagen.

Das Golfmobil wurde von James Knight gesteuert, einem Vorstandsmitglied des Clubs. Knight war nicht nur namentlich ein Ritter, sondern er war von der verstorbenen britischen Königin auch zu einem ebensolchen geschlagen worden. Nomen est omen. Standesgemäß hatte er sich dem Polizeibeamten als Sir Knight vorgestellt. Er habe ein Kind aus der Themse gerettet, erzählte er scheinbar beiläufig. Samt Anzug und Schuhen sei er ins Wasser gesprungen und dabei selber fast ertrunken. Armand war beeindruckt gewesen und hatte seinerseits auf seinen Rang als Hauptmann verwiesen. Keine Reaktion.

Knight, im normalen Leben ein britischer Investmentbanker, trug trotz der schwülen Hitze einen dunklen Nadelstreifenanzug aus feinstem Zwirn und hielt ohne Rücksicht auf Verluste das Gaspedal bis zum Anschlag durchgedrückt. Er sah wohlhabend aus, aber sie befanden sich ja schließlich auf einem der exklusivsten Golfplätze der Schweiz. Armand klammerte sich mit beiden Händen am Sitz fest, um nicht aus dem Gefährt geschleudert zu werden. Bei jeder Unebenheit schlug er mit dem Kopf gegen das Dach. Sir James Knight hockte derweil lässig auf der Fahrerseite und steuerte mit einer Hand, während er mit dem Daumen der anderen auf seinem Smartphone auf und ab wischte.

»So ein Mist, ich werde meinen Flug nach London verpassen. Das wird meinen Kunden gar nicht freuen. Ich bin dummerweise der einzige Vorstand, den das Sekretariat erreichen konnte«, lamentierte der Banker.

Armand wunderte sich über die Gefühllosigkeit, beließ es aber dabei. »Kannten Sie das Opfer?«, fragte er stattdessen.

»Ja, sicher. Wullschleger war ein miserabler Golfspieler, dennoch ein hoch angesehenes Mitglied unseres Clubs. Alle mochten ihn.«

Der selbstgefällige Knight begann Armand zu nerven, er glaubte ihm kein Wort. Der Ärger mochte auch dessen ruppiger Fahrweise geschuldet sein. Gerne hätte Armand ihn aus dem Wagen geschubst. Der Anstand verbot es ihm jedoch. Als sie endlich ihr Ziel erreichten, stieg Armand erleichtert aus und streckte seinen Oberkörper durch.

Die Szene, die sich dem Hauptmann bei Loch vier bot, glich einer gut arrangierten Theaterbühne und wollte nicht in die pittoreske Landschaft passen. Forensiker der Kantonspolizei untersuchten in ihren weißen Schutzanzügen akribisch den Tatort, einige stehend, andere auf den Knien. Armand wäre nicht überrascht gewesen, wenn Wullschleger plötzlich aufgestanden und die Anweisungen des Regisseurs entgegengenommen hätte. Ein frischer Tatort rief bei ihm die wildesten Assoziationen hervor.

Eine der verhüllten Gestalten trat auf Armand zu und begrüßte ihn. »Mord auf dem Golfplatz. Gibt es eigentlich einen Krimi mit diesem Titel?« Die Frage von Paul Rechsteiner, dem Leiter der kriminaltechnischen Abteilung der Kantonspolizei Zürich, war eine rhetorische und sein schwarzer Humor legendär.

Armand nickte Rechsteiner zu. Die beiden Beamten waren gut befreundet und hatten schon viele Fälle zusammen gelöst. »Was ist denn hier passiert?«, fragte Armand und blickte sich um. Der Rasen schien mit einer Nagelschere geschnitten worden zu sein. Jeder Grashalm stand stramm auf dem ihm zugewiesenen Platz. Armand bückte sich und strich mit der offenen Hand über das Grün. »Erinnert mich an meinen Bürstenschnitt beim Militär.«

»Du hattest noch Haare in der Rekrutenschule?«, frotzelte Rechsteiner.

Armand richtete sich schmunzelnd auf. »Nicht nur das. Ich hatte dort auch freundliche Kollegen.«

»Immerhin hast du es bei uns bis zum Hauptmann gebracht. Im Militär blieb es meines Wissens beim Korporal, nicht wahr?«

»Hat gereicht, mein Freund. Bring mich doch bitte auf den neuesten Stand der Ermittlungen.«

Rechsteiner ging mit Armand zur Leiche hinüber. »Drei Schusswunden. Eine Kugel durchschlug von hinten das linke Schulterblatt und steckt jetzt wahrscheinlich im Herz. Der Tod muss rasch eingetreten sein. Die Gerichtsmedizin wird dir mehr dazu sagen können.«

Armand studierte aufmerksam den Tatort und schritt einmal um die Leiche. Das Poloshirt war blutgetränkt, ein Knie zertrümmert. »Gibt es Zeugen?«

Rechsteiner hob die Schultern. »Priya spricht im Clubhaus gerade mit dem Angestellten, der Wullschleger gefunden hat. Ich habe noch nichts von ihr gehört. Aber wir haben das Versteck des Schützen gefunden.« Rechsteiner streckte seinen Arm in Richtung des angrenzenden Waldes aus, wo weitere Beamte nach Hinweisen suchten. »Dort im Gebüsch hat es sich jemand gemütlich gemacht. Sträucher und Gras sind niedergedrückt, als ob ein Reh dort geschlafen hätte. Der Platz ist gut gewählt: sichtgeschützt, mit freiem Blick auf das Grün. Das war ein kaltblütiger Mord.«

»Mord auf dem Golfplatz …«, wiederholte Armand nachdenklich und strich sich mit der Hand über den kahlen Schädel. Auf seiner Stirn hatten sich Schweißperlen gebildet. Es musste mittlerweile gegen 30 Grad sein; die Sonne brannte vom Himmel. Zwei Polizeibeamte deckten den Leichnam mit einer Plane ab. Armand warf einen letzten Blick auf den leblosen Körper. Er tat dies mit einer nüchternen Professionalität. Es war nun einmal eine Tatsache, dass die x-te Leiche nicht mehr die gleichen Emotionen hervorrief wie die erste. Dennoch war Armand jedes Mal aufs Neue überrascht, wie leer eine Leiche auf ihn wirkte. Das, was den Menschen ausgemacht hatte, war aus ihm entwichen, und zurück blieb eine leblose Hülle. Seinem unbedingten Willen, den Täter zu überführen, tat dies keinen Abbruch. Und allein das zählte.

»Ich mache mich wieder an die Arbeit«, sagte Rechsteiner und riss Armand aus seinen Gedanken. »Die Spuren an einem Tatort kühlen sehr schnell ab. Sogar bei diesen Temperaturen.«

Armand ging zurück zu James Knight, der immer noch mit seinem Smartphone beschäftigt war. Der Banker sah frisch aus, als käme er direkt aus dem 3-D-Drucker: faltenfreier Anzug, die grau melierten Haare wie angeklebt, keine einzige Schweißperle, Einstecktuch perfekt auf die Krawatte abgestimmt. Letzteres hätte Armand nur zu gerne herausgezogen, um sich das Gesicht zu trocknen. Er selbst schwitzte wie in einer Sauna, und die Kleider klebten an seinem Körper. »War Wullschleger heute Morgen alleine unterwegs?«, fragte er lauter als nötig.

Knight blickte erschrocken auf. »Woher soll ich das wissen? Vielleicht kann Ihnen unser Sekretariat im Clubhaus weiterhelfen. So früh am Morgen ist der Platz meistens leer. Wirklich schade, dass Hansjörg am Wochenende nicht an der Meisterschaft teilnehmen kann.«

Armand traute seinen Ohren nicht. »Wollen Sie das Turnier durchführen? Eines Ihrer Mitglieder wurde ermordet …«

»Hansjörg hätte es so gewollt. Es ist der Höhepunkt jeder Saison«, sagte der Sir und schüttelte den Kopf. »Tragisch, einfach tragisch.«

Armand legte ihm die Hand auf die Schulter. Anscheinend war der britische Banker doch zu Emotionen fähig. »Ein Mord geht einem immer nahe. Vor allem, wenn man mit dem Opfer befreundet war.«

»Ich rede nicht vom Mord, sondern vom Blut auf dem Green. Das bringen wir nicht bis zur Meisterschaft weg.«

Armand zog seine Hand zurück. Was für ein Snob! Er spürte, dass er sich nicht lange würde beherrschen können, und verabschiedete sich kurz angebunden. Für ihn gab es hier im Moment nichts weiter zu tun. Er setzte sich in Bewegung.

»Soll ich Sie zurückfahren?«, rief ihm Knight nach.

Armand drehte sich um. »Nein danke. Ich gehe lieber zu Fuß.«

Der Investmentbanker zögerte einen Moment. »Hansjörg war verheiratet. Jemand muss seine Frau informieren.«

»Das werde ich übernehmen«, antwortete Armand und ließ sich die Adresse geben.

Der Polizeihauptmann lief quer über den Golfplatz zum Clubhaus. Vielleicht hatte Priya in der Zwischenzeit etwas herausgefunden. Da sich Armand den Weg auf der abenteuerlichen Fahrt im Golfmobil nicht eingeprägt hatte, machte er ungewollt einen gewaltigen Umweg und musste mehrmals die Richtung wechseln. Schimpfend zog er sein Jackett aus. Dunkle Schweißflecke zeichneten sich unter seinen Armen ab. Seit Armand mit Ekatarina zusammengezogen war, hatte er sein Training sträflich vernachlässigt und einige Kilo zugelegt. Das Hemd spannte mittlerweile am falschen Ort. Während er durch den Park irrte, bekam Armand schließlich seine Abkühlung, aber anders als erwartet. Das Wasser floss entgegen der Gesetze der Schwerkraft von unten nach oben …

CROISSANTS

Am Zürichsee, 31. August

Nachdem sich Armand in der Herrentoilette des Clubhauses notdürftig abgetrocknet hatte, betrat er schlecht gelaunt das Restaurant, wo Priya gerade ihre Befragung beendet hatte. Ein stämmiger Mann in einem grünen Overall verließ den Raum und musterte Armand belustigt von oben bis unten. Der Hauptmann ging zu Priya an den Tisch und ließ sich schwer auf einen Stuhl fallen. Seine Kleidung klebte am Körper.

»Was ist denn mit dir passiert?« Priya blickte ihren Vorgesetzten fragend an.

Armand krempelte grimmig die Ärmel hoch. »Ich habe die Bekanntschaft mit einer übereifrigen Sprinkleranlage gemacht, die ihren Dienst in dem Moment angetreten hat, als ich über ihr stand.«

Priya schüttelte sich vor Lachen. Als sie die tadelnde Miene einer Serviceangestellten bemerkte, atmete sie durch und winkte die Dame freundlich zu sich. »Könnten Sie uns bitte zwei Tassen Kaffee bringen?« Ihr Chef, ein bekennender Kaffeetrinker, benötigte dringend eine Aufmunterung.

»Und bitte gleich noch zwei Croissants«, ergänzte Armand und erzählte Priya, als sie wieder alleine waren, von der halsbrecherischen Fahrt im Golfmobil, der kalten Reaktion von James Knight auf den Tod des angeblichen Kollegen und die ersten Erkenntnisse von Rechsteiner.

Seinen Ärger über die für sein Umfeld kaum wahrnehmbare Gewichtszunahme behielt er für sich. Tat nichts zur Sache.

Nachdem der Kaffee und die Croissants serviert worden waren, fasste Priya ihr Gespräch zusammen. »Der Greenkeeper war schon sehr früh unterwegs und hat die Fairways vertikutiert. Übermorgen findet die Clubmeisterschaft statt und …«

Armand schlug mit der flachen Hand auf den Tisch, sodass die Tassen gefährlich ins Schlingern gerieten. »Kannst du bitte normal mit mir sprechen? Ich habe kein Wort verstanden.«

Die junge Polizistin hob beide Hände hinter den Kopf und band ihren Pferdeschwanz neu. Dann formulierte sie ihre Aussage wie gewünscht neu. »Was ich sagen wollte: Der Gärtner hat die Wiese von altem Schnittgut und Moos gereinigt, damit der Boden mehr Sauerstoff bekommt. So erreicht man, dass die Fairways – sorry, die Spielbahn – aussieht wie ein Teppich. Das ist ungemein aufwendig und daher ein Markenzeichen von teuren Clubs, wie dieser einer ist.«

Nun war Armand zufrieden. »Und hat der Gärtner etwas bemerkt, was uns weiterhilft?«

Priya verneinte und stellte ihre Tasse zurück auf den Unterteller. »Gesehen nicht, aber gehört. Er war laut seiner Aussage auf einem Rasentraktor unterwegs, als er den ersten Knall wahrnahm. Zunächst dachte er, sein Motor sei defekt. Gerade, als er absteigen wollte, sei ein weiterer Schuss gefallen. Der dritte Schuss habe ihm schließlich den Weg gewiesen, und kurz darauf habe er Wullschleger gefunden. Sofort habe er im Clubhaus angerufen und Alarm geschlagen. Begegnet sei er niemandem außer der Leiche …«

»Hat er etwas über Wullschleger erzählt?«, fragte Armand.

Priya senkte ihre Stimme. »Wullschleger sei ein arroganter Kerl gewesen, den niemand mochte. Und das Golfspielen habe er auch nicht erfunden.«

»Wenn das Rotlichtmilieu von Zürich ein Haifischbecken ist, tummeln sich im noblen Golfclub die Piranhas. Am besten teilen wir uns auf: Du bleibst hier und koordinierst die Untersuchungen. Hör dich am besten gleich noch etwas um. Ich werde die Witwe Wullschleger besuchen. Aber zuerst essen wir unsere Croissants – die duften wirklich lecker«, sagte Armand und biss herzhaft zu.

DIE MANIKÜRE

Herrliberg, 31. August

Armand schob das massive Gartentor auf und betrat das Anwesen. Kurz darauf rastete das Schloss hinter ihm mit einem lauten Klacken wieder ein. Wie eine Gefängnistür. Der Garten war penibel gepflegt und erinnerte an den Golf- & Freizeitclub. Der Unterhalt des weitläufigen Anwesens musste ein kleines Vermögen kosten. Es bestand kein Zweifel: Wer hier wohnte, besaß viel Geld. Armand fühlte sich beobachtet, als er über den Kiesweg zum Haus ging. Tatsächlich erwartete ihn an der Haustür bereits eine elegante Dame, die sich als Rita Wullschleger vorstellte. Armand schätzte die Frau auf um die 50 – oder auf etwa 60, sollte sie nie gearbeitet haben. Ordnungsgemäß zeigte er ihr seinen Dienstausweis. Frau Wullschleger bat den Polizeibeamten einzutreten und führte ihren Gast in den Salon des herrschaftlichen Hauses. Das Klackern ihrer Absätze auf dem schwarzen Schieferboden hallte dabei laut durch die Räume. Im Salon angekommen, läutete sie mit einer antiken Handglocke, und kurz darauf betrat eine Hausangestellte in schwarzem Kostüm und mit weißer Schürze den Raum.

»Bringen Sie uns bitte Tee und etwas Gebäck«, sagte die Hausherrin mit ruhiger Stimme und wandte sich dann an Armand. »Ich hoffe, Sie mögen Pfefferminztee?«

»Vielen Dank«, antwortete Armand. Er hasste Pfefferminztee.

Als sie wieder alleine waren, wies Wullschleger Armand einen Platz zu und setzte sich selbst auf eine gelbe Récamiere. Sie schlug die Beine übereinander und legte ihre Hände auf die Knie. »Unser enger Freund James hat mich über den schrecklichen Vorfall informiert. Ich bin fassungslos«, sagte sie gefasst.

Armand ärgerte sich über Knight. Er ließ sich aber nichts anmerken und kondolierte Frau Wullschleger. Er hatte gelernt, dass die Hinterbliebenen in solchen Situationen Zeit brauchten und man sie nicht mit Fragen überhäufen durfte. Die einen reagierten panisch, andere zeigten keinerlei Regungen. Frau Wullschleger gehörte zu Letzteren. Sie machte keine Anstalten, das Gespräch weiterzuführen. Armand tat es ihr gleich und blickte sich im eleganten Salon um. Der Raum erinnerte ihn an ein Rokokozimmer in einem französischen Palais. Neben der Récamiere, auf welcher Frau Wullschleger immer noch regungslos saß, befanden sich weitere antike Sitzgelegenheiten im Raum: Auf einem der feingliedrigen klassischen Stühle hatte Armand Platz genommen. Zwei große Gemälde mit Jagdszenen riefen ihm schließlich den Grund seines Besuches ins Gedächtnis zurück.

»Hat Ihr Mann in letzter Zeit Drohungen erhalten?«, fragte er mit tiefem Bass und beugte sich leicht nach vorn. Armand hatte Angst, dass der Stuhl unter seinem Gewicht zusammenbrechen könnte. Die filigrane Konstruktion gab ein knarrendes Geräusch von sich. Gerne hätte er sein Jackett abgelegt, doch sein zerknittertes Hemd ließ dies nicht zu. Armand spürte, wie ihm ein Schweißtropfen wie ein kalter Finger die Wirbelsäule entlang hinunterlief. Er drückte den Rücken leicht nach hinten, und der Tropfen wurde vom Stoff des Hemdes aufgesogen.

Frau Wullschleger verneinte. Dann verfiel sie in Schweigen und wartete, bis die Haushälterin das Teeservice hereingeschoben und alles ordnungsgemäß angerichtet hatte.

»Ich möchte nicht mehr gestört werden«, sagte die Hausherrin bestimmt.

»Sehr wohl, Madame«, entgegnete die ältere Dame und verließ lautlos den Raum. Der weiche Teppich im Salon verschluckte die Geräusche ihrer Schritte.

Frau Wullschleger nahm vorsichtig ihr Tässchen zur Hand. Das weiße Porzellan war mit spielenden Kindern verziert. Sie begann zu sprechen, ohne aufzublicken. »Nun zu Ihrer Frage, Herr Muzaton. Sie tönt für mich, als ob mein Mann sich Feinde geschaffen hätte und somit selber für seinen Tod verantwortlich wäre.« Sie hob die Tasse mit abgespreiztem Finger zum Mund und nippte, ohne zu trinken.

»Das war nicht meine Absicht«, erwiderte Armand. Er spürte, wie sich sein Magen zusammenzog. Normalerweise kein gutes Zeichen. Aber dies war eine spezielle Situation. Sein Gegenüber war eine trauernde Witwe, auch wenn sie sich diesen Umstand nicht anmerken ließ. »Es ist bei einem Mordfall zentral, dass man sofort in alle Richtungen ermittelt. Je länger eine Untersuchung dauert, desto geringer sind die Erfolgschancen. Das zeigt meine Erfahrung. Darum wäre ich froh über Ihre Kooperation. Ich würde Sie äußerst ungern zu uns auf die Dienststelle beordern.«

Ein kurzes Zucken um die Mundpartie der Hausherrin zeigte Armand, dass seine Nachricht bei ihr angekommen war. Doch sie fasste sich sofort wieder und wischte sich ein nicht existentes Staubkorn von ihrem zweifellos teuren Deux-Pièce. Als sie den Kopf wieder hob, zeigte sie ein aufgesetztes Lächeln. Wenn Blicke töten könnten … Armand lehnte sich unwillkürlich in den Stuhl zurück.

»Das wollen wir vermeiden, Herr Hauptmann. In unser beider Interesse«, sagte Wullschleger spitz. »Natürlich bin ich bereit, Ihre Fragen hier und jetzt zu beantworten.« Sie machte eine kurze Pause. »Mein Mann hatte keine Feinde. Er war ein angesehenes Mitglied der Gesellschaft und war sozial engagiert. Es muss sich um einen tragischen Unfall handeln.«

Armand wäre am liebsten aufgestanden und hätte die Witwe geschüttelt. Einfach, um zu schauen, ob sich hinter der Fassade ein Mensch verbarg. Er änderte seine Taktik und legte die Samthandschuhe ab.

»Ein Unfall ist ausgeschlossen. Man kann sich ohne Gewehr schwerlich selber in den Rücken schießen. Wer wusste, dass Ihr Mann heute früh alleine auf dem Golfplatz sein würde?«

Frau Wullschleger stand abrupt auf, das Lächeln war verschwunden. »Wenn Sie damit unterstellen wollen, dass ich etwas mit der Sache zu tun haben könnte, weise ich das vehement zurück. Alles, was Sie hier sehen, gehört mir. Ich war diejenige, die das Geld in die Ehe mitgebracht hat. Ich werde keine weiteren Fragen beantworten ohne meinen Anwalt. Erkundigen Sie sich bei Hansjörgs Sekretärin. Wenn jemand einen Überblick über seine Termine hat, dann wohl sie.«

Armand hatte genug von dem oberflächlichen Getue. »Frau Wullschleger, Ihr Mann wurde ermordet, und ich will den Täter seiner gerechten Strafe zuführen. Das muss doch auch in Ihrem Interesse sein, Herrgott noch mal!«

Die frischgebackene Witwe blickte den Hauptmann

irritiert an, und setzte sich langsam. Ihre Gesichtszüge waren weicher geworden. »Verzeihen Sie, Herr Muzaton. Sie haben natürlich recht. Ich versichere Ihnen, dass ich nichts mit dem Tod meines Mannes zu tun habe. Was ich Ihnen jetzt sage, muss unter uns bleiben …«

Armand nickte und Wullschleger sprach weiter.

»Hansjörg und ich waren über 30 Jahre verheiratet, unsere Ehe war zuletzt allerdings mehr Schein als Sein. Wir mochten uns, nicht mehr und nicht weniger. Sollte er amouröse Abenteuer gehabt haben, hat er diese diskret behandelt und mich nie öffentlich kompromittiert. Für uns stimmte es so, wir haben uns arrangiert. Sie müssen wissen, dass ich aus einer traditionsreichen Industriellenfamilie stamme, da bleibt man sein ganzes Leben lang gesellschaftlichen Normen verpflichtet. Eine Scheidung stand daher nie zur Debatte. Wir würden uns damit nur selbst ins Knie schießen – das war Hansjörgs Lieblingsspruch.«

Armand behielt den tatsächlichen Knieschuss für sich. »Können Sie mir Informationen über die Arbeit Ihres verstorbenen Ehemannes geben, die für unsere Ermittlungen wichtig sein könnten?«

Wullschleger überlegte lange. »Hansjörg war sehr erfolgreich in seinem Beruf. Prestige und Geld waren ihm äußerst wichtig. Er wollte es allen recht machen und gierte regelrecht nach Anerkennung. Von seiner Arbeit und den Kollegen in der Bank hat er nie viel erzählt.« Die Hausherrin änderte abrupt das Thema. »Wissen Sie zufällig, was ich jetzt unternehmen muss? Ich habe mich nie um Formalitäten gekümmert, das hat immer Hansjörg übernommen.«

Armand faltete die Hände ineinander, sie fühlten sich klebrig an. »Zunächst wird unsere Gerichtsmedizinerin den amtlichen Todesschein ausfüllen. Mit diesem können Sie dann auf die Gemeinde gehen, wo die nächsten Schritte eingeleitet werden. Die Beerdigung müssen Sie mit dem hiesigen Pfarrer oder Priester organisieren. Er oder sie wird Ihnen auch gerne seelsorgerisch zur Seite stehen, sofern Sie das wünschen. Ich war früher selber im Kirchendienst tätig«, schloss der ehemalige Priester.

Wullschleger schaute überrascht auf. »Und heute jagen Sie Verbrecher?«

»Der Unterschied ist nicht so groß, wie man meinen könnte. Die Beichte wird einfach durch das Verhör ersetzt.«

Die Witwe schmunzelte, um gleich wieder ernst zu werden. »Was waren wohl Hansjörgs letzte Gedanken?«

»Ich habe viele Sterbebegleitungen gemacht. Trotzdem kann ich Ihnen diese Frage nicht beantworten, da ich nie mit Toten gesprochen habe. Den letzten Gedanken nimmt jeder mit ins Grab.«

Wullschleger legte die Stirn in Falten und trank gedankenverloren ihren Tee aus. Dann schaute sie auf die feine goldene Uhr an ihrem Handgelenk und stand abrupt auf. »Nun müssen Sie mich bitte entschuldigen, Herr Muzaton. Ich habe einen Termin bei der Maniküre. Das wird mich auf andere Gedanken bringen. Meine Angestellte bringt Sie zur Tür.«

Armand war froh, dass er das Haus verlassen konnte. Trotz der Größe des Anwesens herrschte eine klaustrophobische Atmosphäre, die ihm die Luft nahm. Rasch legte er seine Visitenkarte auf den Salontisch. »Das ist nicht nötig, ich finde den Weg. Rufen Sie mich an, wenn Ihnen etwas einfällt. Wir werden uns sicher nochmals bei Ihnen melden.«

*

Wullschleger stand am Fenster und blickte dem davonfahrenden Wagen nach, bis er verschwunden war. Sie hatte ihre Arme fest um den Oberkörper geschlungen, als ob sie fröstelte. Sie kannte den Leiter der Zürcher Kriminalpolizei aus der Presse. Wenn jemand den Mord an Hansjörg aufklären würde, dann er. Doch wollte sie die Wahrheit wirklich erfahren? Welche Abgründe verbargen sich hinter dem Verbrechen? Wullschleger ging nachdenklich zu einem kleinen Sekretär, öffnete die Schublade und nahm ihr Smartphone zur Hand. Nachdem sie den Termin bei der Maniküre abgesagt hatte, wählte sie eine neue Nummer. James Knight meldete sich sofort.

»James, kannst du bitte vorbeikommen? Ich will jetzt nicht alleine sein«, sagte Wullschleger mit schwacher Stimme.

»Natürlich, Rita!«, antwortete Knight, ohne zu zögern. »Ich bin zwar gerade auf dem Weg zum Flughafen, werde aber alle meine Termine absagen.«

DER VERWALTUNGSRAT

Zürich, 1. September

Verwaltungsratspräsident Hubert von Fink saß aufrecht am Kopf des mächtigen ovalen Tischs im altehrwürdigen Boardroom der Zürcher Investment Bank. Hier tagte der Verwaltungsrat des globalen Finanzinstituts zu seinen ordentlichen Sitzungen. Oder wie heute zu einer außerordentlichen. Die Decke mochte gut und gerne fünf Meter hoch sein und war mit klassischem Stuck verziert. Durch die großen Fenster warf die Sonne ihre Strahlen in den Raum. An der Längsseite der Wand hingen die Porträts aller bisherigen Verwaltungsratspräsidenten der Bank. Die Ahnengalerie reichte bis ins 19. Jahrhundert zurück. In diesem Stil waren auch die Bilder gemalt. Opulent und düster wie bei einem Rembrandt. Von Fink würde zu gegebener Zeit hervorragend in diese Reihe passen. Auf seinem gedrungenen Körper thronte ein imposanter Schädel. Das massive Kinn ließ auf Entschlossenheit und Durchsetzungskraft schließen. Über von Finks grauen Steinaugen hingen kräftige schwarze Brauen, die in einem markanten Kontrast zu den schlohweißen Haaren standen. Dafür passten sie zu den tiefen Augenringen. Von Fink hatte schlecht geschlafen, daran bestand kein Zweifel.

Der Verwaltungsratspräsident nahm seine Brille, die er wie üblich um den Hals gehängt hatte, und schob sie behutsam auf die Nase. Der Konferenztisch war voll besetzt.

Fast der gesamte Verwaltungsrat hatte sich zu Wullschlegers Ehren eingefunden. Einzig das Mitglied aus Japan hatte keinen Flug mehr nach Zürich erwischt. Es war über das Videosystem zugeschaltet. Von Fink klopfte mit den Knöcheln seiner Hand auf den Tisch. Er hatte durchgesetzt, dass die Sitzungen trotz internationaler Beteiligung auf Deutsch abgehalten wurden. Schließlich, so von Finks Standpunkt, hieße die Bank ja immer noch »Zürcher« Investment Bank. Die Deutschlektionen der Verwaltungsräte wurden selbstverständlich von der Firma bezahlt.

»Meine Damen und Herren, wir nehmen heute Abschied von Hansjörg Wullschleger, der lange Zeit unser Private Banking in der Schweiz als Mitglied der Geschäftsleitung erfolgreich durch schwierige Fahrwasser geführt hat. Sein Tod trifft uns alle.« Von Fink unterbrach seine Ausführungen und warf einem Verwaltungsratskollegen, der sich intensiv mit seinem Smartphone beschäftigte, einen strengen Blick zu. Dieser legte sein Gerät erst auf die Seite, als sich von Fink laut räusperte. Dann fuhr der Verwaltungsratspräsident fort: »Kollege Wullschleger wird eine Lücke hinterlassen, die nur schwierig zu füllen sein wird. Aber die Zürcher Investment Bank kann auf einen immensen Talentpool zurückgreifen, sodass unsere Geschäfte nicht tangiert sein werden. Das Leben, so hart es auch klingen mag, muss weitergehen.« Er wandte sich an seinen Protokollführer. »Bitte veranlassen Sie, dass der Witwe Wullschleger ein Blumenbouquet zugestellt und eine Delegation der Geschäftsleitung an der Trauerfeier teilnehmen wird.«

Die einzige weibliche Verwaltungsrätin, Frau Dr. Bernadette Wolf, nutzte die Gelegenheit und meldete sich zu Wort. »Als verantwortliche Risikochefin muss ich darauf hinweisen, dass wir es laut Medienberichten mit einem Mordfall zu tun haben. Die Hintergründe sind zwar noch nicht bekannt, wir können jedoch nicht ausschließen, dass dieser Vorfall in Zusammenhang mit der Zürcher Investment Bank steht. Daher schlage ich vor, dass der Verwaltungsrat mit der Geschäftsleitung einen Notfallplan erarbeitet, um unsere Belegschaft, die Kunden und die Aktionäre kommunikativ eng zu begleiten. Die Bank befindet sich nach den erheblichen Strafzahlungen, die wir leisten mussten, in einer heiklen Situation. Wir sollten daher aktiv vorgehen und nichts dem Zufall überlassen.«

Von Fink wies den Protokollführer mit einer Handbewegung an, nicht mehr mitzuschreiben. »Sehr geehrte Frau Doktor Wolf, glauben Sie nicht, dass Sie über das Ziel hinausschießen? Schließlich ist Wullschleger auf dem Golfplatz erschossen worden und nicht in seinem Büro am Paradeplatz. Wir sollten keine voreiligen Schlüsse ziehen.« In den offiziellen Sitzungen siezte von Fink seine Kollegin, das »Du« benutzte er ausschließlich im privaten Gespräch.

Anstelle von Wolf meldete sich ein wohlgenährter Verwaltungsrat mit starkem amerikanischem Akzent zu Wort. »Ich frage mich vor allem, what the hell hat Wullschleger an einem normalen Arbeitstag auf dem Golfplatz verloren? Kein Wunder, stagnieren unsere Gewinne. Was sagen Sie dazu, Tuchel?«

Der CEO der Zürcher Investmentbank, der heute aufgrund der besonderen Umstände auch zur Verwaltungsratssitzung eingeladen worden war, zuckte zusammen. Er blickte sich hilfesuchend um. Vergeblich. Auf dieser Flughöhe war sich jeder selbst am nächsten. Werner Tuchel richtete sich die bereits perfekt sitzende Krawatte und entschied sich, offensiv zu spielen. Angriff ist manchmal die beste Verteidigung.

Manchmal.

»Nun, mit Verlaub gesagt, unsere Probleme liegen nicht im Schweizer Private Banking, sondern vielmehr im amerikanischen Geschäft. Die Verluste summieren sich über die vergangenen Jahre auf mehrere Milliarden. Ohne den Bereich von Wullschleger wären wir schon lange tot. Ich meine natürlich ruiniert.«

Der amerikanische Verwaltungsrat knurrte wie eine Raubkatze, und sein Gesicht nahm eine ungesunde rote Farbe an. Bevor die Bank einen weiteren hohen Manager aufgrund eines Herzinfarktes verlieren würde, ging von Fink scharf dazwischen. »Wir sind heute nicht zusammengekommen, um uns gegenseitig an die Gurgel zu gehen, sondern um das Ableben eines Geschäftsleitungsmitgliedes zu begehen. Streiten Sie sich ein anderes Mal. Aber ein Wort zu Ihnen, mein lieber Tuchel.« Seine Stimme war gefährlich höflich geworden. »Als CEO sind Sie auch für unser Geschäft in Amerika zuständig. Bitte vergessen Sie das nicht. Und klären Sie für mich ab, ob Wullschleger seine Golfrunde offiziell eingetragen hat. Sonst werden wir einen halben Tag von seinem Lohn abziehen.«

Tuchel fiel in sich zusammen wie ein misslungenes Soufflé und wurde nur von seinem eng geschnittenen Maßanzug zusammengehalten. Eine Antwort erübrigte sich. Er bewegte sich auf ganz dünnem Eis. Der Job eines hohen Managers in der Finanzindustrie glich einem ständigen Bewerbungsgespräch, man durfte sich keine Blöße geben, sonst war man schnell Geschichte. Die Verwaltungsräte hielten sich in der Regel so lange bedeckt, bis sie selbst in die Kritik gerieten. Dann ging man über Leichen – bildlich gesprochen. Tuchel war daher froh, dass es von Fink bei seiner Rüge beließ. Der Verwaltungsratspräsident wendete sich wieder an das versammelte Plenum und breitete theatralisch die Arme aus. »Bitte erheben Sie sich alle für eine Schweigeminute, in Gedenken an unseren verdienten Mitarbeiter Wullschleger und in Gedanken an seine trauernde Witwe.«

Die schweren Stühle wurden zurückgeschoben, und alle standen auf, abgesehen von Verwaltungsrätin Wolf, die krankheitsbedingt im Rollstuhl saß. Vom Verwaltungsrat in Japan war lediglich die Gürtelschnalle auf dem Bildschirm zu sehen.

CEO TUCHEL

Zürich, 4. September

Hauptmann Armand Muzaton betrat am Montagmorgen kurz vor 11 Uhr mit Priya Schweizer den eindrücklichen Hauptsitz der Zürcher Investment Bank am Paradeplatz. Sie meldeten sich an der Rezeption, und ein Mitarbeiter der Bank begleitete sie nach oben. Dort wurden die beiden Polizisten von einer eleganten Dame in Empfang genommen, die sich als Tuchels Sekretärin vorstellte und sie ins Büro des hochrangigen Bankers führte. Tuchel erwartete sie dort bereits. Die Begrüßung fiel kühl aus.

»Nehmen Sie bitte Platz, Herr Muzaton. Ich hatte eigentlich gehofft, Sie nicht so schnell wiederzusehen«, sagte er mit einer nasalen Stimme, die leicht angesäuert tönte. Offensichtlich hatte er nicht vergessen, dass ihn der Polizeihauptmann bei ihrem letzten Treffen mit nicht ganz gesetzeskonformen Mitteln unter Druck gesetzt hatte.

Armand reichte dem Manager die Hand und stellte seine Begleiterin vor, die von Tuchel respektlos übergangen worden war. Priya stand über solchen Dingen. Als Halbinderin, die dazu noch den Namen Schweizer trug, hatte sie in ihrem Berufsleben schon einiges erlebt. Sie bestrafte jede Respektlosigkeit mit gnadenloser Kompetenz. Die junge Frau wusste nur zu gut, dass sich hinter einer gespielten Arroganz meist Unsicherheit und Selbstzweifel verbargen. Tuchel machte seine Unhöflichkeit jedoch wieder gut, indem er Priya zur Sitzecke führte und ihr das Rückenkissen auf einem Sessel richtete. Er schenkte ihr sogar Wasser ein, diesmal wurde Armand vergessen …

Die Gäste nahmen in den schweren Sesseln Platz, die bestens in einen britischen Herrenclub gepasst hätten. Das Leder knarzte. Die Sitze waren dermaßen bequem, dass man unwillkürlich an eine Siesta denken musste; Armand unterdrückte ein Gähnen. Als Tuchel sich zu ihnen gesetzt hatte, kam der Hauptmann auf dessen Eingangsbemerkung zurück.

»Sieht man sich nicht immer zweimal im Leben? Sie haben uns damals bei dem Fall um den ›Maskenmann‹ einen großen Dienst erwiesen. Die Polizei hat Ihre Kooperation sehr geschätzt.«

»Stets zu Ihren Diensten«, erwiderte Tuchel knapp.

Armand quittierte mit einer angedeuteten Verbeugung. »Heute sind wir hier, um über den Mord an Ihrem Mitarbeiter Hansjörg Wullschleger zu sprechen. Es ist wichtig, dass wir alle Informationen erhalten, die uns weiterbringen könnten.«

Tuchel schüttelte den Kopf, als könne er nicht glauben, was geschehen war. »Eine schreckliche Sache. Ich hatte täglich mit Hansjörg zu tun. Er war sehr beliebt in der Bank und hat einen hervorragenden Job gemacht. Er war ein Vorbild für uns alle. Ich gehe davon aus, dass es sich um ein Verbrechen an der Privatperson Wullschleger handelt und nicht am Geschäftsleitungsmitglied. Suchen Sie den Täter in Wullschlegers privatem Umfeld! Die Zürcher Investment Bank muss aus dieser Geschichte herausgehalten werden. Es geht mir vorrangig um das Wohl unserer Belegschaft«, behauptete er. Es war offensichtlich eine Lüge.

»Das verstehen wir vollkommen«, brachte sich Priya ein. »Wenn wir den oder die Täter schnell finden, ist das sicher auch im Sinne Ihrer Belegschaft. Von den Kunden und Aktionären ganz zu schweigen. Wir ziehen an einem Strang und wollen keinen unnötigen Skandal provozieren.«

Tuchel zupfte an seiner Krawatte, was Priya mit Genugtuung zur Kenntnis nahm. Sie war eine begnadete Profilerin und Menschenkennerin. Tuchels Nervosität sprang ihr förmlich ins Gesicht. »Hatte Wullschleger in letzter Zeit mit Ihnen über Probleme gesprochen? Gab es Konflikte mit Kunden oder Mitarbeitern?«

Der CEO stand auf und ging zur Fensterfront. Er blickte eine Weile wortlos auf den Paradeplatz hinunter. Man hörte, wie eine Tram sich quietschend in Bewegung setzte. Über den Dächern leuchtete der wolkenlose Himmel. Ein weiterer heißer Tag kündigte sich an. Der Manager drehte sich wieder zu seinen Gästen um. Seine Schultern hingen leicht, als ob sie zu schwer an der Last des Amtes zu tragen hätten. »Wie gesagt, Wullschleger war ein Banker ohne Fehl und Tadel. Sein Bereich lieferte gute Zahlen, was man leider nicht von allen sagen kann. Der Arbeitsalltag eines Managers bei einem globalen Finanzkonzern ist kein Kindergeburtstag. Da wird schon mal mit harten Bandagen gekämpft, aber deswegen bringt man doch niemanden um! Es gibt subtilere Mittel, um einen unerwünschten Kollegen oder Chef loszuwerden … Suchen Sie bitte den Schuldigen da draußen und nicht hier bei uns.« Er hob seinen rechten Arm zum Fenster, als ob das Böse nur außerhalb des Gebäudes lauern könnte.

»Es ist noch zu früh, um Vermutungen anzustellen«,

sagte Armand nüchtern. »Wussten Sie, dass Ihr Mitarbeiter am Donnerstag Golf spielte?«

»Ist das etwa verboten?«, fragte Tuchel pikiert.

»Der Täter hat gewusst, wo sich Wullschleger am Donnerstagmorgen aufgehalten hat. Sein Tod war geplant und kein unglücklicher Zufall. Wir müssen uns ein Gesamtbild verschaffen, in alle Richtungen ermitteln, dürfen nichts und niemanden ausschließen. Also: Wer wusste von der Golfrunde?«, wiederholte Armand seine Frage leicht abgewandelt.

Tuchel war die Situation sichtlich unangenehm, und er rang nach Worten. »Wir bespitzeln unsere Mitarbeiter nicht, es sind schließlich erwachsene Menschen. Zudem habe ich anderes zu tun, als die Agenda von fast 50.000 Angestellten zu kontrollieren.«

Der Eiertanz begann Armand zu ärgern. Doch er wusste sich zu helfen. »Lieber Herr Tuchel«, sagte er und streckte seinen kräftigen Oberkörper durch, »es handelt sich hier um ein schwerwiegendes Offizialdelikt. Die Kriminalpolizei und die Staatsanwaltschaft sind zu minutiösen Ermittlungen verpflichtet. Wenn Sie nicht wollen, dass wir die Zürcher Investment Bank auf den Kopf stellen, müssen Sie mit uns zusammenarbeiten.«

Tuchel richtete sich erneut die Krawatte und setzte sich wieder zu den beiden Beamten in seinen Sessel, in welchem er zu versinken drohte. »Na gut. Meine Sekretärin wird Ihnen die Kontaktdaten von Wullschlegers Assistentin und den Mitgliedern der Geschäftsleitung, die am Hauptsitz arbeiten, geben. Die kennen ihn am besten. Kannten ihn … Sie können auf meine Unterstützung zählen«, versicherte er.

»Vielen Dank«, sagte Priya. »Wir halten Sie selbstverständlich auf dem Laufenden.«

Tuchel nickte müde. »Als ob wir nicht schon genug zu tun hätten.«

Armand und Priya verabschiedeten sich und ließen den CEO mit seinem Selbstmitleid allein zurück.

Als die beiden Beamten das Gebäude verließen, herrschte ein munteres Treiben auf dem Paradeplatz und der angrenzenden Bahnhofstrasse. Elegante Lederschuhe, High Heels, Sneakers und Flipflops waren gleichermaßen vertreten. Die einen waren auf dem Weg zum Mittagessen, andere zog es an den See oder in ein Geschäft an der teuersten Straße der Schweiz.

Armand setzte sich seine Sonnenbrille auf. »Geh schon mal ins Büro zurück und organisiere die Gespräche in der Bank. Ich treffe mich zum Mittagessen mit einem Freund, der die Szene bestens kennt. Vielleicht erhalte ich noch einige Insiderinformationen zur Zürcher Investment Bank.«

»Aber alles legal, hoffe ich«, sagte Priya scherzhaft und blickte ihren Vorgesetzten ernst an.

»Immer«, antwortete Armand lachend.

BRATWURST

Zürich, 4. September

Armand traf sich mit seinem besten Freund Philipp Humboldt am Sternen Grill. Sie umarmten sich zur Begrüßung, wie sie es immer taten. Die beiden vertrauten sich blind, die vielen gemeinsamen Erlebnisse hatten sie zusammengeschweißt. Armand hatte Philipp kennengelernt, als dieser noch CEO der Zürcher Investment Bank gewesen war. Armand selbst hatte früher im Dienst der Kirche gestanden und Philipp geholfen, seine dunkle Seite zu beherrschen. Philipp hatte Armand dafür aus den Fängen der Engel und Teufel befreit. Er hatte an die Universität gewechselt und lehrte dort nun als Bankprofessor, während Armand in den Polizeikorps zurückgekehrt war und schnell Karriere machte. Sie hatten keine Geheimnisse voreinander und standen sich näher als eineiige Zwillinge.

Eine Freundschaft fürs Leben.

Aufgrund der sengenden Hitze fiel die Warteschlange vor dem bekanntesten Wurstgrill der Stadt heute ungewöhnlich kurz aus. Die Freunde bestellten sich je eine Bratwurst, Pommes und ein Bier. Nicht gerade das bekömmlichste Menu bei den hochsommerlichen Temperaturen, aber sie hatten schon immer ihren eigenen Kopf gehabt. Sie nahmen ihr Essen entgegen und setzten sich in der kleinen Nebengasse an einen freien Tisch. Nachdem die beiden einige Zeit über ihr Privatleben geplaudert hatten, brachte Armand die Sprache auf den Grund seiner Einladung.

»Du hast sicher vom Mordfall Wullschleger gehört«, sagte er und klaubte einige Fritten aus der Kartonschale.

Philipp wischte sich den Mund mit der Serviette ab. »Natürlich. Und jetzt willst du wissen, ob ich den Mörder kenne.«

»Ich hätte nichts dagegen. Das würde mir eine Menge Arbeit ersparen«, erwiderte der Polizeihauptmann.

Philipp biss in seine Bratwurst und kaute genüsslich. Dann erlöste er seinen ungeduldigen Freund und begann zu erzählen. »Wullschleger war zwei Stufen unter mir, als ich CEO war. Ich kannte ihn nur flüchtig. Er ist nach meinem Abgang rasch aufgestiegen und hat das Schweizer Geschäft übernommen – die Renditeperle der Bank. Mir ist er damals nicht speziell aufgefallen, was aber kein schlechtes Zeichen sein muss.«

»Ich will seine Rolle in der Bank besser verstehen. Was könnte Wullschleger getan haben, um ermordet zu werden?«, fragte Armand.

Philipp nahm sich Zeit für die Antwort und trank einen Schluck aus seiner Bierflasche. »Eine moderne Großbank gleicht einem mittelalterlichen Feudalstaat. Der König heißt CEO, die Feudalherren von damals sind die Manager von heute und bekommen ihre Pfründe von oben. Dafür schwören sie Loyalität, die aber nur so lange anhält, wie der König beziehungsweise CEO fest im Sattel sitzt. Weiter unten werden die mittelalterlichen Beamten zu Kaderleuten, und zuunterst schuften die Bauern respektive die normale Belegschaft. Das Geld verteilt sich dabei umgekehrt proportional zur Arbeitsleistung. Die Kirche oder heute der Verwaltungsrat kontrollieren das Gebilde und sind so etwas wie die moralische Instanz des Ganzen. Ein globaler Finanzkonzern ist ein komplexes Gebilde, und es menschelt überall. Wir beide wissen, dass der Mensch zu vielem fähig ist …«

»Wie muss ich mir die Beziehung der Mitglieder der obersten Führungsschicht zueinander vorstellen?«, wollte Armand wissen.

»Ein Manager in einer so hohen Position wie Wullschleger hat nur wenige Freunde innerhalb der Firma, wenn überhaupt. Das Konkurrenzdenken in der Chefetage ist sehr ausgeprägt, nicht wenige haben narzisstische Züge. Wer führt mehr Leute? Wer erzielt einen größeren Gewinn? Wer steht in der Gunst des CEO und des Verwaltungsrates? Die Chemie mit den anderen Geschäftsleitungsmitgliedern stimmt – oder sie stimmt nicht.«

»Stimmte sie bei Wullschleger?«, fragte Armand weiter.

»Soviel ich weiß, traf er sich regelmäßig mit drei seiner Kollegen zum Kartenspielen. Immerhin. Sein Bereich verdient mit Abstand am meisten Geld. Da kann schon einmal Neid aufkommen.«

Armand wurde hellhörig. »Höre ich hier ein Motiv heraus?«

»Ich muss dir als Polizist ja wohl nicht sagen, dass ein Motiv noch keinen Mörder macht …«

»Geld ist seit jeher eines der Hauptmotive für Verbrechen«, gab Armand zu bedenken.

»Das mag stimmen«, erwiderte Philipp. »Das Entscheidende in einer so hohen Position, wie sie Wullschleger innehatte, ist aber der Charakter. Geld und Macht sind eine toxische Mischung. Man verändert seinen Charakter in einer Chefposition nicht, er kommt jedoch deutlich zum Vorschein. Ein guter Mensch kann viel Positives bewirken. Ein schlechter Mensch kann seine dunkle Seite ausleben …«

»Und Wullschleger war ein solcher?«

Philipp hob die Schultern. »Ich habe aus zweiter Hand gehört, dass er regelrecht gierig nach Anerkennung gewesen sei. Ein eitler Geck. Gute Ergebnisse habe er für sich reklamiert und Fehler elegant anderen in die Schuhe geschoben. Zudem sei er ein umtriebiger Schürzenjäger gewesen. Damit wird man natürlich nicht beliebt. Aber deshalb jemanden ermorden?«

»Es war ohne Zweifel ein kaltblütiger Mord. Ein Jagdunfall kann ausgeschlossen werden«, bekräftigte Armand und erzählte von seinen Erlebnissen auf dem Golfplatz und in der Villa Wullschleger. »Ich habe selten so gefühllose Menschen getroffen.«

Philipp war nicht überrascht. Er kannte die Welt der Schönen und Reichen bestens aus eigener Erfahrung. Sogar im Golf- & Freizeitclub war er einige Jahre Mitglied gewesen, war jedoch schon vor langer Zeit ausgetreten. Der oberflächliche Smalltalk war nicht auszuhalten gewesen, und er verbrachte seine Freizeit sowieso lieber mit der Familie.

Nachdem sie fertig gegessen hatten, holte Philipp sein Smartphone aus der Innentasche seines Jacketts. Er beschäftigte sich kurze Zeit mit dem Gerät und schob es dann Armand über den Tisch zu. »Wenn du Klatsch und Tratsch über die Bankenszene lesen willst, empfehle ich dir den ›Bankenspiegel‹. Das ist ein Finanzblog, der über die Branche und vor allem deren Protagonisten schreibt. Wullschleger ist dort im Moment das große Thema. Im Blog wird unter den jeweiligen Artikeln anonym kommentiert, was man sich sonst hinter der verborgenen Hand erzählt.«

Armand nahm das Smartphone interessiert zur Hand und überflog den aktuellsten Bericht sowie die beliebtesten Kommentare.

Bankenspiegel
4. September, 07:30 Uhr

HW, Generaldirektor bei der Zürcher Investment Bank, wurde am Donnerstagmorgen im noblen Golf- & Freizeitclub hoch über dem Zürichsee erschossen. Der Manager war als bunter Hund auf dem Zürcher Finanzplatz bekannt. Die näheren Hintergründe des Verbrechens sind nebulös. Laut einem Insider war HW ein umtriebiger Casanova. Hat sich ein betrogener Ehemann gerächt? Zudem wurden im Bereich von HW in den vergangenen Jahren viele Mitarbeiter auf die Straße gesetzt, obwohl die Gewinne und Boni sprudelten. Eine Abrechnung für diese schreiende Ungerechtigkeit? Die Zürcher Investment Bank hat unsere Anfrage unbeantwortet gelassen. So bleiben im Moment nur Vermutungen.

Die beliebtesten Kommentare:
Pius, 07:40 / 195 Likes
Ein Manager weniger – na und? Der nächste steht

sicher schon bereit. Es ist an der Zeit, dass man diesen Abzockern einen Riegel vorschiebt. Mit allen Mitteln …

Bankkunde, 07:55 / 150 Likes

Was hatte dieser Kerl überhaupt auf dem Golfplatz zu suchen? Während der Arbeitszeit! Bei den exorbitanten Bankgebühren könnte man mehr Arbeitsethik erwarten! Aber das ist auf der Teppichetage ein Fremdwort.

Sklave, 08:11 / 143 Likes

Ich arbeite schon seit 20 Jahren bei diesem Saftladen. Unten wird geackert und oben wird gefressen. Sodom und Gomorra am Paradeplatz! Mein Mitleid hält sich in Grenzen …

Antwort von Herrscher auf Kommentar von Sklave, 08:15 / 99 Likes

Selber schuld, wenn du dort arbeitest. Aber auf dich wartet außerhalb der Bank sowieso nur das Sozialamt!

Armand schüttelte ungläubig den Kopf und gab das Gerät zurück. »Das ist ja unterste Schublade. Auch wenn man jemanden nicht mag, muss man sein Ableben ja nicht derart feiern. Die Kommentare sind grauenhaft.«

»Der Finanzblog ist durch Werbung finanziert und lebt von den Klicks der Besucher. Daher ist der Eigentümer auf skandalträchtige Geschichten angewiesen«, erklärte Philipp. »Und Banker haben im Moment nicht gerade den besten Ruf. Ein gefundenes Fressen für Till Fröhlich, der diesen Blog betreibt.«

»Da unterscheidet er sich im Skandalisieren und Moralisieren unwesentlich von den anderen Medien«, erwiderte Armand.

Nachdem sie aufgegessen und ihren Abfall entsorgt hatten, verabschiedeten sich die Freunde am Bellevue. Philipp drückte Armand fester als sonst.

»Hast du zugenommen?«, neckte er ihn. »So weich hast du dich noch nie angefühlt.«

*

Die Bratwurst und die Pommes lagen ihm schwer im Magen, als Armand zurück ins Büro ging. Nicht nur das Mittagessen war schwer verdaulich, sondern auch die vielen Gespräche der letzten Tage: Gier, Eitelkeiten, Macht, Prestige und dazu noch ein Mord. Ob in der Kirche oder der realen Welt, der Mensch blieb immer gleich. Armand brauchte dringend eine Aufmunterung und rief Ekatarina an, die zu Hause in ihrer gemeinsamen Wohnung für die Abschlussprüfung an der Universität büffelte. Sie studierte Kunstgeschichte auf dem zweiten Bildungsweg. Bereits als Armand ihre Nummer wählte, waren die Sorgen für einen Moment vergessen und ein Lächeln zeigte sich auf seinem Gesicht. Ekatarina antwortete nach dem ersten Klingeln.

»Na, mein Großer, wie viele Verbrecher hast du heute schon geschnappt?«

»Noch keinen, dafür bin ich mit Philipp üppig essen gegangen.«

»Oje«, antwortete Ekatarina. »Ich habe uns zwei riesige Cordon bleu gekauft, die wir heute essen sollten. Ich wollte dich damit überraschen … Aber weißt du was, wir essen dazu einfach einen Gurkensalat anstelle von Bratkartoffeln. Was meinst du?«

Armand blickte auf seinen Bauchansatz, und aus dem Cordon bleu wurde vor seinem inneren Auge ein Cordon Pneu. »Kein Problem, Schatz. Ein Cordon bleu geht immer!«

DIE KRISENSITZUNG

Zürich, 4. September

Zur gleichen Zeit wie das Mittagessen beim Sternen Grill fand in der Zürcher Investment Bank eine Krisensitzung statt. Informell und ohne Protokoll. Drei elegante Herren saßen in einem imposanten Büro und rauchten Zigarren. Dass es sich um ein Chefbüro handelte, machte die Einrichtung deutlich. Das Pult bestand aus schwarz gefärbter Eiche und hatte die Größe eines Tischtennistisches. Dicker Qualm hing unter der hohen Decke. Die Stimmung war angespannt.

Die drei Geschäftsleitungsmitglieder saßen eine Weile wortlos beisammen: Kurt Zimmermann, Stabschef oder genauer Chief Operating Officer der Zürcher Investment Bank, Simon Hunziker, Anlagechef beziehungsweise Chief Investment Officer, und Yves Lemoine, Private Banking Chef von Europa beziehungsweise Head Wealth Management Europe. Die rote Glut der Zigarren leuchtete im bläulichen Rauch wie Signalfeuer. Zimmermann gönnte sich einen zünftigen Schluck Bourbon und hob das Glas.

»Auf unseren Freund Wullschleger. Rest in peace«, sagte er mit tiefer Stimme. Seine Kollegen prosteten ihm zu.

Nach einer kurzen Pause, die als Gedenken an Wullschleger genügen musste, meldete sich Hunziker zu Wort. »Schade um Hansjörg. Jetzt müssen wir uns einen Ersatz für unsere Pokerrunde suchen. Wird schwierig, jemanden zu finden, der immer verliert. Wullschleger war ein begnadeter Blender, aber ein miserabler Bluffer.«

Zimmermann schüttelte missbilligend den Kopf. »Du denkst doch nicht im Ernst ans Pokerspielen. Ich habe euch aus einem anderen Grund zu mir ins Büro gebeten.« Der Stabschef setzte eine bedeutungsvolle Miene auf, um dem, was nun kommen würde, das nötige Gewicht zu verleihen. »Ich habe mir am Wochenende Gedanken gemacht – über die Zukunft der Bank, über uns und über mich. Ich bin an Wullschlegers Stelle interessiert und will das Schweizer Geschäft übernehmen. Dazu brauche ich eure Unterstützung. Ich kann mich ja nicht selber bei Tuchel und dem Verwaltungsrat ins Gespräch bringen. Das würde pietätlos wirken. Und billig. Ihr müsst das also tun.«

Hunziker und Lemoine blickten sich überrascht an. Schließlich war es der Anlagechef, der sich zu Wort meldete. »Du willst ins Privatkundengeschäft einsteigen? Aber als Stabschef bist du doch die graue Eminenz der Bank. Du hast alle Schalthebel der Macht auf deinem Tisch. Für mich bist du die beste Person auf diesem Posten. Warum also wechseln?«

Zimmermann schnaubte abfällig. »Ich rede nicht von einem Wechsel, sondern von einer Zusatzaufgabe. Meine alte Position behalte ich natürlich. Habt ihr zwei eigentlich schon an unser lukratives Nebengeschäft in Genf gedacht? Wer soll denn sonst Hansjörgs Rolle übernehmen, ohne dass alles auffliegt?«, fragte er provozierend und sah seine Kollegen mit zusammengekniffenen Augen an.

Hunziker legte den Kopf leicht nach hinten und stieß eine dicke Rauchwolke zur Decke. »Nun sei doch nicht gleich eingeschnappt. Ich wollte dich nur loben. Du bist der beste Stabschef, den ich mir vorstellen kann. Dein Argument mit Genf leuchtet mir allerdings ein. Ich kann nicht auf diese Einnahmen verzichten. Und wenn du den Posten innehast, teilen wir in Zukunft nur noch unter uns dreien auf. Eine grandiose Idee!«

Zimmermanns Miene entspannte sich. Wie sehr viele Manager wurde auch er gerne gebauchpinselt. »Na also … Mein Entschluss steht fest. Ihr bringt mich bei Tuchel und von Fink ins Gespräch. Der Rest ist Formsache, und alles bleibt beim Alten. Tuchel ist auf mich angewiesen. Alleine bringt er kein Bein vors andere. Was meinst du, Yves? Hat es dir die Sprache verschlagen?«

Yves Lemoine saß mit übergeschlagenen Beinen in seinem Sessel. Nachdenklich schwenkte er seinen Bourbon und betrachtete die bernsteinfarbene Flüssigkeit. »Mach, was du willst. Meine Unterstützung hast du jedenfalls. Ich überlege mir nur, warum Wullschleger umgebracht wurde.«

Zimmermann hob die Schultern. »Was weiß ich. Ein betrogener Ehemann, der seine Ehre verteidigen wollte, eine seiner Freundinnen, die er links liegen gelassen hat, ein verrückter Serienkiller, dem er zufällig vor die Flinte gelaufen ist, oder vielleicht ein Neider? Wir kannten ja unseren Hansjörg. Er war gierig. Geld und Weiber, das zählte für ihn. Dass er zudem gerne und viel schwatzte, war sicher nicht hilfreich.«

»Das letzte Hemd hat keine Taschen«, ergänzte Hunziker und fügte grinsend hinzu: »Darum gebe ich mein Geld zu Lebzeiten aus.«

Zimmermann blickte auf seine Armbanduhr. »Also, dann ist ja alles bestens. Ich habe jetzt einen Termin. Genf läuft weiter wie bisher. Wir teilen ab sofort nur noch durch drei. Basta! Bei unseren Gesprächen mit der Polizei wird das kein Thema sein. Kopf runter und weiterarbeiten. Sind wir uns einig?«

Lemoine und Hunziker nickten.

»Und ihr unterstützt mich bei Tuchel?«, hakte Zimmermann nach.

Wieder Kopfnicken.

»Wunderbar. Und jetzt verscheuchen wir die trüben Gedanken. Auf eine glorreiche Zukunft!« Zimmermann schenkte sich und seinen Kollegen zwei Fingerbreit Bourbon nach. Die drei Manager hoben ihre Gläser und leerten sie in einem Zug.

DIE AUFNAHME

Zürich, 4. September

Wie immer, wenn er verunsichert war, nahm er sein Smartphone zur Hand und hörte sich die Tonaufnahme an.

Einmal.

Zweimal.

Dreimal.

So viele Male, bis er überzeugt war, das Richtige zu tun. Die Aussagen waren abscheulich. Trotzdem – rechtfertigten sie zu töten? Über einen Mord nachzudenken war das eine, die konkrete Planung etwas gänzlich anderes. Aber es gab keine Alternative. Sie mussten bestraft werden, das Strafrecht würde keine Gerechtigkeit bringen. Wie sie sterben würden, hatten sie selber besiegelt.

Quid pro quo.

Er legte sich aufs Bett und versuchte, die dunklen Gedanken zu verscheuchen. Erfolglos. Nach einer halben Stunde stand er auf und hörte sich die Aufnahme ein weiteres Mal an.

ALPHATIERE

Zürich, 5. September

Bevor Armand das Büro von Stabschef Zimmermann betrat, bat er dessen Sekretärin, ihm die Toilette zu zeigen. Frau Sommer, die Armand sofort an den klassischen Vorzimmerdrachen erinnerte, hob indigniert ihre nachgezogenen Augenbrauen nach oben. Ihre ondulierten Haare schimmerten violett.

»Herr Zimmermann hat einen vollen Terminkalender. Bitte beeilen Sie sich.«

Armand ärgerte sich über die schulmeisterliche Schelte und konnte sich einen kleinen Seitenhieb nicht verkneifen. »Ich wasche mir nur rasch die Hände. Nicht, dass Herr Zimmermann wegen mir krank wird. Das würde seine Termine sicher durcheinanderbringen.« Bevor Sommer etwas erwidern konnte, verschwand Armand in der Herrentoilette. Dort klaubte er eine Tablette aus der Innentasche seines Jacketts, steckte sich diese in den Mund und spülte mit einem Schluck Wasser nach. Sein Magen hatte auf das schwere Abendessen, Cordon bleu inklusive reichlich Rotwein, im wahrsten Sinne des Wortes sauer reagiert. So hoffte Armand nun, dass die bereits zweite Tablette des Tages den Reflux endlich stoppen würde.

Frau Sommer erwartete ihn ungeduldig im Gang und sah demonstrativ auf ihre Armbanduhr. »So, können wir jetzt?«

»Ja, bitte nach Ihnen«, erwiderte Armand galant.

Zimmermann sprang förmlich auf, als Armand in sein Büro geführt wurde. »Herr Muzaton, es ist uns eine große Ehre, der Zürcher Kriminalpolizei behilflich zu sein. Vor allem, wenn deren berühmter Leiter sich persönlich Zeit für uns nimmt.«

Das »Uns« war dem Umstand geschuldet, dass zwei weitere Herren anwesend waren, die sich als Simon Hunziker, Anlagechef der Bank, und Yves Lemoine, Leiter des europäischen Privatkundengeschäftes, vorstellten. Zimmermann hatte dem Polizeibeamten vorgeschlagen, dass sie das Gespräch gleich mit allen in Zürich ansässigen Geschäftsleitungsmitgliedern durchführen könnten. Auf diese Weise, meinte der umtriebige Manager, müsse Armand die gleichen Fragen nicht dreimal stellen.

Armand setzte sich mit trockenem Mund mit den drei eleganten Herren an den großen Besprechungstisch. Zu seinem Bedauern standen keine Getränke auf dem Tisch, und Frau Sommer wollte er nicht noch einmal um einen Gefallen bitten. Also ignorierte er seinen Durst und studierte seine Gesprächspartner. Zimmermann war zweifellos der Leitwolf. Mit den kurzen, immer noch dichten grauen Haaren, dem klassischen schwarzen Anzug, einem gestärkten weißen Hemd und der rahmenlosen Brille sah er aus wie ein Bankmanager aus dem Bilderbuch. Seine Körpersprache und die Chefmiene signalisierten den Führungsanspruch. Simon Hunziker war eher der Typ »Playboy«. Er war einige Jahre jünger als Zimmermann und trug sein blondes Haar mit Brillantine nach hinten geklebt. Yves Lemoine war der Jüngste in der Runde. Er hatte auffällige rote Strümpfe an, was in Bankerkreisen eine trendige Modeerscheinung war.

Jedem das Seine.

Die Manager zeigten sich überaus redselig. Eine wahrliche Tragödie sei das viel zu frühe Ableben ihres guten Kollegen und noch besseren Freundes, meinten sie unisono. Die Lücke, die Wullschleger sowohl menschlich wie geschäftlich hinterlasse, sei nur schwer zu schließen.

»Hansjörg war ein sehr umgänglicher Mensch. Korrekt und professionell, hatte immer ein offenes Ohr. Beim Täter muss es sich um einen Verrückten handeln. Wahrscheinlich war Wullschleger einfach zur falschen Zeit am falschen Ort«, mutmaßte Zimmermann und schüttelte theatralisch den Kopf. Seine Kollegen bekräftigten die Aussage durch eifriges Nicken.

»Unsere Ermittlungen laufen in alle Richtungen«, erwiderte Armand. »Ist es möglich zu erfahren, ob die Mitarbeitenden aus Wullschlegers Umfeld am vergangenen Donnerstag pünktlich zur Arbeit erschienen sind? Eine Liste wäre hilfreich.«

Zimmermann war begeistert. »Dieses Ausschlussverfahren ist sehr clever, Hauptmann Muzaton. Und effizient dazu. So können Sie auf einen Schlag die Anzahl der Verdächtigen auf ein Minimum reduzieren. Wobei ich für die Belegschaft der Bank sowieso die Hand ins Feuer legen würde. Wir sind wie eine große Familie.«

»Statistisch passieren die meisten Gewaltverbrechen innerhalb der Familie«, bremste Armand Zimmermanns Wortschwall.

Der Stabschef lächelte, ohne aus dem Konzept zu geraten. Er musste der beste Kartenspieler der Runde sein. »Ich war jedenfalls im Büro. Um 6:30 Uhr, wie jeden Morgen.«

Auch Hunziker bestätigte ungefragt seine Anwesenheit. Er habe um 7 Uhr morgens eine Videokonferenz mit seinem Team in Singapur geleitet. Lemoine gab an, an besagtem Donnerstag zu Hause gearbeitet zu haben. An einem Tag im Homeoffice könne man so viel erledigen wie sonst in einer ganzen Woche. Da er Junggeselle sei und alleine wohne, müsse sein reger Mailverkehr als Beweis genügen.

»Na, dann haben Sie ja nichts zu befürchten«, sagte Armand in die Runde. Er wurde mit den dreien nicht warm. Dass man mit dem nötigen Kleingeld sich die Hände nicht selber schmutzig machen musste, erwähnte er nicht. »Ging Herr Wullschleger regelmäßig während der Arbeitszeit in den Golf- & Freizeitclub?«

»Bei uns im Management fließen Arbeit und Privatleben ineinander. Überstunden werden nicht bezahlt«, lamentierte Hunziker, seines Zeichens vielfacher Einkommensmillionär.

Armand dachte an sein eigenes prall gefülltes Überstundenkonto, das er wohl nie würde abbauen können. Er beschloss, die drei Herren zu provozieren und sie so aus ihrer Komfortzone zu holen. »Hatte Wullschleger Ärger mit gewissen Kunden? Sie wissen schon – wegen schlechten Investments, Rechtsstreitigkeiten oder vielleicht einer untreuen Geschäftsführung? Man ist doch sicher Versuchungen ausgesetzt, wenn man mit so hohen Beträgen jongliert wie Sie …«

Lemoine richtete sich die Brille, und Hunziker strich sich über die festgeklebten Haare. Zimmermann blieb souverän. Seine Lippen kräuselten sich zu einem Lächeln.

»Nein. Alle Beschwerden landen bei mir auf dem Tisch. Hansjörgs Arbeit bot nie Anlass für Reklamationen. Im Gegenteil: Die Kundschaft liebte ihn. Er hatte ein feines Gespür für deren Wünsche und Bedürfnisse. Diese Betreuung bekommen Sie als wichtiger Privatkunde bei Ihrer Bank hoffentlich auch?«

Dem Hauptmann war die Ironie der Frage nicht entgangen. Genauso wenig wie die spöttischen Blicke, die sich Hunziker und Lemoine zuwarfen. Er war zwar stolzer Besitzer einer Eigentumswohnung im Zürcher Seefeld und hatte einen guten Lohn. Für eine Spezialbehandlung im Schweizer Private Banking reichte das aber bei Weitem nicht aus. Als »reich« galt man je nach Institut ab zehn Millionen.

Frühestens.

Doch wenn die Manager spielen wollten, konnte ihr Wunsch erfüllt werden. Armand feuerte einen Schuss ins Dunkle. »Steht der Nachfolger von Wullschleger schon fest? Wir werden diese Person genau unter die Lupe nehmen müssen.«

Nun richtete sich Zimmermann auffällig unauffällig das Einstecktuch, während Hunziker und Lemoine entspannt wirkten.

»Die Nachfolge wird vom CEO und dem Verwaltungsrat bestimmt. Soviel ich weiß, ist nichts entschieden. Eine solche Position kann nicht jeder übernehmen, und Topleute sind rar gesät«, erklärte Zimmermann.

Armand hatte genug vom Fegefeuer der Eitelkeiten. Das Gespräch brachte ihn nicht weiter, und so änderte er die Taktik. Er stand unvermittelt auf und übergab jedem der drei Manager seine Visitenkarte.

»Unser Gespräch war wirklich sehr aufschlussreich. Ich habe mehr erfahren, als ich gehofft habe. Bitte rufen Sie mich an, wenn Ihnen noch etwas einfällt, das Sie mir erzählen möchten. Auf Wiedersehen und bis bald.«

Ohne weitere Worte verließ er das Büro. Die Manager blickten sich ratlos an. Hatten sie etwas Falsches gesagt oder wusste der Hauptmann mehr, als ihnen lieb sein konnte?

COLA ZERO

Zürich, 5. September

Armand trat auf den Paradeplatz und blinzelte in das grelle Sonnenlicht. Die Manager hatten keinen guten Eindruck hinterlassen. Tuchel war ihm im Vergleich zu seinen Generaldirektoren geradezu sympathisch erschienen. Es musste schwierig sein, diese Raubtiere jeden Tag unter Kontrolle zu halten. Beim kleinsten Fehler würde man mit Haut und Haar aufgefressen.

Der Hauptmann schlenderte über den belebten Paradeplatz. Der Ort gehörte zum teuersten Pflaster der Stadt und war ein Synonym für die Zürcher Banken und den dort befindlichen Reichtum. Sein Ursprung war weniger glamourös. Im ausgehenden Mittelalter waren dort Tiere gehandelt worden, und man sprach noch vom »Saumärt«. Den jetzigen Namen hatte der Paradeplatz vermutlich vom nahe liegenden Zeughaus erhalten.

Armand setzte sich vor dem Sprüngli an einen freien Tisch und bestellte eine Cola Zero. Er hatte sich in dem altehrwürdigen Kaffeehaus mit Priya verabredet, um sie hier nach ihren Gesprächen zu treffen. Einige Gäste drehten die Köpfe zum Hauptmann, andere steckten diese tuschelnd zusammen. Spätestens seit der Aufklärung des Falles um den ominösen »Maskenmann« und der offen ausgetragenen Auseinandersetzung mit dem damaligen Regierungsrat war Armand in Zürich zu einer Berühmtheit geworden. Für einen Polizeibeamten nicht immer von Vorteil, Armand hätte gerne darauf verzichtet. Er blätterte durch eine Tageszeitung, die auf seinem Tisch liegen geblieben war. In den vergangenen Tagen war der Mord an Wullschleger ein großes Thema in den hiesigen Zeitungen gewesen. Heute wurde lediglich in einem kleinen Artikel erwähnt, dass die Ermittlungen bislang nicht zur Ergreifung eines Tatverdächtigen geführt hätten. Armand legte das Blatt auf den Tisch zurück und öffnete auf seinem Smartphone den »Bankenspiegel«. Wullschleger war nach wie vor allgegenwärtig. Das Bild, das von ihm gezeichnet wurde, war negativ bis bösartig.

Bankenspiegel
5. September, 07:35 Uhr

Die Belegschaft der Zürcher Investment Bank ist immer noch geschockt. Solange der Mörder nicht gefasst ist, kann sich niemand im noblen Gebäude am Paradeplatz sicher sein. Mit jeder Stunde erfahren wir mehr über den ermordeten HW. Auf seinem Weg nach oben sind viele Weggefährten des Bankers auf der Strecke geblieben. Frei nach dem Motto: Zuerst das Fressen, dann die Moral. Wir halten Sie auf dem Laufenden.

Die beliebtesten Kommentare:
Päsche, 07:49 / 180 Likes
Bei den Mänägerli ist sich jeder selbst am nächsten. Sollen sie nun nur ein bisschen Zittern und über ihre Verbrechen nachdenken.

Maja, 07:59 / 154 Likes
Einer weniger, was soll's …
Antwort von Warner auf Kommentar von Maja, 08:12 / 97 Likes
Es gibt immer noch zu viele dieser schmierigen Typen!
Beobachter, 08:00 / 99 Likes
Hatte HW eigentlich eine Familie? Sonst müsste man vielleicht einen Spendenaufruf machen. (Achtung, Ironie!)

Armand legte das Smartphone auf die Zeitung, als Priya sich zu ihm an den Tisch setzte. Die Polizistin lächelte fröhlich, was Armands Stimmung sofort hob.

»Wir sollten uns regelmäßig hier auf ein Kaffeekränzchen treffen.«

Armand zeigte auf seine Cola. »Eignet sich mein Getränk auch für ein Kaffeekränzchen? Koffein ist zumindest drin.«

»Ist akzeptiert«, antwortete Priya und bestellte sich einen doppelten Espresso. »Seit wann trinkst du Zero?«

Armand klopfte sich den Bauch. »Sogar ich werde langsam älter«, meinte er selbstironisch.

»Die einen werden im Alter weiser, die anderen schwerer. Das kann man sich leider nicht aussuchen«, neckte Priya.

Armand hob die Augenbrauen. Er hegte für seine Mitarbeiterin beinahe väterliche Gefühle. Ihm fiel keine schlagfertige Antwort ein, daher trank er einen Schluck seiner Limonade. Er spürte, wie die Flüssigkeit angenehm kühl die Speiseröhre hinunterrann.

»Wie ist dein Gespräch mit der Geschäftsleitung verlaufen?«, fragte die Polizistin neugierig.

Armand winkte ab. »Wullschleger konnte anscheinend über Wasser laufen.«

»Das kann doch jeder – wenn es gefroren ist. Man muss einfach aufpassen, dass man nicht einbricht. Eine Frage des Gewichts …«

Die beiden Kriminalbeamten lachten so laut, dass sich die Gäste an den anderen Tischen zu ihnen umdrehten.

»Bei mir war das Bild etwas differenzierter«, sagte Priya, nachdem sie sich wieder gefangen hatten. »Wullschlegers Assistentin, Andrea Vollenweider, ist eine sympathische junge Frau und war sehr aufgeschlossen. Wullschleger hat gemäß ihrer Aussage am Donnerstag einen Arzttermin im Kalender vermerkt. Das war sein Code für die Golfrunde und ein offenes Geheimnis.«

»Wusste sonst jemand davon?«, fragte Armand.

»Ja, die Bürokräfte der Geschäftsleitungsmitglieder haben gegenseitig Zugriff auf die Terminkalender. Das sei wichtig für eine reibungslose Koordination der Meetings.«

Armand war froh um jedes noch so kleine Detail, das sie weiterbringen könnte. »Und was hast du über Wullschleger gehört?«

»Jedenfalls keine Heiligenverehrung. Wullschleger sei ein erfolgreicher Banker gewesen, vor allem aber an seiner eigenen Karriere interessiert – permanent darauf bedacht, sich beim CEO und dem Verwaltungsrat in gutem Licht zu zeigen. Er habe vor nicht allzu langer Zeit einen Drohbrief erhalten.«

»Sieh mal an …«, sagte Armand.

Priya zog einen kleinen Notizblock aus ihrer Gesäßtasche und blätterte durch einige Seiten, bis sie die richtige Stelle gefunden hatte. »Der Brief wurde ihm Ende Juli zugeschickt. Wullschleger wurde darin beschuldigt, sich unrechtmäßig bereichert zu haben. Es wurde mit weitreichenden Konsequenzen gedroht, wenn er das Geld nicht zurückgebe. Alles ziemlich vage.«

»Hast du das Schreiben?«, fragte Armand und musste an die Kommentare im Finanzblog denken.

Priya verneinte. »Wullschleger hat den Brief nicht ernst genommen und zerrissen.«

Armand trommelte unzufrieden mit den Fingern auf dem Tisch. Die Ermittlungen liefen nach seinem Geschmack zu zäh an.

»Da ist noch etwas«, fuhr Priya fort. »Vollenweider hat lange für eine Verwaltungsrätin namens Wolf gearbeitet und ist erst seit einigen Monaten für die Geschäftsleitung tätig. Weißt du, warum?«

»Nein, aber das wirst du mir sicher gleich erzählen.«

Priya senkte ihre Stimme und beugte sich zu Armand. »Wullschlegers vorherige Assistentin ist im Januar bei einem Skiunfall in Arosa tödlich verunglückt. Während eines Offsides …« Die junge Polizistin machte eine Pause und wartete auf Armands Reaktion.

»Offside?«, fragte dieser.

»Du solltest wieder einmal den Wirtschaftsteil lesen und nicht nur Sport und Klatsch«, antwortete Priya und zeigte auf die Zeitung. »Ein Offside ist ein Managementmeeting außerhalb des Firmengebäudes. Die Geschäftsleitung hat sich im Januar für ein verlängertes Wochenende nach Arosa verdrückt, um dort strategische Fragen zu diskutieren. Es waren insgesamt 40 Leute anwesend, darunter die Assistenten der Geschäftsleitung und eine Delegation vom Verwaltungsrat. Lediglich Patrick Gisler, der Assistent von Lemoine, war krankheitshalber abwesend. Covid …«

Armand pfiff leise durch die Zähne. »Davon haben mir die Manager nichts erzählt. Der Vorfall sagt mir komischerweise auch nichts. Wieso haben wir nie davon gehört?«

»Wie gesagt, es war ein Unfall. Die Bündner Kantonspolizei hat die Ermittlungen rasch abgeschlossen. Skiunfälle mit Todesfolgen kommen leider immer wieder vor. Die junge Frau ist auf der Talfahrt vom Weg abgekommen, einen Hang hinuntergestürzt und in der Nacht erfroren.«

»Schrecklich«, sagte Armand. »Das muss für ihre Kollegen schlimm gewesen sein.«

Priya blies sich eine Haarsträhne aus dem Gesicht. »In der Tat. Auch für Andrea Vollenweider, die mit ihrer damaligen Vorgesetzten vor Ort und mit dem Unfallopfer eng befreundet war. Als die Assistentin am nächsten Morgen nicht auftauchte, wurde eine Suchaktion gestartet. Ein Pistenarbeiter hat die Leiche schließlich gefunden. Sie muss beim Sturz gegen einen Baum geprallt und ohnmächtig liegen geblieben sein.«

»Wo war Wullschleger, als der Unfall passierte?«, fragte Armand.

»Am Unglückstag stand nach der Morgensitzung freies Skifahren auf dem Programm. Auch der Abend durfte individuell gestaltet werden. Wullschleger war laut Andrea Vollenweider den ganzen Nachmittag mit seinen drei Geschäftsleitungskollegen zusammen. Am Abend hätten die Männer in Zimmermanns Ferienhaus Karten gespielt. Der Stabschef besitzt ein Chalet in Arosa. Die restliche Belegschaft war in einem Hotel untergebracht. Da alle in unterschiedlichen Gruppen unterwegs waren, ist das Verschwinden der Assistentin erst am nächsten Morgen aufgefallen.«

»Was für eine Tragödie«, sagte Armand traurig. Der kräftige Mann hatte einen weichen Kern, den nur wenige kannten. »Ich hoffe sehr, dass wir es hier nicht mit einem durchgeknallten Serienkiller zu tun haben. Zuerst die Assistentin, dann der Chef …«

»Auch den würden wir fassen«, erwiderte die Polizistin selbstsicher.

»Mein Gefühl sagt mir, dass es kompliziert wird«, prophezeite Armand. Manchmal täuscht einen das Gefühl.

Manchmal nicht.

DIE SCHAUMWOLKE

Zürich, 6. September

Verwaltungsrätin Bernadette Wolf spülte die starken Medikamente mit einem Schluck Tee hinunter. Sie hatte eine schreckliche Nacht hinter sich. Der heftige Gichtschub war nicht unerwartet eingetreten. Stress war Gift für ihre Gelenke. In diesen Momenten fühlte sie sich, als würde sie beim kleinsten Windzug zerfallen. Die Gicht war aber nicht ihr größtes Problem.

Die zähe Frau trug es mit Fassung, Selbstmitleid war ihr fremd. Sie blickte auf ein erfülltes Leben zurück. Als Bauerntochter aus dem Emmental war ihr beruflicher Erfolg kein Selbstläufer gewesen. Stattdessen beruhte ihre Karriere auf harter Arbeit und dem Kampf gegen Windmühlen. Eine junge Frau, die Jura studierte, war zur damaligen Zeit sehr außergewöhnlich gewesen, und sie hatte viele Anfeindungen erlebt. Mehr noch aus der Frauen- als der Männerwelt. Doch sie hatte sich nicht von ihrem Weg abbringen lassen.

Die einzige Schwachstelle war immer ihre Gesundheit gewesen: Bei einer schweren Lungenentzündung, einer Fehlgeburt und einem Herzinfarkt war sie dem Tod gerade noch von der Schippe gesprungen. Die Gichtanfälle waren schmerzhaft, aber nicht lebensbedrohlich. Im Gegensatz zum diagnostizierten Knochenkrebs. Niemand außer ihrer Ärztin wusste davon. So sollte es auch bleiben, bis zu ihrem

Rücktritt bei der nächsten Generalversammlung. Sie war nun in einem Alter, in dem einem das Leben mehr wegnahm als schenkte. Aber der Tod war nichts, was ihr Angst machte. Wenn er kam, war sie weg. Bis dahin galt es, die Causa Wullschleger nicht aus den Augen zu verlieren.

Als die Schmerzmittel zu wirken begannen, setzte sie sich vor ihren privaten Computer. Es war ihr nach wie vor möglich, bei starken Schüben einige Schritte zu gehen. Unbeschwerte Tage ohne Rollstuhl gab es zwar immer noch, sie wurden allerdings seltener. Mit flinken Fingern schrieb sie eine kurze Mitteilung an Verwaltungsratspräsident von Fink.

»Lieber Hubert,
ich denke, wir sollten hinsichtlich des tragischen Todes von Hansjörg Wullschleger Vorsicht walten lassen. Obwohl es keine konkreten Hinweise auf eine Täterschaft innerhalb der Zürcher Investment Bank gibt, müssen wir Vorkehrungen treffen, damit unsere Belegschaft geschützt wird. Ich schlage daher vor, in den Fluren und Treppenhäusern des Hauptgebäudes ein Überwachungssystem zu installieren. Das würde ein Verbrechen unmöglich machen oder zumindest erschweren. Ich will mir nicht vorstellen, was passieren würde, wenn ein Mord am Paradeplatz geschähe. Die Bank könnte irreparablen Schaden nehmen. Als Risikochefin im Verwaltungsrat beantrage ich daher, alle notwendigen Maßnahmen zu treffen.
Bernadette«

Nachdem Wolf das Mail gesendet hatte, las sie einige Protokolle. Zwischendurch stand sie auf und dehnte sich, um ihre Gelenke geschmeidig zu halten. Nach 20 Minuten ging von Finks Antwort ein.

»Habe deinen Vorschlag gelesen. Kommt nicht infrage. Würde ja bedeuten, dass wir den Täter in unseren eigenen Reihen vermuten. Die Reaktion der Presse und der Aktionäre will ich mir gar nicht vorstellen. Danke für deine Initiative und einen schönen Abend!
HvF«

Wolf fuhr den Computer hinunter und ging ins Badezimmer. Dort öffnete sie beide Wasserhähne und ließ sich ein Vollbad einlaufen. Der negative Bescheid von Finks war nicht überraschend gekommen. Sie hatte jedenfalls ihre Pflicht erfüllt, mehr war im Moment nicht möglich. Kurze Zeit später glitt sie sanft ins warme Wasser und verschwand unter einer dicken Schaumwolke.

DER BRIEFBESCHWERER

Zürich, 7. September

Simon Hunziker, Anlagechef der Zürcher Investment Bank, saß spätabends in seinem Büro am Paradeplatz. Die Stehlampen tauchten den Raum in ein warmes Licht. Aufgrund der Vorkommnisse der vergangenen Tage war viel Arbeit liegen geblieben. So kämpfte sich der hohe Manager leise vor sich hin fluchend durch die übervolle Mailbox. Das meiste löschte er ungelesen. Sollte es wichtig sein, würden sich die betreffenden Personen schon wieder melden. Er beantwortete ausschließlich die Mails von der Geschäftsleitung und dem Verwaltungsrat.

Sein Programm zeigte an, dass er noch 140 ungelesene Nachrichten vor sich hatte, als sich die Tür seines Büros öffnete. Hunziker hatte seinen Arbeitstisch so gestellt, dass er Sicht auf die Fenster zum Paradeplatz hatte. Er drehte sich um und runzelte missmutig die Stirn. »Ach, du bist es. Komm herein. Ich muss nur noch den Müll im elektronischen Papierkorb entsorgen.« Er lachte über seinen Spruch, wie er es immer tat. In einer so hohen Position musste man von sich überzeugt sein, und das war er. Hunziker drehte sich auf seinem Lederstuhl zurück zum Bildschirm.

Der Gast schloss die Tür, nachdem er sich versichert hatte, dass der Flur menschenleer war. Um diese Uhrzeit genoss die große Mehrheit der Belegschaft bereits den verdienten Feierabend.

Es war schon lange her, seit die Post physisch verschickt worden war. Damals hatte man sich zweifellos mehr Gedanken über den Inhalt seines Schreibens gemacht als in Zeiten der elektronischen Mails. Daher erfüllte der klobige Briefbeschwerer, der auf dem eleganten Sideboard in Hunzikers Büro stand, lediglich noch einen dekorativen Zweck. Das antike Stück war aus massivem Messing. Auf dem Sockel war eine fein geschwungene Feder montiert, wie man sie früher zum Schreiben verwendet hatte.

Sehr stilvoll.

Die Person ging langsam zum Sideboard und hob den Briefbeschwerer mit beiden Händen in die Höhe. Der dicke Teppich dämpfte die Geräusche der Schuhe. Hunziker war immer noch mit Löschen beschäftigt und ahnte nichts von seiner eigenen Auslöschung. Als der schwere Sockel mit voller Wucht gegen seinen Schädel prallte, fiel der Manager zu Boden und war auf der Stelle tot. Sein Herz hatte aufgehört zu schlagen, nur der Cursor auf dem Bildschirm blinkte rhythmisch weiter.

DAS ZWEITLETZTE GESPRÄCH

Zürich, 8. September

Armand fühlte sich schon fast wie ein Stammkunde, als er zum dritten Mal innert kürzester Zeit die Zürcher Investment Bank betrat und am Empfang namentlich begrüßt wurde.

»Guten Morgen, Herr Hauptmann. Ich bringe Sie sofort nach oben. Schrecklich, was passiert ist«, sagte der ältere Bankangestellte und wies Armand höflich den Weg zum Aufzug. Zwei Etagen höher öffnete sich die Tür mit einem sanften Summen. Überall standen Beamte in Uniform. Etwas abseits vom Geschehen hatten sich Mitarbeitende versammelt und beobachteten ungläubig, was sich vor ihren Augen abspielte. Einige steckten die Köpfe zusammen, andere hielten sich regungslos die Hand vor den Mund. Die Nachricht, dass Anlagechef Hunziker ermordet worden war, hatte sich am Hauptsitz der Zürcher Investment Bank wie ein Lauffeuer verbreitet.

Es roch nach Angst.

Vor dem Eingang zu Hunzikers Büro war ein Beamter postiert, damit kein Unbefugter den Tatort betrat. CEO Tuchel lehnte kreidebleich neben dem Polizisten mit dem Rücken an der Wand. Armand begrüßte den bemitleidenswerten Manager.

»Das ist alles meine Schuld«, klagte Tuchel.

Armand nahm ihn beim Wort. »Ist das ein Geständnis?«

Tuchel sah irritiert auf und zündete sich eine Slim-Zigarette an. Er stand offensichtlich unter Schock. »Wenn ich auf Sie gehört hätte, würde Hunziker noch leben. Ich konnte, nein, ich wollte einfach nicht glauben, dass es in meinem Team am Paradeplatz einen Mörder gibt.«

Armand tat seine Bemerkung leid, und er schlug einen versöhnlichen Ton an. »Sofern Sie keinen konkreten Hinweis auf die Tat unterschlagen haben, trifft Sie keine Schuld. Was hätten Sie denn tun können, um diesen Mord zu verhindern?«

Tuchel blickte dem Polizeibeamten dankbar in die Augen und drückte ihm die Hand. »Wahrscheinlich nichts. Und nein, ich habe Hunziker weder umgebracht noch Hinweise auf die Tat unterschlagen. Kann ich der Polizei irgendwie behilflich sein?« Er ließ die Zigarette auf den Parkettboden fallen und trat sie mit dem Schuh aus – ein grober Verstoß gegen die Hausregeln, gemessen an den Umständen jedoch verständlich.

»Sprechen Sie sich mit Ihrem Verwaltungsratspräsidenten ab und informieren Sie die Belegschaft. Wie und mit welchen Worten Sie das machen, überlasse ich Ihnen. Die Polizei braucht unbeschränkten Zugang zum Tatort und freie Hand bei den Ermittlungen. Sind wir uns einig?«

Tuchel war einverstanden und trottete davon. Er blieb bei einer größeren Gruppe von Mitarbeitern stehen und sprach beruhigend auf sie ein. Die gut gekleideten Männer und Frauen hingen an den Lippen ihres CEOs. Es gibt Menschen, die an schrecklichen Vorfällen zerbrechen, andere wachsen mit ihrer Aufgabe. Vielleicht gehörte Tuchel ja zu Letzteren, hoffte Armand und betrat Hunzikers Büro.

Im Raum herrschte emsige Geschäftigkeit. Kriminaltechniker sicherten Spuren. Die Leiche war bereits untersucht und zum Abtransport bereitgemacht worden. Ein Fotograf schoss die letzten Bilder. Der Raum war übersät mit gelben Markierungstafeln, die mit Nummern versehen waren. Ein Beamter sicherte mit Gelatinefolie Fingerabdrücke auf einem Messingblock. Eine abgebrochene filigrane Feder lag auf dem tiefen Teppich. Armand war bei der Bürotür stehen geblieben. Er wusste, dass Rechsteiner es nicht ausstehen konnte, wenn man an seinem Tatort herumtrampelte, bevor er mit den Untersuchungen fertig war. Der erfahrene Forensiker bemerkte Armand und winkte ihn zu sich. Anscheinend war er mit der Bestandsaufnahme fertig. Dennoch steckte Armand beide Hände in die Hosentaschen, um keine Gegenstände zu kontaminieren.

»Laut Gerichtsmedizin wurde die Tat gestern Abend begangen. Dem Opfer wurde mit einem schweren Gegenstand der Schädel zertrümmert. Muss auf der Stelle tot gewesen sein. Der Wunde nach zu urteilen, wurde dem Mann die tödliche Verletzung mit einem einzigen Hieb zugefügt. Üble Sache, ein brachialer Mord. Auf dem Corpus Delicti, einem Briefbeschwerer, konnten wir Fingerabdrücke sichern. Wenn wir Pech haben, stammen sie vom Opfer selbst. Wir werden das so rasch wie möglich klären. Erschlagen mit einem Briefbeschwerer. Ich wusste gar nicht, dass man im Banking noch Briefe schreibt. Apropos Papier …« Rechsteiner war in seinem Element und ging zur abgedeckten Leiche hinüber. Der Hauptmann folgte ihm. Der Kriminaltechniker zeigte auf den Boden. »Wir haben hier eine zerrissene Tausendernote und ein verfallenes Zugticket nach Genf gefunden. Was das zu bedeuten hat, musst du herausfinden.«

Armand konnte sich keinen Reim darauf machen. In seinem Kopf legte er den Geldschein und das Zugticket neben dem Drohbrief ab, den Wullschleger erhalten hatte.

Alles zu seiner Zeit.

»Ich habe gute Neuigkeiten für dich«, sagte Rechsteiner geheimnisvoll.

»Na, schieß schon los. Du weißt ja, die Spuren werden rasch kalt«, ermunterte Armand seinen Kollegen.

»Es gibt eine verdächtige Person. Gestern Abend hat eine Reinigungskraft gesehen, wie eine gewisse Frau Vollenweider aus Hunzikers Büro gestürmt ist. Sie hat sich zunächst nichts weiter dabei gedacht, aber als sie heute Morgen von dem Vorfall gehört hat, hat sie sofort ihren Vorgesetzten informiert. Priya spricht gerade mit Vollenweider. Sie sind im Büro nebenan.«

Armand riss freudig die Hände aus den Hosentaschen. »Yes, endlich geht es vorwärts!«, rief er und eilte davon.

Als Armand das angrenzende Büro betrat, saß Priya neben einer jungen Frau und hielt deren Hand. Im Vergleich zu den Chefbüros war der Raum auffallend einfach gehalten. Die Einrichtung war zweckmäßig, aber karg. Keine Kunst oder anderer Schnickschnack.

Sympathisch.

Priya stellte die Frau ihrem Vorgesetzten vor. »Andrea Vollenweider war die Assistentin von Hansjörg Wullschleger. Ich habe dir schon von ihr erzählt. Sie vertritt die Sekretärin von Simon Hunziker, die in den Ferien weilt, nachdem ihr Vorgesetzter ja …« Priya brach den Satz in der Mitte ab. Vollenweider war bleich geworden und zitterte. Armand trat ans Fenster, dessen Blick Richtung Talacker ging, und sein Oberkörper warf einen langen Schatten in den Raum.

Priya gab wieder, was ihr Vollenweider erzählt hatte. »Andrea Vollenweider war die letzte Person, die Hunziker lebend gesehen hat. Kurz vor 21 Uhr schaute sie bei ihm vorbei, um zu fragen, ob sie noch etwas erledigen könne, was dieser verneinte. Dann hat sie das Büro eilig verlassen, um ihren Zug nach Wädenswil zu erreichen. Eine Reinigungskraft hat das bestätigt.« Priya ging behutsam vor. Sie wollte den totalen Zusammenbruch Vollenweiders verhindern. Wahrscheinlich war dieser nicht bewusst, dass sie zu einer Tatverdächtigen geworden war.

Armand übernahm die Rolle des Bad Cop. »Die zweitletzte Person, so hoffe ich doch«, sagte er mit tiefem Bass. Den Blick hielt er fest auf Vollenweider gerichtet.

»Ich verstehe nicht«, sagte diese und brach in Tränen aus.

Priya sah Armand vorwurfsvoll an.

Der Hauptmann ließ dennoch nicht locker. Es ging schließlich um Mord. »Nun, wenn Sie die letzte Person gewesen sind, die Hunziker lebend gesehen hat, müsste ich Sie auf der Stelle verhaften. Dies ist bei einem Mordfall immer dem Mörder vorbehalten. Daher hoffe ich inständig, dass Sie die zweitletzte Person gewesen sind …«

Vollenweider wurde sich der Ernsthaftigkeit ihrer Situation bewusst. Sie schloss die Augen und kippte vornüber. Priya hielt sie gerade noch fest, bevor sie auf den Boden fallen konnte. Armand sprang seiner Kollegin zur Hilfe, und gemeinsam schoben sie Vollenweider in den Sessel zurück. Armand zog einen Stuhl vom Besprechungstisch heran und legte Vollenweiders Beine darauf. Während

Priya der jungen Frau mit einem Blatt Papier frische Luft zufächelte, öffnete Armand das Fenster. Statt kühler Luft strömte Schwüle in den Raum.

»Merde«, fluchte Armand, und schloss das Fenster. Vollenweider war in der Zwischenzeit wieder zu sich gekommen und entschuldigte sich für ihren Schwächeanfall. Priya tätschelte ihre Hand.

»Da muss sich jemand anderes entschuldigen«, sagte sie und blickte zu Armand. Bevor dieser antworten konnte, wurde die Bürotür geöffnet und eine zierliche Frau rollte in den Raum. Armand sah die Dame verwundert an, die ihre Befragung störte. Selbstbewusst versetzte sie der Tür einen kräftigen Stoß mit ihrem Ellbogen, sodass diese mit einem lauten Knall zurück ins Schloss fiel.

Die Dame im Rollstuhl lächelte entschuldigend. Trotz ihrer Gebrechlichkeit füllte sie den Raum mit fühlbarer Präsenz. »Verzeihen Sie bitte die Störung. Ich bin Verwaltungsrätin Bernadette Wolf und muss etwas Wichtiges zu Protokoll geben. Ich bin vermutlich die letzte Person, die mit Anlagechef Hunziker gesprochen hat. Abgesehen vom Mörder natürlich …«

DOPPELTES DONNERWETTER

Zürich, 8. September

Armand lief zu Fuß zurück ins Präsidium, um seine Gedanken zu ordnen und gleichzeitig ein paar Kalorien zu verbrennen. Das Büro befand sich im neuen Polizei- und Justizzentrum auf dem Areal des ehemaligen Güterbahnhofes im Stadtteil Aussersihl. Die Kriminalpolizei war mit großen Teilen der Kantonspolizei, der Staatsanwaltschaft, dem Forensischen Institut und der Polizeischule hier räumlich zusammengelegt worden. Der mächtige Gebäudekomplex umfasste sechs Stockwerke und war fast 300 Meter lang. Neben über 2.000 Arbeitsplätzen im Gebäude war Platz für rund 300 Gefängnisinsassen. Ein gigantischer Bau. Armand war zunächst skeptisch gewesen und wäre lieber in der alten Polizeikaserne beim Hauptbahnhof geblieben. Er musste sich jedoch eingestehen, dass die räumliche Nähe zwischen den Abteilungen durchaus Vorteile brachte.

Die Sommerhitze hielt sich nach wie vor hartnäckig, aber mächtige Gewitterwolken, die sich bedrohlich am Horizont türmten, kündigten einen Wetterumschwung an. Armand entschloss sich, den Weg ins Büro zu nutzen, um Oberstaatsanwältin Emmenegger auf den neusten Stand zu bringen. Wie immer bei Morddelikten oblag die Aufsicht über die Ermittlungen dieser Behörde. Oberstaatsanwältin Emmenegger nahm nach dem zweiten Klingeln ab. Sie grüßte Armand herzlich. Die beiden Beamten verstanden sich und arbeiteten ausgezeichnet zusammen. Emmenegger hatte Armand vor längerer Zeit einmal ein eindeutiges Angebot gemacht, welchem dieser sich durch eine Flucht durch die Hintertür entzogen hatte. So war zwischen ihnen mehr als eine flüchtige Affäre entstanden – ein vertrauensvolles Arbeitsverhältnis. Nach ihrem letzten großen Fall waren sowohl Emmenegger als auch Armand befördert worden. Über den pikanten Vorfall an jenem Abend hatten sie nie wieder gesprochen.

Der Hauptmann fasste die bisherigen Informationen in der gebotenen Kürze zusammen und schloss mit der Aussage von Verwaltungsrätin Wolf, die seine einzige Spur zunichte gemacht hatte. »Verwaltungsrätin Wolf hat mit ihrer Aussage Andrea Vollenweider entlastet. Wolf hat gestern Abend kurz vor 22 Uhr mit Hunziker telefoniert. Die Assistentin hatte das Gebäude um diese Zeit bereits verlassen.«

»Ist die Aussage wasserdicht?«, fragte die Oberstaatsanwältin.

»Verwaltungsrätin Wolf hat mir ihr Smartphone gezeigt, darauf ist der Anruf mit Hunziker vermerkt. Wir werden das noch durch eine Abfrage bei der Swisscom prüfen. Wir stehen also mit leeren Händen da.«

»Warum rief sie denn Hunziker so spät an? Und warum ist sie nicht einfach zu ihm ins Büro gegangen?«, hakte Emmenegger nach.

»Das mit dem ›Rasch ins Büro gehen‹ ist so eine Sache. Wolf sitzt die meiste Zeit im Rollstuhl. Gichtanfälle. Sie habe Hunziker angerufen, um ihn an den Abgabetermin seiner Markteinschätzung zu erinnern. Wolf ist die Risikochefin im Verwaltungsrat. Trotz der schwierigen Situation rund um die Ermordung seines Kollegen habe Hunziker als Anlagechef seine Aufgaben zu erfüllen gehabt, meinte sie. Und der Bericht über die Marktentwicklung sei fundamental für die Anlagestrategie der Bank und der damit verbundenen Investitionen. Das habe keinen Aufschub erlaubt. Hunziker, so Wolf weiter, habe ihr versprochen, den Bericht sofort fertigzustellen. Wie wir wissen, ist es anders gekommen ...« Armand beschleunigte seinen Gang, um noch rechtzeitig bei Orange eine Kreuzung vor sich zu überqueren.

Emmenegger atmete enttäuscht aus. »Wäre auch zu schön gewesen, wenn wir so rasch die Täterin gefasst hätten ... Wir müssen bald etwas vorweisen. Du genießt beim Regierungsrat und der Presse viel Respekt, aber wir kennen ja die Pappenheimer. Sie vergessen schnell.«

»Ich warte auf die Resultate von der Gerichtsmedizin und Rechsteiners Kriminaltechnikern. Mal schauen, ob sie uns weiterbringen werden. Der Schlüssel zu den beiden Morden muss irgendwo tief in der Zürcher Investment Bank vergraben sein. Wir werden ihn finden. Die Morde an Hunziker und Wullschleger hängen zusammen. Der Drohbrief, der Fahrschein nach Genf und ein zerrissener Tausender – da steckt noch viel mehr dahinter. Vielleicht haben wir es sogar mit drei Morden zu tun«, sagte Armand.

»Was meinst du damit?«, fragte Emmenegger überrascht.

»Im Januar ist Wullschlegers Assistentin während eines Betriebsausfluges in Arosa tödlich verunglückt. Wullschleger und Hunziker waren ebenfalls vor Ort. Nun sind beide tot, ermordet. Obwohl die Tragödie in Arosa laut der Bündner Kantonspolizei ein Unfall war, dürfen wir dieses Ereignis bei unseren Untersuchungen nicht außer

Acht lassen. Vielleicht gibt es einen Zusammenhang. Ich glaube nicht an Zufälle.«

»Ich zufällig auch nicht«, erwiderte Emmenegger. »Bleib dran und halte mich auf dem Laufenden.«

»Zu Befehl, Frau Oberstaatsanwältin«, sagte Armand und legte auf. Sehnsüchtig betrachtete er die Gewitterwolken und hoffte auf Regen.

Dann krachte es gewaltig.

Es war allerdings kein Donner, sondern ein übermotivierter E-Scooter-Fahrer, der Armand beim riskanten Überholmanöver auf dem Gehsteig touchierte, wodurch er frontal gegen eine Mülltonne geschleudert wurde. Der Mann blieb benommen liegen und überhäufte Armand dann mit den übelsten Beschimpfungen.

Der schmächtige Typ erhob sich mühsam und plusterte sich vor dem Hauptmann auf. Er reichte ihm bis zum Kinn. »Kannst du nicht aufpassen, du Depp?«, schrie der Raser. »Ich bin Lehrer, und wenn ich ein Schleudertrauma habe, wird dich das teuer zu stehen kommen.«

Armand packte den Kerl am Kragen, hob ihn auf Augenhöhe und schüttelte ihn kräftig durch. »Geht es Ihnen jetzt besser?«, fragte er mit bedrohlicher Freundlichkeit.

Der Lehrer wusste nicht, was mit ihm passierte. »Hilfe, lass mich sofort runter, sonst rufe ich die Polizei!«, schrie er.

Armand tat wie geheißen und zog seinen Dienstausweis aus dem Jackett. Der Lehrer verstummte.

»Hauptmann Muzaton von der Kriminalpolizei Zürich. Sie sind verbotenerweise auf dem Trottoir gefahren und haben mich angefahren. Wenn Sie wollen, können wir den Vorfall gerne aktenkundig machen«, belehrte er den Lehrer.

Dieser wurde kleinlaut. »Oh, nein, ähm, das wird nicht nötig sein, Herr Müller.«

»Muzaton. Nicht Müller«, korrigierte Armand streng.

»Muzaton? Sind Sie Franzose?«, fragte der Lehrer. Er musste sich den Kopf tatsächlich an der Mülltonne gestoßen haben.

»Spreche ich etwa Französisch?« Armand verlor langsam die Geduld.

»Ich dachte nur …«, versuchte sich sein Gegenüber zu rechtfertigen.

Armand unterbrach ihn schroff. »Denken Sie das nächste Mal darüber nach, wo Sie mit Ihrem E-Scooter fahren. Sollte ich Sie noch einmal auf dem Trottoir erwischen, werden Sie nicht so glimpflich davonkommen. Verstanden?«

Der Lehrer nickte eingeschüchtert. Als sich Armand ohne Verabschiedung umdrehte, krachte es erneut gewaltig. Diesmal gefolgt von einem sinnflutartigen Platzregen.

DAS ANGEBOT

Zürich, 8. September

Philipp Humboldt lag ausgestreckt auf dem Sofa in seinem Wohnzimmer und nahm sich die Zeit, »Die Zeit« zu lesen. Die Wochenzeitung gehörte zu seiner Lieblingslektüre, auch wenn deren antiquierte Übergröße ihn zur Verzweiflung trieb. Es war schlicht ein Ding der Unmöglichkeit, die Seiten vernünftig zu wenden, ohne die Zeitung so zu zerknittern, dass man wieder alles mühsam in die richtige Form ziehen musste. Philipp war früher nach Hause gekommen, um auf die Kinder aufzupassen. Seine Frau Sophie hielt einen Vortrag an der Universität zum Thema »Recht versus Gerechtigkeit«. Sie hatte sich im Vorfeld mit Armand darüber ausgetauscht, und der Hauptmann würde sogar einige Male zitiert werden, was dieser stolz genehmigt hatte.

Philipp legte die Zeitung zur Seite. Es war verdächtig ruhig im Haus. Er machte sich weniger Sorgen um seine Tochter Michelle als um seinen Sohn David. Er war ein Lausebengel. Philipp wollte gerade nach dem Rechten sehen, als sein Smartphone zu vibrieren begann. Er nahm es vom Salontisch und hoffte, dass es Sophie war. Sie telefonierten mehrmals täglich miteinander. Er hörte sie so gerne sprechen. Aufgrund einer kleinen Lücke zwischen den Schneidezähnen sprach sie das S wie ein sanftes »the« aus. Das Summen einer Honigbiene. Aber statt Sophie hörte Philipp eine ihm bekannte Männerstimme.

»Mein lieber Professor Humboldt. Hier spricht von Fink. Ich hoffe sehr, dass ich Sie nicht störe.«

Philipp war baff. Mit dem Verwaltungsratspräsidenten der Zürcher Investment Bank hatte er nicht gerechnet. Von Fink hatte ihm damals seinen abrupten Abgang als CEO übel genommen. Die ausgesprochene Höflichkeit des Verwaltungsratspräsidenten ließ bei Philipp die Alarmglocken schrillen. Er kannte von Fink als einen knallharten, mit allen Wassern gewaschenen Manager. Süßholzraspeln war nicht seine Art, außer er wollte etwas. Philipp war gespannt, weshalb er anrief.

»Guten Abend, Herr von Fink. Was für eine Überraschung«, sagte der Professor wahrheitsgetreu.

»Ich wollte nur nachfragen, wie es Ihnen so geht. Wir vermissen Sie hier am Paradeplatz«, schmeichelte der Verwaltungsratspräsident ihm gar offensichtlich.

»Das ist sehr nett von Ihnen, Herr von Fink«, antwortete Philipp freundlich und ging einige Schritte durchs Wohnzimmer. »Mir geht es bestens, und die Arbeit am Institut gefällt mir ausgezeichnet.«

Es blieb lange still am anderen Ende der Leitung. Schließlich räusperte sich von Fink und kam auf den eigentlichen Grund seines Anrufes zu sprechen. »Sie haben sicher von den beiden tragischen Fällen in der Geschäftsleitung gehört.«

Philipp bestätigte dies. Wieder Stille. Er hörte durch das Smartphone eine Tram knattern. Von Fink saß also wohl bei geöffnetem Fenster in seinem Büro am Paradeplatz.

»Es ist eine Katastrophe«, fuhr der Verwaltungsratspräsident der Zürcher Investment Bank fort. »Das Personal ist total verunsichert, die Kunden bombardieren uns mit

Anfragen, und der Aktienkurs befindet sich im freien Fall. Das ist die schlimmste Krise, die wir je durchmachen mussten. Und als ob das nicht schon schlimm genug wäre, ziehen sich unsere hochbezahlten Managing Directors jetzt ins Homeoffice zurück. Einer nach dem anderen meldet sich krank oder besteht darauf, von zu Hause aus zu arbeiten. Sie haben die Hosen voll. Dabei wurde Wullschleger ja nicht einmal in der Bank ermordet. Ich frage mich, warum die alle ein schlechtes Gewissen haben. Sonst müssten sie ja keine Angst haben.«

Das Verhalten der hohen Manager erstaunte Philipp nicht, wurden doch die wenigsten Menschen so unmittelbar mit Gewaltverbrechen konfrontiert. »Ich verstehe die Unsicherheit meiner ehemaligen Kollegen. Das muss ein Schock für die ganze Belegschaft gewesen sein. Wenn jemand die Situation wieder in den Griff bekommt, dann Sie.«

Von Fink atmete laut in den Hörer. »Danke, Professor, ich weiß das zu schätzen, bin mir da aber nicht so sicher. Ich bin Verwaltungsratspräsident, kein Detektiv oder Seelsorger. Die Stimmung am Paradeplatz hat einen absoluten Tiefpunkt erreicht. Jeder verdächtigt jeden, und die absurdesten Spekulationen werden herumgereicht. Wenn wir das nicht unter Kontrolle bekommen, gehen hier bald die Lichter aus.«

Das »Wir« ließ Philipp hellhörig werden. Er hörte von Fink aufmerksam zu.

»Wir müssen uns wie der Baron von Münchhausen am eigenen Schopf aus dem Sumpf ziehen«, fuhr dieser fort. »Als Sie uns verlassen haben, war die Bank in Topform. Champions League. Wir wurden von unseren Mitbewerbern beneidet. ›The most admired bank‹ – das waren noch Zeiten. Die besten Strukturen und Prozesse können Persönlichkeiten wie Sie nun einmal nicht ersetzen. Die Belegschaft und die Aktionäre haben Ihnen blind vertraut.«

»Es gibt viele fähige Leute in der Bank«, antwortete Philipp bescheiden. »CEO Tuchel macht einen guten Job. Niemand konnte damit rechnen, dass so etwas passieren würde. Außer natürlich der Mörder von Wullschleger und Hunziker.«

»Gut gesprochen! Schauen Sie, ich kann nicht zulassen, dass die Bank zugrunde geht. Das kann auch nicht in Ihrem Interesse sein. Wir haben zusammen die Zürcher Investment Bank groß gemacht. Wenn wir diesen Verbrecher nicht erwischen, wird unsere Arbeit in sich zusammenfallen wie ein Kartenhaus. Darum rufe ich Sie an, mein lieber Humboldt. Ich brauche jemanden, dem ich vertrauen kann. Dem alle vertrauen. Auf gut Deutsch: Ich will Sie hier an meiner Seite!«

Nun war die berühmte Katze aus dem Sack. Philipp waren die unerträglich langen Sitzungen noch sehr präsent, die glatt rasiert begannen und mit Stoppeln im Gesicht aufhörten. Sein Arbeitsalltag als CEO war so eintönig gewesen, dass er glaubte, sich jeweils schon an den nächsten Tag erinnern zu können. Die wenigen Erinnerungsstücke aus jener Zeit, die er behalten hatte, lagerten in einer Kartonschachtel im Keller. Und dort sollten sie bleiben. Philipp wiegelte sanft ab. »Ich bin ebenfalls kein Detektiv, Herr von Fink. Wie Sie vielleicht wissen, bin ich gut mit dem Leiter der hiesigen Kriminalpolizei befreundet. Bei Hauptmann Muzaton sind Sie in den besten Händen. Wenn jemand den Fall aufklären kann, dann er und sein Team.«

Von Fink ließ nicht locker. »CEO Tuchel hat mir von diesem Muzaton erzählt, auch dass Sie befreundet sind. Der Hauptmann ist mit Sicherheit ein zuverlässiger Polizeibeamter. Er wird in der Presse ja geradezu als Sherlock Holmes gefeiert. Aber das ist nicht das, was ich benötige: Die Zürcher Investment Bank benötigt jemanden, zu dem die Belegschaft aufschaut. Ein Hoffnungsträger. Sie!«

Philipp verstand von Finks Dilemma. Es musste ein Alptraum sein. »Ich bin seit einigen Jahren weg von der Bank und Professor an der Uni. Ich bin kein Indiana Jones, der mit Hut und Peitsche auf Verbrecherjagd geht.«

Der Verwaltungsratspräsident lachte müde. »Natürlich nicht. Das erwartet niemand. Die Angestellten der Zürcher Investment Bank brauchen in der jetzigen Situation Führungspersonen, denen sie vertrauen. Sie genießen großes Ansehen bei uns. Von den Aktionären ganz zu schweigen. Es vergeht kein Tag, an dem nicht Ihr Name fällt. Sie sind eine Legende am Paradeplatz. Und nur eine Legende kann uns retten. Ich biete Ihnen einen gut dotierten Verwaltungsratsposten an. Von mir aus sogar den Posten des Vizepräsidenten. Bis zur ordentlichen Generalversammlung amtieren Sie als mein Sonderdelegierter. Ihre Wahl wird dann eine Formsache sein.«

»Sonderdelegierter?«, fragte Philipp.

Von Fink nahm sich Zeit für die Antwort. Offensichtlich wog er jedes Wort ab. »Genau! Sie werden unser Personal bei der Hand nehmen. Motivieren. Zuhören. Und der Polizei helfen, den Täter zu schnappen.«

Philipp war bewusst, dass er der Zürcher Investment Bank viel zu verdanken hatte. Zudem kannte er viele der dortigen Mitarbeiter und Mitarbeiterinnen aus seiner Zeit.

Von Fink schien Philipps Zögern zu spüren. »Wir beide wissen, dass ein Leben zuoberst einsam und hart sein kann. Aber es bietet auch Aufregung, Bestätigung, Anerkennung. Sie waren immer jemand, der die Verantwortung gesucht hat. Jetzt ist der Zeitpunkt gekommen, diese wahrzunehmen. Ich brauche Sie, Humboldt. Sie und niemand anderen.«

Philipps Gehirn ratterte wie eine alte Schreibmaschine. Er war damals als CEO zurückgetreten, um seine inneren Dämonen zum Schweigen zu bringen und sich um seine Familie zu kümmern. Sein letzter Kontakt mit der Finanzwelt rund um den Fall der Privatbank von Werdenberg wäre fast ins Auge gegangen. Andererseits war die Erinnerung an die Abenteuer und Gefahren, die er zusammen mit Armand gemeistert hatte, bis heute sehr lebendig. Doch da war plötzlich ein anderes Gefühl: Schuld. Seine dunkle Seite hatte ihn damals fast verschlungen, andere ganz. Armand hatte ihm geholfen, die richtigen Entscheidungen zu treffen. Obwohl Philipp seine Taten nicht bereute – sie waren notwendig gewesen –, war er auch nicht stolz auf sie. War das nun die Gelegenheit, Geschehenes wiedergutzumachen?

Eine schwierige Entscheidung.

»Ich muss mir das reiflich überlegen und mit meiner Frau besprechen. Der Universitätsleitung würde das sicher nicht gefallen. Ich leite ein wichtiges Institut«, gab er zu bedenken.

»Sprechen Sie mit Ihrer Frau, Professor Humboldt. Die Universitätsleitung überlassen Sie mir. Die Zürcher Investment Bank will die Wissenschaft seit Langem finanziell unterstützen. Ich denke, der Zeitpunkt für eine namhafte Spende ist gekommen.«

Nachdenklich beendete Philipp das Gespräch und legte sein Smartphone zurück auf den Salontisch. Mit diesem Angebot hatte er wirklich nicht gerechnet. Der unbeschwerte Abend mit den Kindern entwickelte sich anders als gedacht. Sofort hörte er wieder die Stille und ging nach oben. Michelle saß an ihrem Schreibtisch und war in ihre Hausaufgaben vertieft. Die Wände ihres Zimmers waren mit berühmten Schweizer Sportlerinnen tapeziert: Lara Gut-Behrami, Mujinga Kambundji, Martina Hingis, Daniela Ryf und Jolanda Neff. Philipp trat von hinten an seine Tochter heran und drückte ihr einen Kuss auf die dunklen Locken. Michelle schlang, ohne aufzusehen, einen Arm um seinen Nacken und signalisierte dann durch konzentriertes Weiterarbeiten, dass seine Anwesenheit nicht länger erwünscht war. Daraufhin ging Philipp in Davids Zimmer, der – nicht überraschend – keine Hausaufgaben machte, sondern mit gesenktem Kopf in einer Ecke kauerte. Philipp setzte sich neben ihn. So saßen sie eine Weile wortlos beisammen. Davids Zimmer wurde von Star-Wars-Postern geschmückt, mit einem klaren Trend zu Darth Vader.

»Was ist denn los, mein Großer?«, fragte Philipp zärtlich. Er liebte seinen Sohn sehr.

»Ich bin zu dumm für die Rechenaufgaben«, sagte der Kleine niedergeschlagen.

»Wenn du schon alles wüsstest, müsstest du ja nicht lernen. Das war bei mir auch so«, tröstete ihn Philipp.

David blickte ungläubig auf. »Du hattest nie Probleme, Papa.«

Philipp schüttelte sanft den Kopf. »Schön wär's. Auch ich habe mir an den Hausaufgaben oft die Zähne ausgebissen und fühlte mich schlecht. Wichtig ist einfach, dass man immer sein Bestes gibt. Wie wäre es, wenn wir die Aufgaben zusammen erledigen und dann kochen wir Spaghetti. Da freut sich Mama sicher, wenn sie heimkommt.«

»Oh ja! Mit Tomatensauce?« Davids Sorgen schienen wie weggeblasen.

»Mit Tomatensauce«, erwiderte Philipp und hielt David die Faust hin.

DIE LISTE

Zürich, 10. September

Er öffnete sein Notizbuch. Die Namen von Wullschleger und Hunziker waren durchgestrichen. Die Vergangenheit holt früher oder später jeden ein.

Wie. Ein. Bumerang.

Die Sache mit Hunziker wäre beinahe schiefgelaufen. Das durfte nicht noch einmal geschehen. Sein Herz schlug so laut, dass er an Edgar Allan Poe denken musste. Um sich zu entspannen, schaltete er seinen Computer ein und rief den »Bankenspiegel« auf. Der Mord an Hunziker war das große Thema im Blog.

> Bankenspiegel
> 10. September, 07:15 Uhr
>
> Der Mörder vom Paradeplatz ist immer noch auf freiem Fuß. Der Aktienkurs der Bank nähert sich den Allzeittiefs, und die Kunden wandern in Scharen ab. Währenddessen verstecken sich die verängstigten Führungskräfte der Bank in ihren noblen Villen. Laut gesicherten Informationen herrscht am Hauptsitz der Zürcher Investment Bank die blanke Angst. Wer die Gelegenheit hat, wechselt die Stelle. Das einst glamouröse Geldhaus steht am Abgrund oder ist bereits im freien Fall!

Die beliebtesten Kommentare:
Sämi, 07:30 / 355 Likes
Sollen sich doch die Manager gegenseitig die Köpfe einschlagen. Ich nenne das effiziente Kostenreduktion …
Spezialist, 07:55 / 319 Likes
Wer noch bei diesem Saftladen arbeitet, ist selber schuld!
Antwort von Beobachter auf Kommentar von Spezialist, 08:01 / 97 Likes
In welcher geschützten Einrichtung arbeitest eigentlich du?
Spezialist, 07:56 / 299 Likes
Wer noch sein Geld bei dieser Bank hat, ist selber schuld!
Antwort von Beobachter auf Kommentar von Spezialist, 08:02 / 91 Likes
Nicht alle bekommen ihr Geld von Papi wie du!

Weiter unten folgten vernünftigere Kommentare, in denen die Verfasser den Angehörigen kondolierten oder auf die schwierige Situation der Belegschaft hinwiesen. Diese Kommentare wurden aber mit wenigen Likes gewürdigt. Er verließ den Blog und nahm sein Notizbuch zur Hand. Zwei weitere Namen standen noch auf der Liste.

Noch.

FRAGEZEICHEN!

Zürich, 11. September

Armand hatte den ganzen Tag mit Priya in der Zürcher Investment Bank verbracht. Er kümmerte sich mit ihr um den obersten Führungszirkel der Bank samt dessen Assistenten. Weitere Teams suchten unter den Bürokräften nach der Nadel im Geldhaufen oder durchforsteten das Privatleben der Opfer. Die Resultate waren bei allen dieselben.

Null. Nada. Nichts.

Die Gesprächsprotokolle lagen bündig auf Armands Arbeitstisch. Was Ordnung betraf, war er ein echter Pedant. Durcheinander war keine Option und bereitete ihm geradezu physische Schmerzen. Sein Magen rebellierte ohnehin schon den ganzen Tag gegen Armands selbstverordnete Diät. Das Dinner-, Breakfast- und Lunch-Cancelling war ein spontaner Entschluss gewesen, und Armands Hirn versuchte verzweifelt, die Oberhand zu behalten. Der Magen quittierte dies mit einem bösartigen Knurren. Um ihn zu beruhigen, aß Armand einen Proteinriegel und spülte die klebrige Masse mit Kaffee hinunter.

Yves Lemoine und Kurt Zimmermann hatten sich bestürzt über den Tod ihres Kollegen gezeigt. Armand traute beiden nicht über den Weg. Wie weit würden sie für ihre Karriere gehen? Zimmermann hatte jedenfalls ein wasserdichtes Alibi. Er war am Tatabend mit seiner Frau in der Oper gewesen. Wagner. Lemoine hatte zu Protokoll gegeben, joggen gewesen zu sein. Alleine. Für den zerrissenen Geldschein und das Ticket nach Genf hatten sie keine Erklärung. Armand hatte geglaubt, bei den Managern ein Zögern bemerkt zu haben. Aber das war ja schließlich nicht verboten. Lemoine hatte erwähnt, dass Hunziker geschäftlich viel gereist sei, auch nach Genf. Zudem habe er seine Rechnungen oft bar bezahlt. An den Unfall in Arosa konnten sich beide lediglich vage erinnern.

Seltsam.

CEO Tuchel war nach wie vor in einem bemitleidenswerten Zustand gewesen. »Wie soll ich Hunziker und Wullschleger auf die Schnelle ersetzen? Natürlich kenne ich deren Geschäftsfelder in- und auswendig. Aber mir fehlt die Zeit, und es brennt an allen Ecken und Enden. Zimmermann und andere Manager warten doch nur auf einen schwachen Moment von mir, um selber CEO zu werden. Genau hier müssen Sie ansetzen, Hauptmann Muzaton! Jemand will ganz nach oben und geht dabei über Leichen. Vielleicht bin ich der Nächste auf der Liste …«

Ein Alibi für den Abend, an welchem Hunziker erschlagen wurde, hatte Tuchel nicht vorweisen können. Er habe sich in seiner Wohnung eingeschlossen und sei früh zu Bett gegangen. Eine Empfangsdame hatte bestätigt, dass der CEO die Bank gegen 19 Uhr verlassen habe. Zum Fahrschein nach Genf hatte Tuchel eine dezidierte Meinung. Seine Manager seien viel zu oft unterwegs. Ein schönes Hotel sei halt attraktiver als eine Videokonferenz. Bei der Tausendernote hatte sich der CEO überraschend innovativ gezeigt und angeboten, die Barbezüge der Mitarbeiter zu überprüfen. Eine Tausendernote werde heutzutage selten bis nie gebraucht. Der Unfall während des Firmenwochenendes in Arosa hatte Tuchel kaltgelassen. Solche Veranstaltungen brächten sowieso nichts – außer exorbitanten Kosten.

Armand hatte anschließend noch einige Worte mit Verwaltungsratspräsident von Fink und Verwaltungsrätin Wolf gewechselt. Von Fink war kurz angebunden gewesen. Er würde nun eigene Schritte initiieren, meinte er, ohne diese genauer zu benennen. Zur Tatzeit sei er in seinem Büro gewesen und habe über die Zusammensetzung des Verwaltungsrates nachgedacht. Den Fahr- und Geldschein hatte von Fink wortlos zur Kenntnis genommen, und auch auf die Erwähnung von Arosa hatte er nicht reagiert.

Wolf war eine aufgeschlossene Gesprächspartnerin gewesen. Sie hatte sich gespielt empört gezeigt, dass Armand sie nicht zu den Tatverdächtigen zählte. »Unterschätzen Sie niemals eine alte Frau! Diese Gattung taucht in den Mordstatistiken nur so selten auf, weil sie clever ist …«, hatte sie scherzhaft gemeint. Zu den am Tatort gefundenen Beweismitteln hatte sie nichts sagen können. Beim Thema Arosa war sie jedoch emotional geworden. »Charlotte Peyer, so hieß die verunglückte Frau, war eine sehr liebenswürdige Person. Sie hatte noch ihr ganzes Leben vor sich. Dieser Vorfall beschäftigt mich bis heute!«

Verständlich.

Priya hatte die Protokolle der Gespräche mit den Assistenten der Geschäftsleitung bereits ins System getippt, und Armand überflog die Notizen zum x-ten Mal – in der Hoffnung, etwas zwischen den Zeilen zu finden.

Gespräch von Priya Schweizer mit Andrea Vollenweider, Assistentin des verstorbenen Hansjörg Wullschleger.

PS: »Haben Sie zum ersten Mal die Ferienvertretung von Herrn Hunzikers Sekretärin übernommen?«

AV: »Ja, nach dem Tod von meinem Vorgesetzten Herrn Wullschleger hatte ich sonst nichts zu tun. Aber wir Assistenten helfen uns sowieso immer gegenseitig aus, kennen die Abläufe und die Systeme.«

PS: »Hat sich Herr Hunziker am Tag des Mordes besorgt gezeigt?«

AV: »Nein. Allerdings war Herr Hunziker immer sehr zurückhaltend, was persönliche Dinge betraf.«

PS: »Waren Hunziker und Wullschleger oft geschäftlich in Genf?«

AV: »Ja. Aber sie waren auch oft in London, Bern oder Berlin.«

PS: »Was ist in Arosa passiert?«

AV: »Ein schrecklicher Unfall, der uns allen sehr nahegegangen ist.«

...

Gespräch von Priya Schweizer mit Patrick Gisler, Assistent von Yves Lemoine.

PS: »Wo haben Sie sich am Abend des Mordes an Hunziker aufgehalten?«

PG: »Ich war mit einigen Freunden unterwegs. Wir haben uns um sieben in der Kaufleuten Bar getroffen und sind bis Mitternacht dortgeblieben.«

PS: »Wie war generell die Stimmung in der Geschäftsleitung? Gab es Drohungen oder Andeutungen, die uns bei den Ermittlungen weiterhelfen könnten?«

PG: »Die Stimmung war bisweilen gereizt. Ich habe das auf die schlechten Unternehmenszahlen zurückgeführt. Der Druck auf die Geschäftsleitungsmitglieder ist enorm.«

PS: »Hatte die gereizte Stimmung auch etwas mit dem Vorfall in Arosa zu tun?«

PG: »Ich glaube nicht. Die Geschäftsleitung ist damals rasch zum Tagesgeschäft übergegangen.«

PS: »Warum waren Sie bei diesem Anlass nicht dabei?«

PG: »Corona ... Ich lag krank im Bett.«

PS: »Bezahlen Sie im Ausgang manchmal bar mit großen Noten, zum Beispiel mit einem Tausender?«

PG: »Wer bezahlt denn heute noch mit Bargeld? Und eine Tausendernote nimmt doch sowieso niemand mehr entgegen.«

...

Gespräch von Priya Schweizer mit Martha Sommer, Assistentin von Kurt Zimmermann

PS: »Kannten Sie Herrn Wullschleger und Herrn Hunziker gut?«

MS: »Nein. Sie gehörten zu dieser Gattung von Managern, die nur auf ihre Karriere schauen. Herr Zimmermann dagegen ist ein Gentleman alter Schule. Ich arbeite schon lange für ihn.«

PS: »Wo waren Sie an dem Abend, an dem Hunziker ermordet wurde?«

MS: »Ich war bei meiner Mutter. Sie lebt alleine in ihrer Wohnung, braucht aber viel Unterstützung.«

PS: »Waren Sie in Arosa mit dabei, als es zu diesem tragischen Unfall kam?«

MS: »Es war schrecklich. Herr Zimmermann war danach sehr nachdenklich. Es hat ihn und seine Kollegen schwer mitgenommen. Charlotte Peyer war eine anständige Person. Sie hatte gute Manieren. Den jungen Leuten fehlt es sonst häufig an einer ordentlichen Erziehung!«

PS: »Reist Herr Zimmermann auch so oft nach Genf wie seine ehemaligen Kollegen?«

MS: »Nein, Herr Zimmermann arbeitet lieber in seinem Büro. Er ist fleißig. Seine Kollegen in der Geschäftsleitung reisen dafür viel und gern.«

Armand kratzte sich mürrisch am Kinn. Viel Arbeit, wenig Konkretes. Hatten sie etwas übersehen? Für Armands Geschmack gab es im Moment vor allem eines – zu viele Fragezeichen!

Ein Anruf auf seinem Smartphone riss ihn aus den Gedanken.

»Hast du den Mörder vom Paradeplatz schon gefasst?«, fragte Philipp am anderen Ende.

»Schön wär's«, antwortete Armand. »Wir drehen uns im Kreis. Mir ist schon ganz schwindlig.«

»Dann wirst du dich über meine Neuigkeit freuen. Die Zürcher Investment Bank hat soeben einen Sonderdelegierten des Verwaltungsrates engagiert, der dich tatkräftig unterstützen wird.«

RUHE IM LÄRM

Zürich, 15. September

Am Freitagabend trafen sich die Executive Board Members Kurt Zimmermann und Yves Lemoine im TAO'S. Die gut frequentierte Bar lag im Erdgeschoss des gleichnamigen Restaurants, unweit vom Paradeplatz entfernt. Viele Banker und Angestellte der Bahnhofstrasse läuteten hier das Wochenende bei Drinks und lauter Musik ein. Der ideale Ort, um unauffällig in der Menge abzutauchen. Die beiden hohen Manager hatten einen kleinen Ecktisch reserviert, auf welchem mittlerweile schon die dritte Runde Wodka Tonic stand.

»Kennst du den Kriminalroman ›Und dann gab's keines mehr‹ von Agatha Christie?«, fragte Lemoine seinen Arbeitskollegen und schaute sich vorsichtig um.

Zimmermann verneinte. »Ich lese keine Krimis.«

»In dieser Geschichte treffen sich zehn Verbrecher und Verbrecherinnen auf einer abgelegenen Insel, die nur mit einem Schiff zu erreichen ist. Alle sind den Gesetzeshütern irgendwie entkommen. Schon bald wird einer nach dem anderen ermordet. Bis am Schluss niemand mehr übrig bleibt«, fasste Lemoine die Geschichte kurz zusammen.

»Und jetzt? Willst du mir das Buch empfehlen? Ich habe im Moment Wichtigeres zu tun, als zu lesen.« Zimmermann lehnte sich mit seinem Glas in der Hand auf der Couch zurück und ließ seinen Blick über die zahlreichen Gäste schweifen. »Lass uns lieber den Abend genießen. Hier wird heute noch richtig die Post abgehen. Du wirst schon sehen.«

Lemoine insistierte: »Du verstehst mich nicht. Wir waren vier, dann drei, und jetzt sind wir noch zwei.«

Zimmermann fuhr hoch. Seine Miene war zornig, Blut schoss in seine Wangen. »Bist du jetzt völlig übergeschnappt? Bleib mal auf dem Teppich. Wullschleger war ein Schürzenjäger. Der konnte seine Hände nicht bei sich behalten. Kannst du dir vorstellen, wie viele Feinde er sich gemacht hat?«

»Und Hunziker?«, fragte Lemoine, den das Argument nicht überzeugte.

»Was weiß ich. Hunziker konnte den Hals nicht voll genug kriegen. Bei jeder Übernahme hat der zugelangt. Risikofrei, auf Kosten des Hauses. Hat sich immer eine überrissene Erfolgsbeteiligung zusichern lassen, und Tuchel, unser lieber CEO, hat weggeschaut. Weißt du eigentlich, wie viel Hunziker an unserer Übernahme der Royal Westminster Bank verdient hat?« Er schwieg für einen Moment und kostete die Unwissenheit seines Kollegen genüsslich aus. »25 Millionen …«

Lemoine fiel das Kinn auf die Brust. »25 Kisten? Ich habe nur fünf Millionen bekommen! Warum hat Hunziker dann dauernd über Geldsorgen gejammert? Unser Geschäft im Zollfreilager Genf läuft ja hervorragend!«

Zimmermann fuhr fort: »Dreimal darfst du raten. Drei Scheidungen, drei Kinder, drei Häuser, drei Sportwagen, drei Geliebte, viele Laster. Das muss finanziert werden. Hunziker und Wullschleger waren nicht nur gierig, sondern auch unvorsichtig. Zeigten jedem und vor allem jeder, was sie hatten.«

»Ich kann mir nicht vorstellen, dass eine seiner Ex-Frauen einfach so in die Zürcher Investment Bank spaziert und Hunziker mit einem Briefbeschwerer den Schädel einschlägt.«

Zimmermann atmete laut aus und verzog seinen Mund zu einem spöttischen Grinsen. »Natürlich nicht. Warum sollte man seinen Goldesel schlachten? Was ich damit sagen wollte: Hunziker war ein umtriebiger Geselle, hatte überall seine Finger im Spiel und war geldgierig. Wer weiß, an welchen Geschäften er sonst noch beteiligt war. Ich glaube, er hat sich mit den falschen Leuten eingelassen und irgendjemand hat den Vorfall mit Wullschleger genutzt, um Hunziker loszuwerden und die Polizei auf die falsche Fährte zu führen. Der Geldschein und das Ticket nach Genf sind doch eine alberne Spielerei. Wir zwei müssen vor allem sicherstellen, dass die Geschäfte mit dem Kunstfonds reibungslos weiterlaufen. Ich würde nur sehr ungerne auf die Einnahmen verzichten. Und jetzt teilen wir durch zwei. Du wirst Hunzikers Job übernehmen. Punkt.«

Lemoine leerte seinen Wodka Tonic. »Wir sollten alles abblasen. Schließlich haben wir genug verdient.«

»Genug?«, schnaubte Zimmermann verächtlich. »Weißt du eigentlich, wie viele Milliardäre es auf der Welt gibt? Ich will nicht mit 50 Milliönchen in Rente gehen, da fehlt noch eine Null.« Seine Augen begannen zu leuchten wie bei einem Kind vor dem Weihnachtsbaum.

Lemoine blieb eine Weile still. Dann neigte er sich zu Zimmermann und sprach leise: »Ich habe Angst, dass die Morde mit dem Ereignis in Arosa zu tun haben.«

»Es war ein Unfall«, zischte Zimmermann. Seine Stimme war scharf wie geschliffenes Glas. »Geht das nicht in deinen verdammten Schädel? Du bist eine echte Spaßbremse, Yves!« Er hatte genug von der Diskussion und signalisierte dem Kellner, dass er bezahlen wollte. »Ich gehe jetzt ein Haus weiter.« Mit diesen Worten erhob sich Zimmermann und verließ grußlos die Bar.

*

Er lehnte an der Theke und beobachtete die hohen Manager. Das Aufeinandertreffen war nicht geplant gewesen. Zimmermann und Lemoine schienen sich zu streiten. Er schob sich hinter eine der Stützsäulen im Raum, um nicht gesehen zu werden. Gerne hätte er die beiden belauscht. Sie wirkten nervös.

Aus gutem Grund.

Als Zimmermann aufstand, wandte er sich ab und hob seinen Drink auf Kopfhöhe. Er wollte nicht erkannt werden.

DIE RADTOUR

Zürich, 16. September

Um 10 Uhr morgens trafen sich Armand und Philipp auf der Allmend Brunau, dem Mekka der Zürcher Hundehalter. Die beiden Freunde hatten selbst keine Vierbeiner dabei, dafür zwei Drahtesel. Genauer gesagt Mountainbikes. Die Regenfront war weitergezogen, und ein herrlicher Spätsommertag kündigte sich an.

»Wir gehen es aber langsam an«, mahnte Philipp, der sich in letzter Zeit noch weniger sportlich betätigt hatte als Armand.

»Eine gemütliche Ausfahrt, einverstanden«, antwortete der Hauptmann. »Wir haben einiges zu bereden. Vielleicht vertreibt die Fahrtluft deine aberwitzigen Ideen.«

Philipp war sofort klar gewesen, dass der Grund für Armands Vorschlag, eine Tour über die Albiskette zu unternehmen, seine neue Funktion bei der Zürcher Investment Bank war. »Vor nicht allzu langer Zeit hast du erfolglos versucht, mir von meinem Engagement bei der Privatbank von Werdenberg abzuraten. Kannst du dich noch erinnern?«, neckte er seinen Freund.

»Natürlich. Vor allem daran, dass du dabei beinahe draufgegangen wärst«, antwortete Armand ernst.

»Nur beinahe. Ich kenne da einen fähigen Polizeibeamten, der …«

Armand unterbrach ihn sofort. »Das war wirklich eng, Philipp. Es hätte anders ausgehen können. Und jetzt willst du wirklich den gleichen Fehler nochmals machen? Ich finde es keine gute Idee, dass du bei der Zürcher Investment Bank anheuerst. Mein Team und ich haben alles im Griff und werden den Täter früher oder später schnappen. Ohne deine Hilfe.«

»Ich weiß deine Sorgen zu schätzen. Wirklich. Aber meine früheren Kollegen sitzen tief im Schlamassel. Wenn das so weitergeht, ist die Bank bald Geschichte. Ich habe dort viele Jahre verbracht und der Firma viel zu verdanken. Die Geschäftsleitung und der Verwaltungsrat sind mir egal, nicht jedoch die Tausenden von Mitarbeitern und Mitarbeiterinnen, die jeden Tag einen guten Job machen, um ihre Familien zu ernähren. Zudem habe ich noch etwas zu sühnen.«

Armand runzelte die Stirn. »Du schuldest niemandem etwas. Außer deiner Familie. Und die hast du übrigens nur, weil du so gehandelt hast, wie du nun mal hast. Wir beide haben in der Vergangenheit Fehler begangen. Die bügelt man nicht aus, indem man neue begeht.«

»Komm schon. Du bist doch nur so gierig darauf, den Fall zu lösen, weil du ein schlechtes Gewissen hast wegen der Geschichte mit dem ›Maskenmann‹. Bei der Lösung deines letzten großen Falles bist du doch sehr unkonventionell vorgegangen …«

»Wir reden heute nicht über mich. Kannst du das zusätzliche Arbeitspensum überhaupt stemmen neben dem Job an der Uni?« Armand schien verzweifelt nach Argumenten zu suchen.

»Kein Problem. Die Zürcher Investment Bank muss der

Rektorin schlagende Argumente unterbreitet haben, lukrative vor allem. Jedenfalls kann ich das Pensum an der Uni für eine gewisse Zeit um 20 Prozent reduzieren und erhalte zwei zusätzliche Stellen für mein Institut.«

Armand kapitulierte, vorerst. »Dein Dickschädel ist härter als ein Steinklumpen. Ein hoffnungsloser Fall. Versprich mir wenigstens, dass du vorsichtig bist und mich auf dem Laufenden hältst.«

»Versprochen«.

Philipp konnte zu diesem Zeitpunkt nicht wissen, wie schmerzhaft die Angelegenheit für ihn werden würde. »Hast du mich eigentlich nur zum Quatschen hierher beordert, oder wollen wir auch Rad fahren? Du weißt schon …« Philipp klopfte sich grinsend auf den Bauch.

Armand zog den seinen instinktiv ein und setzte sein schiefstes Lächeln auf. »Absolut. Vielleicht wirst du dann auch dein Doppelkinn los.«

Sofort fasste sich Philipp unbewusst an den Hals.

Der breite Weg ermöglichte es ihnen, nebeneinander zu fahren und unbeschwert über Gott und die Welt zu plaudern, wie es nur gute Freunde tun konnten. Als sie auf den Waldweg einbogen, der nach oben führte, war es mit dem Schwatzen vorbei. Die Steigung raubte ihnen den Atem, und sie drosselten ihr Tempo.

Vernünftig.

Das Unglück näherte sich von hinten. Ein junges Paar überholte die beiden Hobbysportler freundlich grüßend. Sie überholten sie nicht nur, nein, sie flogen förmlich an ihnen vorbei. Philipp und Armand blickten sich wortlos an; beide spürten den Sportgeist in sich emporsteigen, wobei dieser Geist eng mit dem Gockel verwandt ist. Sie beschleunigten ihr Tempo und nahmen mutig, ja geradezu tollkühn die Verfolgung auf.

Sehr unvernünftig.

Auf der Krete zwischen dem Uetliberg und der Felsenegg fand die Jagd ein klägliches Ende. Philipp erreichte die Höhe einige Meter vor Armand und hielt völlig erschöpft an. Von dem jungen Paar war weit und breit nichts mehr zu sehen. Philipp spürte, wie sich sein Magen drehte. Er sprang vom Mountainbike und konnte sich gerade noch hinter einen Baum retten, wo er sich übergeben musste. Armand hatte keine Kraft, den Vorfall zu kommentieren. Er beugte sich erschöpft über seinen Lenker und rang nach Luft. Sein Puls schlug so schnell, dass er kaum von einem Summen zu unterscheiden war.

Philipp schlich bald darauf hinter dem Baum hervor und spülte sich den Mund mit Wasser aus seinem Bidon. Die beiden Freunde setzten sich auf einen Baumstamm und blickten sich ratlos an.

Was war hier gerade geschehen?

Dann lachten sie schallend über sich selbst. An eine längere Ausfahrt war unter diesen Umständen nicht mehr zu denken. Jeden Meter, den sie sich von Zürich entfernten, mussten sie ja zurückfahren.

Viel zu anstrengend.

Armand schlug seinem gebeutelten Freund vor, im Hotel Kulm auf dem nahen Uetliberg etwas zu trinken und von dort zurück ins Tal zum Ausgangspunkt zu fahren. Philipp sagte sofort zu, sein Magen rumorte immer noch wie wild. So radelten die beiden Helden, nachdem sie wieder zu Luft gekommen waren, gemächlich in Richtung Restaurant.

Dort stellten sie ihre Mountainbikes ab und setzen sich an einen freien Tisch an der Wand.

»Ich brauche ein Bier«, sagte Philipp.

Armand bestellte zwei.

»Shit, was war denn das?«, fragte der Hauptmann.

»Das war ein Intervalltraining, mein Freund.«

Die beiden genossen die wärmende Sonne. Bald hatte sich auch Philipps Magen beruhigt, sodass sie sich die Speisekarte zeigen ließen.

»Ich bin am Verhungern«, meinte Armand mit Blick auf die Auswahl. Sie bestellten sich Schnitzel mit Kartoffelsalat und zwei weitere Bier.

»Das wird das erste Training, nach dem wir schwerer sind als vorher«, sagte Philipp.

Armand blinzelte in die Sonne und freute sich auf das Essen.

Es gibt Tage, an denen alles rundläuft, und es gibt die anderen. Als die beiden Freunde glücklich und wohlgenährt zu dem Ort zurückkehrten, an dem sie vor zwei Stunden ihre Mountainbikes abgestellt hatten, erwartete sie dort … nichts.

Die Räder waren verschwunden.

Armand lief ins Restaurant und meldete den Diebstahl. Der Wirt konnte auch nicht weiterhelfen. So blieb den beiden Ausflüglern nichts weiter übrig, als zu Fuß zur nahe gelegenen Bahnstation zu marschieren und mit dem Zug in die Stadt hinunterzufahren, um von dort mit den öffentlichen Verkehrsmitteln nach Hause zu kommen.

»Mit dir wird es wenigstens nie langweilig«, resümierte Armand zum Abschied.

EHRLICHE DIEBE

Kilchberg, 17. September

Armand war mit seiner Lebensgefährtin Ekatarina am Sonntag bei den Humboldts zum Mittagessen eingeladen. Die gemeinsamen Wochenenden waren zu einem schönen Ritual geworden. Armand war vor einiger Zeit mit Ekatarina zusammengezogen. Philipp und seine Frau Sophie hatten sie sofort ins Herz geschlossen.

Normalerweise übernahmen Armand und Philipp an den Sonntagen das Kochen. Heute jedoch hatten die beiden Frauen darauf bestanden, die Zubereitung in die Hände zu nehmen. Philipp vermutete, dass diese Initiative dem viel zu scharfen Thaicurry vom letzten Mal geschuldet war. So saßen die beiden Männer im offenen Wohnraum und spielten eine Partie Monopoly mit Michelle und David. Philipp und Armand waren schon bald pleite, weil sie mit ihren Spielfiguren gleich mehrmals den »Paradeplatz« besuchten – das teuerste Pflaster nicht nur in Zürich, sondern auch in der Schweizer Ausgabe von Monopoly. David gewann schließlich als Multimillionär und sinnierte laut darüber, was er mit dem vielen Geld anfangen wollte.

Die beiden Freunde setzten sich nach der verkraftbaren Niederlage an den großen Esstisch, und Philipp schenkte Wein nach. Armand roch an dem herrlichen Clos Martinet und schloss für einige Sekunden die Augen. Dann gönnte er sich einen großen Schluck. Philipp las derweil zum wiederholten Mal die Titelgeschichte der aktuellen Sonntagszeitung.

> »Dümmer als die Polizei erlaubt! Am Samstag wurden auf dem Uetliberg die Fahrräder von Armand Muzaton, dem Chef der Zürcher Kriminalpolizei, und dessen Freund Philipp Humboldt, Bankprofessor und ehemaliger CEO der Zürcher Investment Bank, gestohlen. Versehen oder Absicht? Auf alle Fälle eine witzige Anekdote.«

Darunter war ein Foto abgebildet, das Armand und Philipp mit ihren Velohelmen auf dem Schoß im Zugabteil zeigte. Philipp legte die Zeitung beiseite. »Wer den Schaden hat, braucht für den Spott nicht zu sorgen«, zitierte er das bekannte Bonmot.

»Der Diebstahl hat auch eine positive Seite«, erwiderte Armand. »Wir müssen uns nicht mehr auf dem Rad auskotzen …«

»Haha – sehr witzig«. Philipp fand die Bemerkung gar nicht lustig. Dieser Teil des Ausfluges war ihr Geheimnis geblieben.

Währenddessen war es in der Küche still geworden. Als sich die beiden Freunde umdrehten, standen Sophie und Ekatarina mit verschränkten Armen auf der anderen Seite des geräumigen Wohnzimmers.

»Ihr seid wirklich die einzigen Männer, die stundenlang ihre Köpfe zusammenstecken und ohne Ende reden können. Über was quasselt ihr eigentlich die ganze Zeit?«, fragte Sophie und stieß Ekatarina mit dem Ellbogen an.

»Meistens über Frauen«, antwortete Philipp, ohne zu zögern.

»Anwesende natürlich ausgenommen«, ergänzte Armand.

Sophie und Ekatarina waren selbstbewusst genug, um in schallendes Gelächter auszubrechen. Dann tischten sie das Mittagessen auf, und alle setzten sich zu Tisch. Die Retourkutsche ließ nicht lange auf sich warten.

»Habe ich dir eigentlich schon erzählt, dass Armand, als ich neben dem Studium gekellnert habe, monatelang zu mir ins Sacré-Coeur gekommen ist, nur um am Tresen zu sitzen und mich anzuschweigen?«, witzelte Ekatarina.

»Und Philipp hat mir an der Uni während der Vorlesungen geradezu Löcher in den Hinterkopf gestarrt. Wenn ich mich umgeblickt habe, hat er sich sofort weggedreht und ist rot angelaufen«, legte Sophie nach.

Darauf wussten die beiden Pantoffelhelden keine passende Antwort. Sie taten das, was sie mitunter am besten konnten. Sie hoben gleichzeitig die Gläser, und Philipp sprach einen Toast aus.

»Auf unsere Frauen«, sagte er feierlich.

Das Essen schmeckte köstlich, und es wurde ein kurzweiliger Nachmittag. Diebstähle und Morde waren kein Thema. Stattdessen wurden Ferienpläne besprochen, und die vier einigten sich auf eine gemeinsame Reise in die Toskana. Florenz stand zuoberst auf der Wunschliste. Als sie beim Kaffee angelangt waren, vibrierte Armands Smartphone, und er entschuldigte sich. Was von vielen als Unhöflichkeit empfunden wurde, war in dieser Runde Normalität. Der Hauptmann musste für wichtige Meldungen jederzeit erreichbar sein. Nach einer Minute kehrte Armand zurück an den Tisch. Er hatte sein breitestes Grinsen aufgesetzt.

»Der Anruf kam von der Polizeiwache an der Urania. Jemand hat zwei Fahrräder vor dem Eingang abgestellt, versehen mit einem kurzen Brief. Darin stand, wir sollten doch beim nächsten Mal die Mountainbikes bitte abschließen. Nicht alle Diebe seien so ehrlich …«

»Das ist wunderbar, dann könnt ihr eure Radtour ja bald nachholen«, frohlockte Sophie.

»Bitte nicht«, stöhnte Philipp laut.

DIE RÜCKKEHR

Zürich, 19. September

Als Philipp nach vielen Jahren wieder die Zürcher Investment Bank betrat, fühlte es sich seltsam an. Vertraut und fremd zugleich. Die zwei älteren Mitarbeiter am Empfang begrüßten den verlorenen Sohn herzlich. Seit er sich erinnern konnte, arbeiteten die beiden hier, und sie freuten sich außerordentlich, dass Philipp sich an ihre Namen erinnerte.

»Wie könnte ich die wichtigsten Gesichter der Bank vergessen?«, fragte er ernst gemeint. Niemand sonst hatte so viel Kundenkontakt wie die Angestellten am Empfang. Für Philipp war es immer eine Frage des Anstandes gewesen, sämtliche Mitarbeitenden mit dem gleichen Respekt zu behandeln, unabhängig von Rang, Alter oder Geschlecht. Bei einer Großbank mussten die Räder perfekt ineinandergreifen, wie bei einem Schweizer Uhrwerk.

Philipp nahm seinen neuen Zutrittsbadge entgegen – das untrügliche Zeichen, dass er wieder dazugehörte. »Ich finde den Weg alleine«, sagte er und hielt den Ausweis an den Sensor. Sofort öffnete sich die Aufzugstür, und für Philipp begann sein erster Arbeitstag als Sonderdelegierter des Verwaltungsrates.

Wenig später empfing ihn Hubert von Fink zur Verwaltungsratssitzung im Boardroom der Zürcher Investment Bank. Philipp war erstaunt, ihn dort alleine anzutreffen. Die Sitzung sollte in fünf Minuten beginnen.

Von Fink erriet seine Gedanken. »Wir werden heute nur zu dritt vor Ort sein. Meine ehrenwerten Kollegen schalten sich via Videokonferenz dazu. Jetzt, wo Führung gefragt wäre, ziehen sie den Schw... Sie wissen, was ich meine. Von den Mitarbeiterinnen und Mitarbeitern wird persönlicher Einsatz und Anwesenheit verlangt, und die Verwaltungsräte kneifen. Wenn sich das rumspricht, wird es für Unruhe sorgen. Das Tagesgeschäft muss doch weiterlaufen. Stattdessen fallen mir die eigenen Kollegen in den Rücken und verschanzen sich in ihren Villen.« Von Fink wirkte müde und um Jahre gealtert. Seine Anzughose saß sehr locker um den Bund. Sein mächtiger Kopf war zwischen die Schultern gesunken, sodass er Philipp an eine alte Schildkröte erinnerte. Bevor Philipp etwas erwidern konnte, ertönte eine feste Stimme hinter ihnen.

»Mein lieber Hubert, nicht alle machen es sich in ihren Villen gemütlich. Wobei ich genau genommen gar keine besitze. Eine schöne Wohnung ohne Treppen hat auch ihre Vorteile.« Verwaltungsrätin Bernadette Wolf war von den beiden Männern unbemerkt in den Sitzungssaal gerollt. Sie machte einen hellwachen Eindruck.

Von Fink grüßte sie herzlich. »Bernadette, schön dich zu sehen. Darf ich dir Professor Philipp Humboldt vorstellen? Er wird auf meinen Wunsch in den Verwaltungsrat eintreten«, sagte er freundlich.

»Sonderdelegierter, Herr von Fink, Sonderdelegierter des Verwaltungsrats«, korrigierte Philipp. »Bezüglich des Verwaltungsratsmandates schauen wir später ...«

Wolf kümmerte sich nicht um die Wortklauberei der beiden Männer. »Wie auch immer – schön, dass wir Sie bei uns begrüßen dürfen, Herr Humboldt. Wir können Ihre Expertise im Verwaltungsrat dringend gebrauchen.«

Philipp bedankte sich für die netten Worte. Er hatte Wolf bislang nicht persönlich gekannt. Sie war erst in das oberste Aufsichtsgremium bei der Zürcher Investment Bank gewählt worden, als er die Bank schon verlassen hatte. Sie war ihm auf Anhieb sympathisch. Er mochte Frauen, die ihre grauen Haare selbstbewusst trugen.

»Da kann ich mich nur anschließen«, bekräftigte von Fink Wolfs Bemerkung und buhlte offensichtlich um Philipps Wohlwollen. »Wir sind die drei unerschrockenen und todesmutigen Musketiere.«

Wolf schaute zum Verwaltungsratspräsidenten hoch und lächelte. »In meinem Alter fürchtet man sich nicht mehr so schnell. Auch nicht vor dem Tod – vor dem zuletzt.«

»Na, na, Bernadette. Du wirst uns noch alle überleben.« Von Fink setzte sich an den Besprechungstisch und bat Philipp, neben ihm Platz zu nehmen. Wolf rollte ihr Gefährt an den für sie vorgesehenen Platz ohne Stuhl. Dann winkte von Fink einen bislang unsichtbaren Mitarbeiter aus dem Nebenraum herein, der die Videokonferenz startete. Bald darauf erschienen die übrigen Verwaltungsräte auf dem riesigen Monitor an der gegenüberliegenden Wand.

Von Fink begrüßte die Teilnehmer kühl. Er versuchte gar nicht erst, seinen Ärger zu überspielen. Nachdem er eine kurze Rede zum Ableben Hunzikers gehalten hatte, stellte von Fink seinen neuen Sonderdelegierten vor. »Sie kennen Herrn Professor Humboldt aus seiner Zeit als CEO der Zürcher Investment Bank. Denjenigen unter Ihnen, die nicht das Vergnügen hatten, persönlich mit ihm zusammenzuarbeiten, möchte ich versichern, dass Humboldt einer der besten Mitarbeiter war, den die Bank jemals hatte. Er redet nicht viel, liefert dafür umso mehr. Herr Humboldt wird mir helfen, die Zürcher Investment Bank wieder auf Kurs zu bringen. Was wir brauchen, ist Standhaftigkeit und Sachverstand. Humboldt hat bewiesen, dass er mit beidem gesegnet ist.«

Philipp war sich plötzlich nicht mehr sicher, ob er wirklich die richtige Entscheidung getroffen hatte. Von Finks Lob erinnerte ihn unangenehm an eine Abdankungsrede.

Die Reaktionen auf dem Monitor hätten unterschiedlicher nicht ausfallen können: aus Tokio respektvolles Nicken, untermauert mit einem undefinierbaren Kehlkopfton, ein humorloses Lächeln aus Paris, keine Regung aus Berlin, London und Singapur, in Buenos Aires wurde es dunkel auf dem Bildschirm, nur New York äußerte sich.

»Welcome back, Philipp. Good to have you on board«, sagte der amerikanische Verwaltungsrat, um dann hinzuzufügen: »Bezüglich Sachverstand eine vorzügliche Wahl. But Standhaftigkeit? Humboldt hat uns doch freiwillig vor einigen Jahren verlassen. Wer versichert mir, dass er nicht noch mal davonrennt?«

Die Frage war verständlich, und Philipp nahm sie dem kritischen Board Member nicht übel. Er präzisierte seine damalige Motivation, ohne zu viel zu verraten. »Nach über 20 Jahren bei der Zürcher Investment Bank waren private Gründe für meinen Abschied ausschlaggebend. Ich habe der Firma viel zu verdanken. Darum habe ich Herrn von Fink zugesagt, als er mich bat, ihm zu helfen. Und ja, es ist gut möglich, dass ich wieder gehen werde. Wenn die Probleme gelöst sind.«

»Gut gesprochen«, bemerkte von Fink. »Philipp wird direkt an mich berichten. Zunächst wird er sich vor Ort einen unabhängigen Eindruck verschaffen. Sie hatten ja keine Zeit, persönlich zu erscheinen«, fügte er spitz hinzu.

Im weiteren Verlauf der Sitzung diskutierten die Verwaltungsräte die aktuellen Zahlen. Die Geschäfte liefen schlecht, und durch die Morde hatte sich die Situation weiter zugespitzt. Der sinkende Aktienkurs war noch das kleinste Übel. Wie ein Fieberthermometer zeigte er lediglich an, dass der Patient ernsthaft krank war – die Frage war nur, welche Medizin man ihm verabreichen sollte. Der Verwaltungsrat aus New York glaubte die Lösung zu kennen.

»It's obvious«, sprach er in seine Kamera und beugte sich so weit nach vorne, dass man ein Nasenhaar erkennen konnte. »Wir müssen die Erträge und folglich die Risiken erhöhen. Aber nicht nur das: Auch die Löhne im Management müssen deutlich steigen. So können wir die besten Leute bei Laune halten.«

Von Fink trommelte mit seinen Fingern auf den massiven Konferenztisch. Es war ihm anzusehen, dass er nur mit Mühe seine Fassung bewahrte. »Was meinen Sie?«, fragte er Philipp – ein offenes Misstrauensvotum gegenüber dem versammelten Verwaltungsrat.

Philipp sah kurz zu Bernadette Wolf, die ihm zunickte. »Nun gut«, sagte er langsam, um sich die richtigen Worte zurechtzulegen. »Die Zahlen sind, mit Verlaub gesagt, erschreckend. Die Lage ist ernst. Erstens macht es keinen Sinn, die Risiken zu erhöhen, bevor wir nicht adäquate Kontrollstrukturen aufgebaut haben. Sonst passiert gleich der nächste Fehler, der uns sprichwörtlich das Genick brechen könnte. Zweitens scheint es mir fraglich, ob wir mit

Lohnerhöhungen in der Chefetage die richtigen Mitarbeiter belohnen. Wenn die besten für dieses Schlamassel verantwortlich sind, sollten wir es vielleicht mit den zweitbesten versuchen.«

Philipp wurde durch laute Proteste unterbrochen. Er war froh, dass die Verwaltungsräte Hunderte oder sogar Tausende von Kilometern entfernt saßen. Von Fink machte kurzen Prozess und schaltete die Videoteilnehmer auf stumm. Lautlos bewegten sie ihre Lippen weiter wie in einem alten Buster-Keaton-Film.

Nur ohne Untertitel.

»Hören Sie gefälligst zu, was Humboldt zu sagen hat!«, bellte der Verwaltungsratspräsident. Das war der von Fink, den Philipp von früher kannte. Aber er hatte nicht mehr dieselbe Kraft wie damals und ließ sich erschöpft in den Sessel zurückfallen.

Philipp nahm den Faden wieder auf. »Drittens, und das ist der wichtigste Punkt, müssen wir der Polizei helfen, den Mörder von Wullschleger und Hunziker zu fassen. Jeder Hinweis kann nützlich sein. Also lassen Sie uns kollegial zusammenarbeiten und die Zürcher Investment Bank zur alten Stärke führen.«

Wolf klopfte mit den Knöcheln auf den Tisch. »Gut gesprochen! Machen wir uns an die Arbeit.«

Niemand auf der Videowand widersprach der Grand Dame, was aufgrund der Stummschaltung auch gar nicht möglich gewesen wäre. Von Fink wollte diese aufheben, drückte aber den falschen Knopf und beendete ungewollt die Videokonferenz.

»Auch gut«, brummte er verärgert.

ESTHER

Zürich, 19. September

Philipp hatte nach der Verwaltungsratssitzung von Finks Einladung zu einem gemeinsamen Mittagessen ausgeschlagen – sehr zu dessen Missfallen. Stattdessen traf sich der frischgebackene Sonderdelegierte des Verwaltungsrates mit Esther im Bindella. Esther war nicht nur die meist unterschätzte Mitarbeiterin der Bank, sondern auch Philipps Büronachbarin gewesen, als er seine Karriere begann. Das schmucke Restaurant befand sich in der Straße »In Gassen«, nur einen Steinwurf vom Paradeplatz entfernt. Als er das Lokal betrat, wurde er vom Kellner überschwänglich begrüßt.

»Signor Humboldt! Schön, Sie wiederzusehen. Seit Sie nicht mehr am Paradeplatz arbeiten, haben Sie uns viel zu selten mit Ihrer Anwesenheit beehrt.«

Philipp schüttelte dem schwarzhaarigen Mann die Hand. »Das wird sich vielleicht ändern. Ich habe ein Mandat bei der Zürcher Investment Bank angenommen. Es könnte daher sein, dass Sie mich wieder häufiger zu Gesicht bekommen.«

Der Kellner strahlte und führte Philipp zu seinem Tisch. »Ich habe natürlich Ihren Lieblingstisch für Sie reserviert. Ruhig und direkt am Fenster.«

Philipp hatte kaum Platz genommen, als sein Gast das Restaurant betrat. Esther war keine Person, die einen Raum mit ihrer Präsenz füllte. Unscheinbar war das treffende Wort für sie. Sie schaute sich unsicher um. Philipp machte sich bemerkbar, stand gentlemanlike auf und richtete ihren Stuhl.

Esther verfasste seit vielen Jahren die Managementberichte für die Geschäftsleitung. Dafür trug sie die wichtigsten Daten der verschiedenen Bereiche zusammen und vereinte alles zu einem schwer verdaulichen Bericht. Esther war so zu einem wandelnden Lexikon über die Zürcher Investment Bank geworden. Ein leiser Mensch, der summte und arbeitete wie eine Festplatte. Aufgrund ihres bescheidenen Auftretens wurde von den obersten Managern gerne vergessen, dass sich Esther überhaupt bei ihnen im Raum befand. Ohne es zu wollen, hörte sie so Dinge, die nicht für ihre Ohren bestimmt waren. Das hatte zur Folge, dass sie nicht nur über alle formellen Informationen der Bank im Bilde war, sondern auch über alle informellen. Die ideale Gesprächspartnerin für jemanden, der sich einen Überblick verschaffen und dann gleich noch helfen sollte, einen Mord aufzuklären.

Während des Smalltalks bestellten sie eines der vorgeschlagenen Menus, welches kurz darauf serviert wurde. Esther brachte ihren früheren Chef auf den neusten Stand der Dinge. Ihre Ausführungen bestätigten Philipps Eindruck, den er in der Verwaltungsratssitzung erhalten hatte. Die Bank war in arger Schieflage. Tuchel versuche sein Bestes, meinte Esther, habe es aber schwer mit den Managing Directors. Die Arbeitsmoral sei an einem Tiefpunkt angelangt und die Lage in einem Wort zusammengefasst trostlos.

Als die Nachspeise serviert worden war – ein frisches Zitronensorbet –, versuchte Philipp an die brisanten Insiderinformationen zu kommen, über welche seine Gesprächspartnerin zweifelsohne verfügte. Wer etwas will, muss auch geben … Also erzählte er Esther zunächst einige Details, die er von Armand erfahren hatte: vom Drohbrief an Wullschleger, vom zerrissenen Geldschein und dem Zugticket nach Genf, die neben dem erschlagenen Hunziker gefunden worden waren.

Esther verzog keine Miene. Philipp hätte ihr genauso gut die Wetterprognose vorlesen können. »Das ergibt durchaus Sinn«, sinnierte sie. »Anlagechef Hunziker hat einen Fonds aufgelegt, der in Kunst, Edelmetalle, Diamanten und Antiquitäten investiert. Die meisten Transaktionen finden im Zollfreilager in Genf statt, dem Port Franc. Das Volumen der Transaktionen betrug über die vergangenen Jahre mehrere Milliarden Franken. Die Gegenparteien sind in der Regel undurchsichtige Firmen mit Sitz auf den Bahamas, den britischen Kanalinseln oder auch in Liechtenstein. Man bewegt sich in diesen Zollfreilagern in einem Graubereich.«

»Darauf könnte die Fahrkarte ein Hinweis sein«, dachte Philipp laut.

Esther hatte noch mehr auf Lager. »Als wir vor einem Jahr die Royal Westminster Bank übernommen haben, sicherten sich die Geschäftsleitungsmitglieder eine Beteiligung am Deal. Risikofrei. Es sind viele Millionen geflossen. Da würde es nicht erstaunen, wenn jemand neidisch wurde. Aber gleich Mord?«

Philipp legte seinen Löffel auf den Tisch. Der Appetit war ihm vergangen. Solche unverschämten Bereicherungen hatte es zu seiner Zeit noch nicht gegeben. Die Zürcher Investment Bank war zu einem Selbstbedienungsladen für das oberste Kader verkommen.

Widerlich.

»Wer wusste Bescheid über diese Praktiken?«, fragte er.

Esther musste nicht lange nachdenken. »Bestimmt von Fink, Tuchel, die Geschäftsleitungsmitglieder und ich …« Sie blickte Philipp verschwörerisch an, und sogar ein Lächeln huschte über ihr Gesicht. Esther war wirklich eine Schatzgrube.

Philipp mochte sie. Wenn alle so seriös arbeiten würden wie sie, wäre die Bank schon längst die Nummer eins auf der Welt. Einen letzten Punkt wollte er unbedingt noch ansprechen. »Da war dieser Unfall in Arosa, bei dem Wullschlegers damalige Assistentin auf tragische Weise ums Leben kam …«

Esther nickte traurig. »Charlotte Peyer, so hieß sie, war eine tolle Frau. Jeder mochte sie. Etwas jung und naiv, aber eine wirklich nette Person. Stammte aus ganz armen Verhältnissen. Umso besser waren ihre Manieren, immer höflich. Es war sehr schlimm für uns. Vor allem für Andrea Vollenweider und Patrick Gisler.« Sie wurden vom zuvorkommenden Kellner unterbrochen, der den Tisch abräumte.

Philipp bestellte zwei Espressi und bat um die Rechnung. Als sie wieder unter sich waren, fragte er nach: »Warum gerade für die beiden?«

Esther blickte ihn erstaunt an. »Na, das weiß doch jeder. Andrea Vollenweider war Charlottes beste Freundin. Sie waren wie Schwestern und haben zusammengewohnt. Es war sicher nicht einfach für sie, den Job bei Wullschleger zu übernehmen. Andrea hat bis dahin für Wolf gearbeitet. Und Patrick, der Assistent von Lemoine, war Charlottes Freund.«

DER UNORTHODOXE VORSCHLAG

Zürich, 19. September

Nachdem Philipp Armand die Neuigkeit über Gislers und Vollenweiders Beziehung zur verunfallten Charlotte Peyer übers Telefon mitgeteilt hatte, war der Hauptmann sofort zur Zürcher Investment Bank gefahren. Den zivilen Polizeiwagen hatte er kurzerhand mitten auf dem Paradeplatz vor dem Haupteingang des Finanzhauses abgestellt.

Die Stimmung im Büro von Verwaltungsratspräsident von Fink knisterte wie eine Hochspannungsleitung.

»Andrea Vollenweider und Patrick Gisler haben der Polizei wichtige Informationen vorenthalten. Bei einer solchen Untersuchung ist das keine Bagatelle. Dasselbe gilt für alle anderen Befragten ebenfalls«, sagte Armand aufgebracht. Seine Halsschlagader trat pulsierend hervor.

Bernadette Wolf zog fragend die Schultern nach oben. »Ich verstehe Sie nicht ganz, Herr Hauptmann. Deswegen haben Sie uns zu dieser sogenannten Dringlichkeitssitzung zusammengetrommelt? Sie haben Herrn von Fink, mich, die Geschäftsleitung und deren Sekretariate befragt, zum Teil mehrmals. Haben Sie denn explizit nach dem Beziehungsstatus oder der Wohnsituation gefragt? Sie können doch niemanden zwingen, sämtliche Liebschaften und Wohngemeinschaften, aktuelle wie verflossene, preiszugeben! Wurden Sie von Patrick Gisler, Andrea Vollenweider oder sonst jemandem angelogen? Und warum kommen Sie überhaupt wie die alte Fasnacht mit dem Unfall von Charlotte Peyer an? Sie müssen schon etwas konkreter werden, bevor Sie mit Anschuldigungen um sich werfen.«

Armand blickte in die Runde. Wolf wartete auf eine Antwort, von Fink zog seine buschigen Augenbrauen hoch, und Philipp animierte seinen Freund mit einer kreisenden Handbewegung, seinen Standpunkt deutlich zu machen. Armands Halsschlagader verschwand wieder unter dem Gewebe.

»Die Wahrscheinlichkeit, dass wir den Mörder von Hunziker in diesem Gebäude finden werden, grenzt an hundert Prozent. Vielleicht ist es derselbe Täter, der Wullschleger auf dem Gewissen hat. Charlotte Peyer hat für die Geschäftsleitung gearbeitet und lebt auch nicht mehr. Kommt Ihnen das nicht seltsam vor?«

»Wir haben 50.000 Mitarbeitende«, meldete sich von Fink zu Wort, »da ereignen sich statistisch gesehen nun einmal Unfälle. So tragisch sie sind.«

»Aber die drei Personen bewegten sich in diesem Bankuniversum an einem winzigen Punkt«, gab Armand zu bedenken.

Wolf verstand, war allerdings nicht einverstanden. »Und weil Sie weiterhin im Dunkeln tappen, nehmen Sie leichtfertig zwei junge Angestellte der Bank ins Visier, die sich nichts, rein gar nichts haben zuschulden kommen lassen? Außer dass sie die Polizei nicht über ihre Freundschaften oder Wohnsituation informiert haben? Und uns kritisieren Sie gleich mit! Damit kann ich nicht einverstanden sein, Herr Muzaton.«

Philipp sprang Armand zu Hilfe. »Hauptmann Muzaton verdächtigt niemanden – und jeden. Das ist seine Aufgabe. Es ist in unserem gemeinsamen Interesse, der Polizei die volle Unterstützung zukommen zu lassen und sämtliche Informationen, selbst wenn sie uns noch so unwichtig erscheinen, weiterzugeben. Herr Muzaton hätte Gisler und Vollenweider aufs Revier zitieren können. Stattdessen sucht er hier mit uns das Gespräch.«

Von Fink kratzte sich mit beiden Händen am Kopf. »Ich bin zwar kein Polizist, aber wenn es keine eindeutigen Verdachtsmomente gegen Gisler, Vollenweider oder sonst jemanden gibt, dann können wir das Gespräch beenden. Einer meiner Enkel arbeitet übrigens auch bei uns. Macht ein Praktikum in der Personalabteilung. Wird es weit bringen, der Bursche.«

»Nun gut«, sagte Armand. »Früher oder später werden wir den Täter erwischen. Ich hoffe nur, dass es bis dahin keine weiteren Opfer geben wird.«

Er verabschiedete sich und verließ den Raum.

*

Nachdem der Polizeihauptmann die Tür hinter sich geschlossen hatte, herrschte zunächst absolute Stille wie in einem vollbesetzten Wartezimmer.

»Ihr Kollege Muzaton ist sehr impulsiv. Seine Direktheit grenzt beinahe an Grobheit, ist mir aber lieber als scheinheiliges Getue«, sagte von Fink schließlich.

»Er will den Täter schnappen, und als guter Polizist reagiert er ungehalten, wenn er glaubt, nicht sämtliche relevanten Informationen zu erhalten«, verteidigte Philipp seinen Freund. »Die sehr enge Beziehung von Frau Vollenweider und Herrn Gisler zu der verunfallten Charlotte

Peyer ist eine solche. Diese Beziehungen wurden bei den Verhören von niemandem erwähnt. Der Hauptmann hat zufällig davon erfahren.« Esther erwähnte er in diesem Zusammenhang nicht und fuhr stattdessen fort. »Glauben Sie mir, niemand will auf der schwarzen Liste von Armand Muzaton stehen.«

»Verdächtig«, schnaubte von Fink aufgebracht. »Der Unfall in Arosa war ein ebensolcher – ein Unfall. Die Bündner Kantonspolizei hat ihn gründlich untersucht und die Akte geschlossen.«

»Sind wir doch froh, dass wir mit Philipp Humboldt eine Person zur Seite haben, die zwischen uns und der Polizei vermittelt«, ordnete Wolf die Diskussion.

Von Fink beruhigte sich langsam. »Du hast natürlich vollkommen recht, Bernadette. Darum habe ich Humboldt ja engagiert.«

»Wussten Sie, dass sich die Geschäftsleitung an Deals der Bank beteiligt und dabei Unsummen eingestrichen hat?«, fragte Philipp unvermittelt.

Wieder wurde es still. »Ja, natürlich wussten wir das«, antwortete von Fink. Er spielte nervös mit der Lesebrille um seinen Hals. Das Thema war ihm sichtlich unangenehm. »Tuchel ist ein guter CEO. Ihm fehlt aber der Killerinstinkt für die großen Deals. Unsere Geschäftsleitungsmitglieder haben diesen Instinkt, sie sind hungrig. Und Haifische wollen nun einmal einen Teil der Beute für sich.«

Wolf kam auf das ursprüngliche Thema zurück. Die Zahlungen schienen sie nicht zu interessieren. »Ich sorge mich im Moment am meisten um Andrea Vollenweider und Patrick Gisler. Wir dürfen nicht zulassen, dass sie kaputt gemacht werden«, sagte sie.

»Was sollen wir denn tun?« Von Fink sah aus wie sein eigener Großvater. Tiefe Furchen zeichneten sich auf seiner Stirn ab.

Wolf erhob sich aus ihrem Rollstuhl. Philipp streckte instinktiv die Arme aus, um die Verwaltungsrätin zu stützen. Doch diese winkte ab und blickte auf ihre Gesprächspartner hinab. »Wir lassen einen Lügendetektortest durchführen. Die kann man bei darauf spezialisierten Firmen beauftragen. Die Nerven liegen nicht nur bei Herrn Muzaton blank, sondern auch bei unserer Belegschaft. Wir müssen das Vertrauen in die operative Führung der Bank stärken. Es wäre verheerend, wenn jeder anfängt, jeden zu verdächtigen. Ich hoffe, dass wir mit einem solchen Test die wichtigsten Führungspersonen und deren Mitarbeitenden den Rücken stärken können.«

Von Fink versuchte gar nicht, seine Überraschung zu verstecken. »Einen Lügentest? Ich finde die Idee ehrlich gesagt etwas kurios.«

»Mein lieber Hubert. Wir stecken – um es in deinen Worten zu sagen – in einer kuriosen Situation. Das verlangt nach unkonventionellen Vorgehensweisen. Wir können nicht einfach sehenden Auges warten, bis alles um uns herum zusammenbricht. Der Test ist ein Zeichen gegen innen und wird hoffentlich Gisler, Vollenweider und die operative Leitung der Bank entlasten – oder wir finden den Täter«, sagte Wolf mit einer Überzeugung, die keine Widerrede zuließ.

»Wen willst du denn einem solchen Prozedere unterziehen?«, fragte von Fink misstrauisch.

»Die Mitglieder der Geschäftsleitung, ihre engsten Mitarbeiter, und wenn wir gleich dabei sind, auch uns zwei …«, antwortete Wolf.

Von Fink winkte ab. »Das kannst du vergessen. Mach von mir aus deinen Test, aber ohne mich! Wenn mich die Polizei verdächtigt, soll sie mich verhaften. Bei diesem Schabernack mache ich nicht mit!«

Philipp hörte interessiert zu und konnte nur staunen. Seine temporäre Anstellung bei der Zürcher Investment Bank bot einiges an Unterhaltungswert.

*

Armand bemerkte den Zettel an der Windschutzscheibe erst, als er beim Stauffacher an einem Lichtsignal anhielt. Fluchend stieg er aus. Die Buße der Stadtpolizei Zürich für das unerlaubte Parken auf dem Paradeplatz war saftig ausgefallen. Er hatte vergessen, den zivilen Polizeiwagen als solchen zu kennzeichnen. Armand überlegte, ob er die Buße zerreißen solle, steckte sie dann aber in seine Hosentasche.

Sein Fehler, seine Buße.

Die Ampel hatte in der Zwischenzeit auf Grün gewechselt, was ein gellendes Hupkonzert zur Folge hatte. Die beiden Fahrer unmittelbar hinter Armand bekundeten ihren Unmut darüber hinaus mit Kraftausdrücken.

Warum sprachen in Zürich immer gleich alle mit einem Ausrufezeichen?

Armand stieg ein und wartete, bis die Ampel orange wurde. Dann startete er den Motor, und der Wagen fuhr los. Die Ausrufezeichen mussten bis zur nächsten Grünphase warten. Der Hauptmann blickte in den Rückspiegel und lachte.

Kindisch, aber Balsam für die Seele.

WAHRE LÜGEN

Zürich, 27. September

Philipp hatte das ehemalige Büro von Hunziker bezogen. Der schwere Teppich war ersetzt worden. Das Blut war in das Gewebe eingezogen, eine Reinigung unmöglich. Nichts erinnerte mehr an das Verbrechen. Dennoch hatte Philipp das Gefühl, der Tod schwebte in diesem Raum in der Luft wie eine unsichtbare Giftwolke.

Er saß mit offenem Hemdkragen am Arbeitstisch. Der »Casual Friday« hatte sich tief in die anderen Wochentage hineingefressen, sodass auch bei der Bank die Krawatte nicht mehr generell getragen werden musste. Als Andrea Vollenweider den Raum betrat, drehte er sich auf dem Bürostuhl um. Das Knarzen der schweren Holztür und der Widerhall ihrer Schritte über den polierten Eichenboden beim Eingang waren nicht zu überhören gewesen. Hunziker musste sich auch zum Mörder umgedreht und sich dann wieder seiner Arbeit gewidmet haben.

Ein gruseliger Gedanke.

Vollenweider erkundigte sich, ob Philipp etwas benötige. Er verneinte, und die Assistentin verließ den Raum rasch wieder. Philipp hatte Tuchel gebeten, ihm die junge Frau zuzuteilen. Sie war ohne Beschäftigung gewesen und war bestens mit den internen Abläufen vertraut. Dass Philipp so gleich noch an die eine oder andere wichtige

Information zu kommen hoffte, hatte er für sich behalten. Tuchel war einverstanden gewesen.

Um das morbide Gefühl abzuschütteln, stand Philipp auf und trat ans Fenster. Der Paradeplatz lag feucht und grau unter ihm. Durch die leicht beschlagene Scheibe schien es, als blicke er auf ein verschwommenes Aquarell. Er öffnete das Fenster. Sofort wurde der Paradeplatz scharf und mit dem Geräusch der Stadt unterlegt. Ein Ticketautomat ratterte, und irgendwo hupte ein Auto. Philipp zog die frische Luft tief in die Lungen. Wie würde die Geschichte ausgehen? Vielleicht brächte sie ja der Lügendetektortest weiter.

Philipp ging zurück an den Arbeitsplatz, warf einen Blick auf seine Armbanduhr und zog sein Jackett über. Unter der Anleitung von Dr. Bernadette Wolf wurden heute in einem Sitzungszimmer die Tests durchgeführt, und er wollte sich einen eigenen Eindruck davon verschaffen.

Die Stimmung in den weiten Gängen am Hauptsitz der Zürcher Investment Bank war gespenstisch. Die Angestellten schlichen in kleinen Gruppen umher. Niemand wollte alleine unterwegs sein. Der interne Sicherheitsdienst war aufgestockt worden, und Männer groß wie Bäume patrouillierten in Zweierteams. Die Türen zu den Besprechungszimmern standen offen, da die meisten Kunden ihre Termine abgesagt hatten. Verständlich, denn niemand konnte sich sicher sein, ob einem dann nicht zufällig der gesuchte Totschläger gegenübersitzen würde.

Philipp fand Bernadette Wolf im Sitzungszimmer Appenzell. An den Wänden hingen schmucke Fotografien vom Säntis und Seealpsee, und auf einem Sideboard stand ein handgeschnitzter Alpaufzug.

Hübsch.

Der Tisch war mit Kabeln und Laptops übersät. Wolf winkte Philipp zu sich, als sie ihn im Türrahmen bemerkte. »Kommen Sie nur herein, Herr Humboldt. Dieser nette Herr von True Lies erklärt mir gerade die Bedienung der Geräte, damit ich nachher keine Fehler mache. Eigentlich müsste bei jedem Arzt, Anwalt und Architekten eine solche Maschine stehen. Ich hätte viel Geld und Ärger gespart.«

»Sie führen die Tests durch?«, fragte Philipp erstaunt.

Die rüstige Rollstuhlfahrerin nickte freudig. Sie strahlte wie ein Kind vor der Geburtstagstorte. »Ich finde das sehr aufregend. Und weil mit Sicherheit auch alle Beteiligten aufgeregt sind, führe ich den Test persönlich durch. Unsere Mitarbeiterinnen und Mitarbeiter sollen durch die Anwesenheit von Fremden nicht zusätzlich unter Druck gesetzt werden. Den Fragenkatalog habe ich zusammen mit den Experten von True Lies erarbeitet. Ich werde als Einzige von diesem netten Vertreter der Firma befragt. Wäre ja ein Witz, wenn ich das selber übernehmen würde.« Sie zwinkerte Philipp zu.

»Sie machen einen Test? Niemand verdächtigt Sie«, sagte er halb im Scherz.

Wolf verschränkte die Arme und lächelte verschmitzt. »Warum eigentlich nicht? Unterschätzen Sie mich bloß nicht, mein lieber Humboldt! Wenn Sie möchten, dürfen Sie bei meiner Befragung dabei sein«, fügte sie hinzu.

»Wenn es Sie nicht stört …«, antwortete Philipp. Er kannte Lügendetektortests bis anhin nur aus Filmen.

»Na dann, legen wir los. Schließen Sie bitte die Tür. Es muss ja nicht gleich das ganze Personal mithören.«

Der Mitarbeiter von True Lies verstand sein Handwerk. Zunächst wurde Wolf verkabelt. Über ihren Zeigefinger wurde ein Messgerät gestülpt, um die Ausscheidung von Schweiß zu messen. Ein Band am Oberarm kontrollierte Blutdruck und Puls. Dann stellte der Lügenspezialist einige unverfängliche Eingangsfragen. Name, Geburtsdatum, Wohnort und Ähnliches. Darauf folgten Fangfragen, um die Probandin auf unsicheres Terrain zu führen. Schließlich kam der Experte zu den Fragen zu dem Abend, an dem Hunziker ermordet worden war.

»Haben Sie sich am Abend des 7. Septembers im Verwaltungsratsaal der Zürcher Investment Bank aufgehalten?«

»Ja«, antwortete Wolf kurz und präzise.

Kein Ausschlag auf dem Bildschirm. Ruhiger Pulsschlag. Trockene Hände.

»Haben Sie in Hunzikers Büro angerufen?«

»Ja.«

»Haben Sie Hunziker mit dem Briefbeschwerer erschlagen?«

»Nein.«

Der Puls bewegte sich bei allen Fragen konstant, ohne auffällige Ausschläge. Auch Blutdruck und Schweißbildung blieben im normalen Bereich. Der Mitarbeiter von True Lies legte den Fragebogen nach Abschluss des Tests zur Seite und befreite Wolf von den Messgeräten.

»So, das hätten wir«, sagte er und wischte sich mit dem Unterarm über die Stirn. Die Befragung schien ihn mehr mitgenommen zu haben als Wolf. Vermutlich befragte die Firma in der Regel treulose oder der Treulosigkeit verdächtigte Ehemänner, aber keine potenziellen Serienmörder.

»Bin ich entlastet?«, fragte Wolf.

Der Mitarbeiter nickte.

Wolf schob zufrieden ihren Rollstuhl vor den Bildschirm. Dort zog sie einen Stapel Fragebögen zu sich und blätterte sie durch. »Unser Verwaltungsratspräsident und CEO kneifen. Zwingen kann ich sie nicht. Hunzikers Assistentin ist immer noch auf den Malediven. Sie hat die Ferien auf unbestimmte Zeit verlängert, was ich gut verstehen kann. Wir hätten dann also Zimmermann und Frau Sommer, Lemoine und Gisler, Ihre Assistentin Vollenweider und dann noch alle Managing Directors, die als Nachfolger von Hunziker und Wullschleger infrage kommen. Geld und Macht waren schon immer die wichtigsten Tatmotive – zumindest in den Kriminalromanen, die ich gelesen habe.«

»Und die Liebe«, ergänzte Philipp.

»Und die Liebe …«, wiederholte Wolf.

DAS LEBEN GEHT WEITER

Zürich, 3. Oktober

Kurt Zimmermann fühlte sich blendend. CEO Tuchel hatte den Manager zu sich ins Büro gebeten und ihm eröffnet, dass er neben seiner bisherigen Funktion zusätzlich den Bereich des verstorbenen Wullschleger übernehmen durfte.

»Du wirst damit zur klaren Nummer zwei. Hinter mir …«, schob Tuchel nach. Die kleine Spitze war ihm wichtig, da er Zimmermann nicht über den Weg traute. Er kannte dessen Ambitionen.

»Und was machst du mit dem Anlagebereich von Hunziker? Den könntest du auch bei mir eingliedern. Wir hätten einen Supertanker, der alles plattmacht.« Zimmermann hatte Blut gerochen. Sein Versprechen Lemoine gegenüber, ihn für diese Aufgabe vorzuschlagen, war ihm nicht mehr wichtig.

Auch Tuchel kannte sich in machiavellistischen Machtspielen bestens aus und war nicht umsonst CEO geworden. Aufgrund seiner hohen Stimme und kleinen Körpergröße neigte man dazu, ihn zu unterschätzen. Ein Fehler. »Das haben wir uns natürlich überlegt. Aber der Verwaltungsrat und ich waren der Meinung, dass es noch zu früh dafür ist. Wir wollen zunächst prüfen, wie du dich bei den neuen Aufgaben bewährst. Wir wollen dich nicht verheizen. Die Polizei könnte zudem auf falsche Gedanken kommen …«

»Was soll denn das heißen?« Zimmermanns Freude über den Gebietsgewinn war verflogen.

»Wenn du zum Alleinerben von Wullschleger und Hunziker würdest, könnte dich das verdächtig machen.« Tuchel schmunzelte süffisant, was Zimmermann erst richtig in Rage brachte.

»Ich habe die beiden weder umgebracht noch umbringen lassen. Das weißt du haargenau. So etwas habe ich nicht nötig!« Zimmermann kniff die Augen zusammen.

Der CEO der Zürcher Investment Bank spielte eine weitere Karte im Machtpoker. »Den Anlagebereich von Hunziker gebe ich Lemoine. Eure Abteilungen sind dann in etwa gleich groß. Wir werden sehen, wer den besseren Job macht. The winner takes it all.«

»Und den Verlierer fressen die Hunde«, fauchte Zimmermann.

»Du hast es erfasst. Es können eben nicht alle gewinnen«, schloss Tuchel mit einem humorlosen Lächeln.

*

Sir James Knight legte im Gartenrestaurant des Golf- & Freizeitclubs behutsam seine Hand auf die von Witwe Wullschleger. Die beiden waren von einer Golfrunde zurückgekehrt und nahmen nun einen kleinen Lunch zu sich. Obwohl die Blätter an den Bäumen bereits herbstlich strahlten, saß es sich angenehm in der Sonne. Rita Wullschleger drückte kurz die Finger ihres Tischnachbarn und zog dann rasch ihre Hand zurück.

»Wir müssen vorsichtig sein, James«, ermahnte sie den gut aussehenden Knight. Die mit einer schwarzen Sporthose und einem gleichfarbigen Pullover gekleidete Witwe blickte sich um und grüßte einige Clubmitglieder. Anschließend wandte sie sich wieder Sir Knight zu. »Es ist grenzwertig, dass ich bereits wieder Golf spiele. Wir dürfen die Tratscherei nicht zusätzlich befeuern.«

»Ich habe das Versteckspielen satt, Rita!«, sagte Knight laut, um seine Stimme sofort zu dämpfen. »Sollen doch alle erfahren, dass wir uns lieben. Es ist höchste Zeit, unsere Beziehung offiziell zu machen.«

Ein trauriges Lächeln huschte über Wullschlegers Gesicht. »Das werden wir, James. Aber es ist noch zu früh. Mein Mann wurde erst begraben. Das wäre doch – wie soll ich sagen? – pietätlos.«

»Pietätlos war, dass dich dein Mann über Jahre hinweg betrogen hat«, schnaubte Knight verächtlich.

»Das habe ich ihn doch auch«, erwiderte Wullschleger selbstkritisch. »Und ich habe es nie bereut. Du hättest sowieso keine Zeit für eine feste Beziehung gehabt, und ich bin keine Frau, die zu Hause sitzt und auf ihren Mann wartet, bis er von einer seiner Geschäftsreisen zurückkommt.«

Knight zerteilte mit kräftigen Schnitten sein blutiges Steak und schob sich ein Stück desselben in den Mund. »Darüber wollte ich mit dir sprechen. Lass uns zusammen nach England ziehen. Wie du weißt, habe ich ein Haus in Cornwall. Wir fangen ein neues Leben an. Nur wir zwei. Ohne Schickeria und den ganzen gesellschaftlichen Mist.«

Wullschleger blickte Knight überrascht an. Dieser verzog keine Miene. Es schien ihm ernst zu sein. Die Witwe wischte sich mit der Serviette über die feuchten Augen. »Nichts lieber als das«, sagte sie zärtlich. »Lass uns nichts überstürzen. Die Polizei sucht immer noch nach dem Täter.

Wenn wir Hals über Kopf zusammen verschwinden, könnten sie auf falsche Ideen kommen.«

Knight wollte etwas sagen und verschluckte sich an seinem Essen. Wullschleger stand erschrocken auf und klopfte ihm auf den Rücken. Einige Gäste wollten ihm helfen, doch Knight fing sich schnell und hob entschuldigend die Hände.

»Sorry, man sollte nicht gleichzeitig essen und sprechen.« Er atmete tief durch und wartete, bis sich alle wieder hingesetzt hatten. »Entschuldigung, Rita, das ist doch totaler Schwachsinn. Weil ich dich liebe, bin ich doch kein Mörder!«, flüsterte Knight.

Wullschleger beugte sich nach vorne. »Ich würde dich nie verdächtigen, aber Muzaton ist so berühmt wie berüchtigt, ein richtiger Bulldozer. Er wird weitersuchen, bis er den Schuldigen gefunden hat. Und wir sollten unter dem Radar bleiben, bis das geschehen ist.«

*

Zur gleichen Zeit flanierten zwei elegante Menschen am Zürcher Seebecken entlang. Es machte den Anschein, dass ein gut betuchtes Ehepaar einen kleinen Verdauungsspaziergang unternahm, um die herrliche Aussicht auf die Berge und den See zu genießen. Der Mann schob den Rollstuhl der Frau und platzierte ihn neben einer Parkbank und setzte sich auf dieselbe. Ein Kursschiff stampfte in Richtung Wollishofen davon. Das Wasser schimmerte in allen Farben außer Blau. Es roch nach Tang, und Möwen zogen kreischend ihre Runden. Von Fink stützte sich mit den Ellenbogen auf die Oberschenkel, kippte leicht nach vorne und kratzte sich an seinem mächtigen Kinn.

»Die ganze Sache wächst mir langsam, aber sicher über den Kopf, Bernadette«, sagte er erschöpft.

»Von welcher Sache sprichst du?«, fragte Wolf.

»Die Aktionäre sitzen mir im Nacken, die Geschäftsleitung macht, was sie will, irgendwo in der Bank treibt ein Mörder sein Unwesen, und in der Presse werde ich als Lachnummer bezeichnet. Wie konnte es nur so weit kommen?«

Wolf legte dem müden Mann die Hand auf die Schulter. »Vielleicht ist es an der Zeit, dass du mit mir an der nächsten Generalversammlung den Rücktritt erklärst. Wir sollten das Steuer an Jüngere übergeben.«

Von Fink richtete sich abrupt auf. »Ich kann jetzt nicht zurücktreten, wo alles den Bach runtergeht. Verstecken war nie meine Art. Und deine auch nicht, Bernadette. Du willst doch nicht etwa aufhören? Was soll ich denn ohne dich machen?«

Wolf sah von Fink ruhig an. Dieser konnte ihrem Blick nicht standhalten und senkte die Augen.

»Ich bin krank, Hubert. Sehr krank sogar, und ich spreche nicht von meinen Gichtanfällen.«

»Was meinst du damit, Bernadette?«

Die Verwaltungsrätin schüttelte den Kopf. Sie wollte es für den Moment dabei beruhen lassen. So sahen die beiden eine Weile auf den See hinaus. Die Alpen schienen zum Greifen nahe. Die höchsten Gipfel waren mit Schnee bedeckt. Nach einigen Minuten nahm Wolf das Gespräch wieder auf.

»Der Verwaltungsrat der Zürcher Investment Bank braucht eine jüngere Führung. Wir haben das Glück, dass die richtige Person bereits in den Startlöchern steht.«

Von Fink war überrascht. »An wen denkst du?«

»Hubert, das liegt doch auf der Hand. An Philipp Humboldt natürlich. Als ehemaliger CEO kennt er das Geschäft wie kein Zweiter. Er könnte unbelastet den Neuanfang einläuten.«

Von Fink kratzte sich erneut am Kinn. Er schien nicht wirklich überzeugt zu sein. »Humboldt hat sich an der Universität verändert. Er ist neulich mit abstrusen Vorschlägen an mich herangetreten.«

Wolf wartete geduldig darauf, dass ihr Gesprächspartner fortfuhr.

»Er träumt davon, dass keine Boni mehr bezahlt werden, wenn die Bank Verlust schreibt. Zudem sollten wir die Anzahl der Managing Directors halbieren! Nur wer eine bedeutende Führungsfunktion habe, soll den Titel noch führen dürfen. Mitarbeiterbewertungen würden nicht wie bisher von oben nach unten, sondern demokratisch von unten nach oben ausgeführt. So, meint zumindest Humboldt, würde die Qualität der Führungspersonen über die Zeit signifikant gesteigert. Zudem würde er das Investment Banking drastisch zurückfahren. Das sind doch Fantastereien.« Von Fink blickte Wolf lächelnd an und erwartete ihre Zustimmung. Diese blieb jedoch aus.

»Genau so muss es sein. Die Bank steht am Abgrund. Kosmetik alleine wird sie nicht retten – wir brauchen eine Revolution. Und du, lieber Hubert, hast eine wichtige Aufgabe«, sagte sie.

»Die da wäre?«

»Die Aktionäre für Humboldts Ideen zu gewinnen!«

*

Ebendieser Humboldt hatte Armand Muzaton und Priya Schweizer in sein neues Büro am Hauptsitz der Zürcher Investment Bank zu einem Gespräch geladen.

»Ist es nicht etwas makaber, am Tisch zu sitzen, wo Hunziker umgebracht wurde?«, fragte Priya.

»Geister sind mir noch keine erschienen«, erwiderte Philipp trocken.

»Schade, vielleicht könnten die uns weiterhelfen«, warf Armand mürrisch ein.

»Wir werden den Täter schon schnappen«, sagte Priya selbstbewusst. Philipp bewunderte ihre Zuversicht. Die Kraft der Jugend.

Armand quälte indessen der Durst. »Gibt es hier etwas zu trinken? Ich kippe sonst um.«

Philipp öffnete die Tür des antiken Wandschranks, in welchem eine Minibar verbaut war.

»Wasser, Bier, Weißwein, Whiskey?«, fragte er.

»In dieser Reihenfolge«, antwortete Armand. Das Lachen der drei hallte durch den großen Raum.

Nachdem Philipp das Mineralwasser ohne Gläser serviert hatte, holte er einen Stapel Papiere von seinem Schreibtisch und brachte ihn zum Besprechungstisch. »Hier sind die Resultate der Lügendetektortests. Auf die Frage, ob sie gerne mit Hunziker und Wullschleger gearbeitet hätten, antworteten alle Personen mit einem ›Ja‹. Puls, Blutdruck und Schweißbildung sagten aber ›Nein‹. Das System von True Lies hat gut funktioniert. Leider gab es keinen Hinweis auf den Täter.«

»True Lies … Was für eine Name«, sagte Priya und überflog die Akten mit den Messkurven. »Was ist mit Verwaltungsratspräsident von Fink und CEO Tuchel? Deren Resultate fehlen.«

»Es gibt keine«, erklärte Philipp. »Sie haben nicht am Test teilgenommen. Vielleicht waren sie in ihrem Stolz verletzt.«

»Oder sie hatten ein schlechtes Gewissen«, argwöhnte Priya.

Armand stellte seine bereits leere Flasche Wasser auf den Tisch. »Diese Tests bringen uns sowieso nicht weiter. Alles gut gemeint, dennoch reine Zeitverschwendung. Wenn jemand den Fall löst, dann wir und sicher nicht diese Heinis von True Lies.«

Philipp und Priya zwinkerten sich zu. Da war anscheinend noch jemand in seinem Stolz verletzt. Die junge Polizistin versuchte Armand mit einer kleinen Schmeichelei aufzumuntern.

»Was machen wir jetzt, Chef?«

Armand wischte sich mit dem Handrücken über den Mund. »Vor allem müssen wir vorankommen. Ihr beiden bleibt bei der Zürcher Investment Bank am Ball. Ich wäre froh, Philipp, wenn du dich hier am Hauptsitz weiter umhörst. Du, Priya, klärst ab, was es mit dieser Sache in Genf auf sich hat. Dieser Kunstfonds stinkt gewaltig.«

»Und was treibst du in der Zwischenzeit?«, fragte Priya.

Armand verschränkte seine Arme hinter dem Kopf. »Ich werde mit meiner Liebsten für einige Tage in die Berge fahren. Wandern in Arosa soll im Herbst am schönsten sein.«

*

Bankenspiegel
3. Oktober, 07:15 Uhr

Nach wie vor tappt die Polizei bei den Paradeplatz-Morden im Dunkeln. Das kratzt am Lack des hochgelobten Leiters der Zürcher Kriminalpolizei. Muzaton, der in letzter Zeit vor allem durch Biketouren aufgefallen ist, steht mit leeren Händen da. Währenddessen läuft der Zürcher Investment Bank die Zeit davon. Wird sie bald in einem schwarzen Loch verschwinden?

Die beliebtesten Kommentare:
Heiri, 07:20 / 405 Likes
Muzaton soll gleich alle Manager in diesem Saftladen verhaften. Sind doch alles Verbrecher!
Patriot, 07:21 / 309 Likes
Wieso ist eigentlich ein Romand Chef der Zürcher Kripo? Da kann ja nichts dabei rauskommen.
Antwort von Emmi auf Kommentar von Patriot, 07:29 / 155 Likes
Muzaton scheint ein guter Typ zu sein – ein Kerl mit Ecken und Kanten. Er ist sicher interessanter als die langweiligen »Bankmänägerli«!
Beobachter, 07:24 / 299 Likes
Fröhlich gehen anscheinend die Themen aus. Immer die gleichen nichtssagenden Artikel.
Freulich, 07:31 / 263 Likes
Drei Banker treffen sich und prahlen, was sie mit ihrem Bonus vorhaben. Der Investment Banker von Goldman Sachs: »Ich kaufe mir einen Ferrari,

und den Rest lege ich an.« Der Private Banker von der UBS: »Ich mache eine Weltreise, und der Rest geht aufs Sparkonto.« Der Mitarbeiter der Zürcher Investment Bank: »Ich kaufe mir ein Hemd.« »Und der Rest?«, fragen seine Kollegen. »Den Rest zahlt meine Mutter.«

Antwort von Lumi auf Kommentar von Freulich, 07:59 / 83 Likes

Hahaha! Gruß aus Pattaya …

ZWEITER TEIL

DIE SCHLITTELPISTE

Arosa, 6. Oktober

Armand erwartete seinen Kollegen der Bündner Kantonspolizei vor dem Hotel Prätschli in Arosa. Ekatarina war im Hotel Tschuggen geblieben, wo die beiden ihren Kurzurlaub verbrachten. Das Prätschli war zu dieser Zeit geschlossen, und so stand der Hauptmann alleine auf dem Parkplatz. Lediglich einige Spaziergänger waren unterwegs und genossen den goldenen Herbsttag. Armand war noch immer flau im Magen von den über 360 Kurven, die von Chur nach Arosa führten. Er drückte seinen kräftigen Rücken durch und atmete die würzige Luft ein. Das romantische Geläut von Schellen, die weidenden Ziegen um den Hals hingen, drang an sein Ohr. Die Kühe waren schon im September ins Unterland gebracht worden.

Pierin Caduff fuhr mit einem Polizeiwagen vor. Armand und er hatten sich auf einer Konferenz der kantonalen Kriminalkommandanten kennen und schätzen gelernt. Sie begrüßten sich mit einem kräftigen Handschlag. Caduff trug Uniform, Armand kurze Hosen und ein Hemd mit weit geöffnetem Kragen.

»Du siehst ja aus wie ein Tourist aus Zürich«, scherzte der Bündner und spielte auf das ambivalente Verhältnis der Einheimischen zu den wohlgelittenen Gästen aus dem Unterland an.

»Das bin ich ja auch«, antwortete Armand.

Caduff legte seine große Hand freundschaftlich auf Armands Schulter. »Du scheinst vergessen zu haben, dass ich ebenfalls Kriminalbeamter bin, und ich kann mir beim besten Willen nicht vorstellen, dass du ohne Hintergedanken zur Unfallstelle flanieren willst, wo Charlotte Peyer gestorben ist.«

Armand lächelte wie ein ertapptes Schulkind. »Also gut, du liegst natürlich richtig. Hast du von den Morden rund um die Zürcher Investment Bank gehört?«

Caduff verdrehte die Augen. »Es mag dich vielleicht überraschen, auch wir Bergler lesen zwischendurch die Zeitung.«

»Es besteht die Möglichkeit, dass die Fälle zusammenhängen. Peyer hat für eines der Mordopfer gearbeitet, und drei Tote bei der gleichen Firma innert so kurzer Zeit … Aber vielleicht ist es nur die ›déformation professionell‹, die meine Instinkte trübt. Eine Berufskrankheit sozusagen.«

»Das machst du schon richtig. Dein Ruf eilt dir nicht umsonst voraus. Also komm, ich zeige dir die Unfallstelle«, sagte Caduff, und die beiden marschierten los.

Der Unglücksort war in fünf Minuten zu erreichen. Caduff blieb in der Kurve eines Waldweges stehen und zeigte einen Abhang hinab. »Dort haben wir die Leiche von Charlotte Peyer gefunden.«

Armand blickte sich irritiert um. »Ist die Piste nicht etwas schmal für eine Talfahrt?«

Caduff nickte anerkennend. »Kompliment, Armand. Du stellst genau die richtige Frage! Wir befinden uns jetzt auf der Schlittenpiste. Die Talabfahrt für die Skifahrer befindet sich weiter oben. Es gibt immer wieder Gäste, die eine Abzweigung verpassen und dann hier durchfahren. Wie Peyer …«

»Gab es Hinweise auf mögliche Fremdeinwirkung?«, fragte Armand.

Caduff verneinte. »Es wies alles auf einen Unfall hin. Peyer war leicht alkoholisiert, nicht übermäßig, aber trotzdem. Die Schlittelpiste neigt zum Vereisen, da kann man sich leicht verkanten und vom Weg abkommen. Dort unten schlug sie mit dem Kopf gegen die große Tanne. Wir fanden Blutspuren an der Rinde. Ein Ski lag neben dem Weg, der andere steckte noch am Schuh.«

»Keine Spuren neben der Leiche?« Aus dem Feriengast war endgültig der Polizist geworden.

Caduff presste die Lippen zusammen. »Hunderte! Ein Pistenarbeiter hat Peyer gefunden und ist natürlich sofort zu ihr runtergestiegen. Sein Kollege ist ihm zu Hilfe geeilt. Die beiden haben ohne böse Absicht die Umgebung des Leichenfundorts zertrampelt. Über Nacht hat es zudem stark geschneit. Der Neuschnee hätte sowieso alle Spuren unter sich begraben. Wir konnten unsere Schlussfolgerungen nur anhand der offensichtlichen Indizien ziehen, und die wiesen auf einen tragischen Unfall hin.«

Armand brummte unzufrieden. »Weißt du zufällig, wo Kurt Zimmermanns Chalet steht? Er ist ebenfalls Teil der Geschäftsleitung der Zürcher Investment Bank und besitzt in der Gegend ein Ferienhaus.«

Caduff schüttelte den Kopf. »Ich wohne in Chur. In Arosa kenne ich lediglich die Restaurants. Aber ich rufe rasch unseren Dorfpolizisten an. Der weiß über alles und jeden Bescheid.«

Caduff zog sein Smartphone aus der Hosentasche und rief den lokalen Polizeiposten an. »Sali, Hitch. Sagt dir der Name Kurt Zimmermann etwas?« Caduff zwinkerte Armand zu. »Habe ich's mir doch gedacht. Wo genau steht sein Ferienhaus?« Kurz darauf steckte der Bündner zufrieden sein Smartphone zurück in die Hosentasche. »Wir sind vorhin daran vorbeigelaufen. Vom Hoteleingang aus sieht man das Haus. Komm, ich zeige es dir. Dann muss ich wieder runter nach Chur – Sitzung mit dem Polizeikommandanten. Er hatte übrigens keine Freude an deinem Besuch.«

Armand nahm die Bemerkung wortlos zur Kenntnis.

Zimmermanns Bleibe glich eher einem Mehrfamilienhaus als einem Chalet. Etwas protzig und neureich. Armand studierte lange den Weg zwischen dem Chalet und der Schlittelpiste.

»Du denkst also, dass Peyer am Unglückstag in diesem Haus war?«, mutmaßte Caduff. »Trotzdem könnte es ein Unfall gewesen sein.«

Armand hob seine breiten Schultern. »Absolut. Aber wenn es kein Skiunfall war, dann hat die Tragödie dort oben im Haus ihren Anfang genommen.«

DIE EXPLOSION

Zürich, 6. Oktober

Während Armand Arosa unsicher machte, hielt Philipp die Stellung in der Zürcher Investment Bank. Er hatte sich selbst zur wöchentlichen Managementsitzung von Kurt Zimmermann eingeladen. Dessen Reaktion darauf war kühl ausgefallen.

»Meinetwegen, wenn Sie sonst nichts Besseres zu tun haben.«

So saß Philipp pünktlich im Sitzungszimmer »Eiger«. Die gleichnamige Nordwand hing neben Aufnahmen des Mönchs und der Jungfrau in einem schlichten Bilderrahmen an der Wand. Zimmermann musste seine Manager nachdrücklich aufgefordert haben, persönlich zu erscheinen. Jedenfalls waren die Stühle am langen Konferenztisch bis auf den letzten Platz belegt. Am oberen Ende des Tisches, neben einem noch leeren Platz, wo sich bald Zimmermann hinsetzen würde, lümmelten zwei Männer – Philipp schätzte sie auf 40 Jahre – in ihren Stühlen herum. Sie waren so tief hinuntergerutscht, dass man befürchten musste, sie würden bald unter dem Tisch verschwinden.

Sollte wahrscheinlich lässig wirken.

Sie unterhielten sich lautstark über die Schweizer Fußballmeisterschaft und lästerten über den Stadtclub mit dem Heugümper im Emblem. Philipp ärgerte sich über die ungehobelte Art der beiden. Die Tatsache, dass sie sich neben dem Sessel von Zimmermann positioniert hatten, ließ ihre Absichten durchblicken. Im Raum befanden sich nur zwei Frauen, eine davon war Zimmermanns Sekretärin, die andere hieß gemäß dem Einladungsmail Ursula Gantenbein.

Zimmermann betrat den Raum etwas verspätet um 11:05 Uhr. Ein Klassiker, um die eigene Bedeutung zu unterstreichen. Er schritt mit wippendem Gang zu seinem Platz wie jemand, der sich seiner Stellung bewusst war. Er nickte den Anwesenden abwesend zu. Frau Sommer stand rasch auf und schenkte ihm Wasser ein.

Nur ihm.

Der hohe Manager verteilte die Agenda und ging dann Punkt für Punkt durch. Er tat dies in Schriftsprache. Sein Akzent klang nach teurem Internat. Wie es im Banking zur Gewohnheit geworden war, streute Zimmermann gekonnt Anglizismen ein. Es war von »Leadership« und »Commitment« die Rede, von »Key Performance Indicators« und »Empowerment«. Außerdem wurde die zentrale Rolle von »Client Focus« und »Team Spirit« beschworen, denn nur so könne die »Challenge« gemeistert werden. Allein Gantenbein machte sich Notizen und stellte zwischendurch eine Frage.

Philipp hörte nur oberflächlich zu, da er dauernd in seiner Konzentration gestört wurde. Die beiden Schwafler hatten sich etwas höher in ihre Sessel geschoben, steckten ständig die Köpfe zusammen und kicherten vor sich hin. Das kindische Getue ärgerte Philipp. Er umschloss seine rechte Faust mit der linken. Seine dunkle Seite kochte in ihm hoch wie aufschäumende Milch.

Genug war genug.

Er löste den Griff und schlug unverhofft mit der Faust auf den Tisch, sodass alle erschrocken zusammenfuhren. Zimmermann stoppte abrupt seine Ausführungen, während Philipp gerade in Fahrt kam.

»Ich weiß nicht, was die beiden Quasselstrippen dort oben am Tisch so lustig finden. Was ich allerdings weiß: Die Zürcher Investment Bank kämpft um ihre Existenz und damit um unzählige Arbeitsplätze. Zudem haben wir zwei tote Mitarbeiter zu beklagen. Wenn den beiden Herren das egal ist, habe ich kein Problem damit. Aber dann stehen Sie jetzt auf und verlassen den Raum. Wenn Sie weiterhin eine Führungsposition in dieser Bank einnehmen wollen, verhalten Sie sich gefälligst dementsprechend! Habe ich mich klar und deutlich ausgedrückt?« Philipp beugte seinen Oberkörper bedrohlich über den Tisch. Die Explosion war weder geplant noch gewollt gewesen. Es war lange her, dass er die Beherrschung verloren hatte, mit erheblichem Flurschaden für die Beteiligten.

Die beiden Manager schienen in sich zusammenzufallen. Zimmermann war kalt erwischt worden. Das Blut schoss ihm in den Kopf. Er bohrte seine Fingerkuppen in die Tischplatte. Die Aufmerksamkeit aller war auf Philipp gerichtet. Dem Sitzungsleiter blieb nur Schadensbegrenzung.

»Danke für den Hinweis, Herr Humboldt. Solche Dinge regle ich immer nach den Sitzungen. Wir machen Schluss für heute.« An die beiden Manager gewandt zischte er: »Ihr zwei kommt zu mir ins Büro!« Zimmermann schob seinen Stuhl abrupt zurück, sodass dieser quietschend über den Boden rutschte. Beim Verlassen des Raumes würdigte er Philipp keines Blickes. Seine Lippen bewegten sich indes lautlos.

Wahrscheinlich kein Kompliment.

DER KUNSTEXPERTE

Genf, 6. Oktober

Priya stieg am Genfer Bahnhof aus dem Zug und ging zu Fuß hinunter zum See. Am Ende der Rue du Mont-Blanc verlässt die Rhône den Genfersee. Hier blieb Priya kurz stehen und betrachtete den weltberühmten Springbrunnen, der sich dort befand, mit der bis zu 140 Meter hohen Wasserfontäne. Dann bog sie auf den Quai des Bergues ein und studierte die Hausnummern. Bald schon hatte sie ihr Ziel erreicht. Priya betrat die Galerie Courtenay, wo sie vom gleichnamigen Besitzer begrüßt wurde.

»Jean-Pierre Courtenay, sehr erfreut«, stellte sich der elegante Mittfünfziger vor. Er trug einen auffälligen Nadelstreifanzug mit rotem Einstecktuch. Die eng geschnittene Hose lief über dem Knöchel zusammen und betonte dadurch die klobigen Sneakers aus dem Hause Louboutin. Geschmackssache, aber die Galerie schien gut zu laufen. Und das war auch der Grund für Priyas Besuch.

Courtenay bat seinen Gast in das Büro am hinteren Ende der Galerie. Auf dem Weg dorthin musterte die Beamtin die Bilder. Es dominierten grelle Farben – Gelb, Pink, Rot, Hellgrün –, die bestens zu Courtenays Kleidung passten. Alles ein bisschen »too much«. Die Bilder deuteten nackte Körper an, vornehmlich weiblich. Für Priya kaum vorstellbar, dass sich jemand freiwillig eins der Bilder ins Wohnzimmer hängte. Über Kunst ließ sich bekanntlich nicht streiten. Über Verbrechen dagegen schon.

Der Hausherr bot Priya einen Kaffee an, den sie dankend ausschlug. »Stört es Sie, wenn ich mir einen Espresso zubereite?«, fragte Courtenay in akzentfreiem Hochdeutsch. Manieren hatte er jedenfalls. So louboutierte er zur Kaffeemaschine und machte sich umständlich an dieser zu schaffen. Bald füllte sich der Raum mit dem Geruch von frisch geröstetem Espresso. Nachdem er sich mit der kleinen Tasse in der Hand zu Priya in die Lounge gesetzt hatte, blickte er sie lächelnd an. »Nun, wie kann ich Ihnen behilflich sein, Frau Schweizer? Sie haben mich mit Ihrem Anruf neugierig gemacht. In welchem Bereich der Kunst sind Sie tätig?«

»Vor allem in der Kunst des Verbrechens, genauer in dessen Aufklärung.« Sie zeigte dem verdutzten Courtenay ihren Dienstausweis. »Wir untersuchen die Morddelikte an Hansjörg Wullschleger und Simon Hunziker. An einem Tatort wurden Spuren gesichert, die eine Verbindung zu Genf aufweisen. Beide Opfer haben sich in den vergangenen Monaten hier regelmäßig aufgehalten und Geschäfte im Zusammenhang mit dem Kunstfonds der Zürcher Investment Bank getätigt. Die Transaktionen fanden im Genfer Zollfreilager statt, und Sie, Herr Courtenay, beglaubigten laut den Richtlinien des Fonds die Verkaufspreise. Ist diese Aussage korrekt?«

Courtenay zog sein Einstecktuch aus der Brusttasche, faltete es neu und steckte es umständlich zurück. »Die Polizei … Sind Sie nicht etwas jung für so komplexe Sachverhalte?«

Die Antwort kam postwendend und scharf. »Sind Sie

nicht ein bisschen zu alt, um Ihre Galerie und Ihre Reputation zu verlieren?« Priya setzte ein zuckersüßes Lächeln auf.

Courtenay wurde fahl. »Was fällt Ihnen ein!«, rief er in einer Mischung aus Ärger und Angst. »Ich werde mich bei Ihrem Vorgesetzten beschweren.«

Priya behielt die Fassung, die ihr Gegenüber verlor, und nahm ihr Smartphone zur Hand. »Kein Problem. Hauptmann Muzaton wartet schon ungeduldig in seinem Büro auf meinen Bericht. Wie Sie vielleicht wissen, stammt unser Leiter der Kriminalpolizei ursprünglich aus Genf. Er wird sicher gerne persönlich bei Ihnen vorbeischauen. Wir wollten Ihren Namen eigentlich diskret behandeln, da wir nicht glauben, dass Sie persönlich etwas mit den Morden zu tun haben.« Die Polizistin begann, auf dem Display ihres Handys herumzutippen.

»Warten Sie«, intervenierte der Kunsthändler. »Es ist sicher in unser beider Interesse, einen völlig unnötigen Skandal zu vermeiden.«

Priyas Bluff war aufgegangen. Sie legte ihr Smartphone vor sich auf die gläserne Tischplatte und lehnte sich entspannt in den Sessel zurück. Sie wollte Antworten, und dafür benötigte es die richtigen Fragen. »Was können Sie mir über das Genfer Zollfreilager erzählen?«

Courtenay steckte der Schreck sichtlich in den Gliedern. Nach einem Schluck Espresso begann er zu berichten. »Im Ports Francs lagern Kunstschätze aus aller Welt, diskret und sicher. Das Zollfreilager ist wahrscheinlich die größte Schatzkammer Europas. Antike Gemälde, Vasen, Münzen, Juwelen, Luxusuhren, Oldtimer, Weine. In einem einzigen Raum gibt es beispielsweise eine Sammlung von rund

1.000 Zeichnungen und Bildern von Picasso. Unvorstellbar! Dementsprechend erinnern die Schutzvorkehrungen an Fort Knox, tonnenschwere Türen, Sicherheitskräfte, überall Überwachungskameras. Dank ausgeklügelten Klimasystemen sind die Kunstwerke besser aufgehoben als in Museen, von denen man unzählige mit den Schätzen im Freilager füllen könnte.«

Priya war zufrieden. Die Aussage von Courtenay deckte sich mit ihren eigenen Recherchen. Sie konnte sich also weiter vorantasten. »Wie laufen die Transaktionen dort ab?«

Courtenay rutschte auf seinem Sessel hin und her. »Wie Transaktionen halt ablaufen. Es gibt einen Verkäufer und einen Käufer. Dafür stehen im Zollfreilager Verkaufsräume zur Verfügung, wo man die Geschäfte diskret abwickeln kann. Es ist sogar möglich, mit Kryptowährungen zu bezahlen. Die Abwicklung läuft meist telefonisch und über Zwischenhändler. Die Namen der eigentlichen Besitzer erfährt man nicht.«

»Die Transaktionen sind vermutlich steuerfrei«, ergänzte Priya.

Der Galerist nickte kraftlos. »Steuerrechtlich gehört das Lager nicht zur Schweiz. Die Gemälde und alles andere können beliebig lange eingelagert werden. Steuern werden erst fällig, wenn die Gegenstände das Lager verlassen. Aber das tun sie offiziell nie. Die Besitzer betrachten die Kunst als Investition.«

»Tönt für mich nach einem Paradies für Diebe, Steuerhinterzieher und Hehler. Kommen wir nun zu Ihrer Rolle, Herr Courtenay.«

Der Hausherr nahm sein Einstecktuch wieder zur Hand, diesmal, um sich den Mund abzuwischen. »Ich bin lediglich

Galerist und Kunstkenner. Herr Wullschleger und Monsieur Lemoine hatten die Kunden, Herr Hunziker hat die Transaktionen über den Fonds abgewickelt, und Monsieur Zimmermann übte die Kontrolle aus und hat sich dabei auch meiner bescheidenen Expertise bedient.«

»Ging es dabei um namhafte Beträge?«, fragte Priya.

»Die Preise am Kunstmarkt sind in den letzten Jahren geradezu explodiert. Ein Bild, das vor zehn Jahren fünf Millionen gekostet hat, kann heute gut und gerne für fünfzig Millionen oder mehr gehandelt werden. Das Gleiche gilt für andere Kunstgegenstände. Es gibt kein Limit nach oben.«

»Da springt sicher einiges ab, wenn man Teil des Systems ist.« Priya blickte auf Courtenays Schuhe. Dieser schob seine Beine unwillkürlich unter den Tisch, was aufgrund der Glasplatte wenig nutzte. »Ist Herr Wullschleger manchmal in Begleitung unterwegs gewesen?«

»Wie soll ich mich ausdrücken …«, drückte sich Courtenay umständlich aus, »Herr Wullschleger war ein Bonvivant, wie wir es in Genf nennen. Manchmal kam er in Begleitung einer Dame zu mir ins Geschäft.«

Priya nahm ihr Smartphone zur Hand und zeigte ihrem Gesprächspartner ein Foto. »Erkennen Sie diese Frau?«

Courtenay ließ sich Zeit mit seiner Antwort. »Ja, die Dame war mit Herrn Wullschleger in der Galerie. Sie war anders.«

»Wie meinen Sie das?«, fragte Priya.

»Normalerweise brachte der Bankier, wie soll ich sie nennen, Liebschaften mit. Kaufte kleine Geschenke oder gab sich als großer Kunstkenner aus. Ich tat ihm jeweils den Gefallen und begrüßte ihn wie meinen wichtigsten Kunden.

Er genoss die Aufmerksamkeit und zeigte sich mir gegenüber dafür erkenntlich. Die junge Frau auf ihrem Bild war distanziert. Das Gehabe von Wullschleger schien ihr peinlich zu sein. Sie hielt auch immer genügend Abstand – Sie wissen, was ich meine.«

»Ich kann es mir vorstellen«, erwiderte Priya angewidert. Wenig später bedankte sie sich und beendete das Gespräch. Beim Verlassen der Galerie betrachtete Priya interessiert die Bilder. »Wie viel kostet ein solches Gemälde?«

»Einige Hunderttausend, andere sogar mehr. Ein erfolgreiches Bild verkörpert die perfekte Harmonie zwischen Hand, Auge, Herz und Portemonnaie. Aber für solche Kunstwerke sind Sie zu …« Courtenay bekam gerade noch die Kurve. »Für solche Bilder besitzen Sie viel zu viel Geschmack.«

BÄREN

Arosa, 7. Oktober

Armand frühstückte mit Ekatarina auf dem Balkon ihres Zimmers im Tschuggen Grand Hotel. Die Sonne wärmte sie angenehm, und ein sanfter Wind blies den Dampf der gefüllten Kaffeetassen in Richtung der herrlichen Bergwelt. Armand tunkte sein bereits viertes Croissant in den Milchkaffee und biss herzhaft hinein. Ekatarina hatte derweil ihre üppige Portion Pancakes aufgegessen und räkelte sich auf dem Stuhl.

»Was sollen wir heute unternehmen?«, fragte sie und blinzelte in den blauen Morgenhimmel über dem Schanfigg. Ihre zarten Sommersprossen hoben sich kaum von der hellen Haut ab.

Armand überlegte nicht lange. »Ich will die Bären besuchen«, sagte er kauend.

»Und will der Herr auch mit der hauseigenen Tschuggen-Zahnradbahn nach oben gefahren werden?«, scherzte Ekatarina.

Armand spülte den letzten Bissen hinunter und schmunzelte. »Ich meinte natürlich: Wenn es für meine Liebste in Ordnung wäre, würde ich gerne mit ihr die Bären besuchen, aber nur, wenn sie wirklich möchte …«

Ekatarina deutete ein Klatschen an, wie der Applaus nach einer mittelmäßigen Opernaufführung. »Sieh mal an, da ist jemand lernfähig. Wenn du so nett fragst, kann ich selbstverständlich nicht Nein sagen. Expressbahn oder laufen?«

Die Antwort kam wie aus der Pistole geschossen. »Laufen, unbedingt! Ich muss die vier Croissants, den Käse, das Bündnerfleisch und vor allem die zwei Erdbeeren verbrennen. Sonst passe ich bald nicht mehr in meine Uniform.«

Ekatarina stand auf und schlang von hinten ihre Arme um Armand. »Apropos Bären – habe ich dir schon gesagt, dass mir ein Waschbär viel lieber ist als ein Waschbrett?«, flüsterte sie Armand ins Ohr und legte ihre Hände auf seinen Bauch.

Armand zog Ekatarina mit Schwung nach vorne und drückte sie fest an sich. »Du bist nicht nur wunderschön, sondern auch klüger, als die Polizei erlaubt. Okay – wir nehmen den Tschuggen-Express.«

Dann küssten sie sich innig und vergaßen für einen Moment die Bären, Verbrecher und alle Hotelgäste, die auf ihren Balkonen die romantische Szene bestaunten.

Großes Kino.

KAMERAS

Zürich, 9. Oktober

Hubert von Fink klopfte an die offene Tür von Wolfs Büro und trat in den Raum. Die Verwaltungsrätin schaute von ihrem Aktenberg auf.

»Was verschafft mir die Ehre des hohen Besuches?«, fragte sie.

Der Verwaltungsratspräsident überreichte ihr zerknirscht einen Textentwurf und ließ sich dann schwer in den freien Sessel auf der anderen Seite des Schreibtisches fallen. Wolf las das Papier interessiert durch.

> Memo an die Belegschaft
> Aufgrund der Vorkommnisse am Hauptsitz der Zürcher Investment Bank hat sich der Verwaltungsrat in Absprache mit der Geschäftsleitung entschlossen, Sicherheitskameras in den Fluren installieren zu lassen. Diese Maßnahme dient nicht der Kontrolle, sondern dem Schutz der Belegschaft. Die Installation beginnt nächste Woche. Wir danken für Ihr Verständnis und Ihren vorbildlichen Einsatz in dieser schwierigen Zeit.
> Hubert von Fink, Verwaltungsratspräsident

Wolf blickte erstaunt auf und legte das Papier vor sich auf den Tisch. »Das ist wirklich eine gute Idee.«

Von Fink nahm das Kompliment regungslos zur Kenntnis. »Wir müssen etwas unternehmen. Einfach auf den nächsten Mord zu warten, bringt mich um! Wenn ich von Anfang an auf dich gehört hätte, wäre Hunziker wahrscheinlich noch am Leben.«

Wolf sprach von Fink gut zu. »Das wissen wir nicht. Wichtig ist, dass du eine Lehre aus den Ereignissen gezogen hast. Das macht einen guten Verwaltungsratspräsidenten aus.«

»Ich will nicht in die Geschichte eingehen als derjenige, der die traditionsreiche Zürcher Investment Bank versenkt hat.«

Die Verantwortung lastete schwer auf von Fink und drohte ihn mit ihrer Last zu erdrücken. Nur mit Mühe schaffte er es, sich aus dem Sessel nach oben zu drücken. Ohne weitere Worte verließ er den Raum. Wolf blickte ihm besorgt nach.

EMMENEGGER

Zürich, 10. Oktober

Die Oberstaatsanwältin hatte Armand und Priya zu sich ins Büro zitiert. »Wegen euch beiden wurde ich gerade von Regierungsrätin Keller zusammengefaltet! Was habt ihr euch eigentlich dabei gedacht?« Sie war offensichtlich gar nicht erfreut.

Die Beamten reagierten mit einem Schulterzucken, was Emmeneggers Stimmung keineswegs verbesserte.

Im Gegenteil.

»Fangen wir bei dir an, Armand. Welcher Teufel hat dich geritten, einfach in Arosa auf eigene Faust zu ermitteln, ohne den Dienstweg einzuhalten? Der Bündner Regierungsratspräsident hat sich persönlich bei Regierungsrätin Keller beschwert, die den Müllkübel dann natürlich umgehend über mir ausgeleert hat.«

»Ich habe ein verlängertes Wochenende in den Bergen verbracht und meinen alten Kumpel Caduff getroffen«, erwiderte Armand mit Unschuldsmiene.

»Ach, hör doch auf mit diesem Schwachsinn!«

»Ich kann bestätigen, dass Armand mit seiner Partnerin wandern gegangen ist«, sprang Priya ihrem Vorgesetzten zur Seite.

Vergebens.

»Zu dir komme ich gleich, Priya«, sagte Emmenegger und widmete sich wieder dem Hauptmann. »Anscheinend hast du die Nase in die Ermittlungen zum Unfalltod von Charlotte Peyer gesteckt.«

»Wenn du damit sagen willst, ich hätte rumgeschnüffelt, weise ich das in aller Form zurück. Wir müssen einen Mordfall aufklären, Tammi nomol!« Armand benutzte das typisch zürcherische Schimpfwort nur selten, dafür mit Inbrunst.

Emmenegger ließ sich nicht einschüchtern. »Dann halt dich gefälligst an die Spielregeln. Du bewegst dich nicht im luftleeren Raum.«

»Auf welcher Seite stehst du eigentlich?«, fragte Armand und bereute es sogleich. Emmenegger hatte ihm oft genug den Rücken gestärkt.

»Ich stehe auf gar keiner Seite. Für mich zählen nur die Fakten, sonst gibt es keine Anklage und folglich auch keine Verurteilung. Das solltest du mittlerweile wissen. Hat dein Wanderausflug wenigstens etwas gebracht?«, fragte sie skeptisch.

Armand entschuldigte sich für seinen Wutausbruch und fasste sein Gespräch mit Caduff zusammen.

»Die Schlittelpiste …«, wiederholte Emmenegger kopfschüttelnd und drehte sich auf dem Bürostuhl zu Priya. »Also, erzähl mir mal: Du fährst unter einem Vorwand nach Genf und bedrohst einen Kunsthändler, der sich daraufhin beim Genfer Polizeikommandanten beklagt, mit welchem er im Rotary Club sitzt. Dieser lässt seine Beziehungen spielen, bis … Den Rest wisst ihr ja bereits. Ich hoffe, dass du mehr herausgefunden hast als Armand mit seiner Schlittelpiste!«

»Definitiv«, sagte Priya und warf Armand einen entschuldigenden Blick zu. »Courtenay war ein ergiebiger

Gesprächspartner. Es steht für mich außer Zweifel, dass die vier Geschäftsleitungsmitglieder der Zürcher Investment Bank in Genf eine riesige Geldwaschmaschine installiert und sich persönlich bereichert haben. Courtenay dient lediglich als Feigenblatt und nickt alles ab.«

»Das tönt für mich nach Wirtschaftskriminalität und nicht nach Mord. Für solche Fälle haben wir eine eigene Abteilung«, sagte Emmenegger streng.

»Wullschleger wurde dabei mindestens ein Mal von Charlotte Peyer nach Genf begleitet«, fügte Priya hinzu.

»Na und? Sie haben schließlich eng zusammengearbeitet. Das ist mir viel zu vage.« Emmenegger blieb hart wie Stein.

Priya stand die Unzufriedenheit ins Gesicht geschrieben. »Das liegt doch auf der Hand! Peyer hat von der ganzen Sache Wind bekommen und wollte einen Teil vom Kuchen. Das wurde ihr zum Verhängnis. Wenn wir ihren Mörder finden, haben wir auch den Mörder von Wullschleger und Hunziker …«

»Nicht so schnell«, unterbrach Armand sie. »Jetzt begibst du dich auf ganz dünnes Eis. Wenn wir voreilige Schlussfolgerungen ziehen, verlieren wir den Blick auf das große Ganze. Was für eine Rolle spielte Peyer? Wer wusste von den Geschäften in Genf? Welche Bedeutung haben die Hinweise, die wir bei Hunziker gefunden haben? Stehen die Morde überhaupt in einem Zusammenhang, oder haben wir es mit einem Nachahmungstäter zu tun? War der Unfall von Peyer am Ende sogar ein solcher? Mein Gefühl sagt mir jedenfalls, dass alles irgendwie verwoben ist.«

Priya biss sich auf die Unterlippe. Ihre unbedachte Äußerung ärgerte sie offensichtlich.

Emmenegger baute sie wieder auf. »Gut recherchiert, Priya. Leider können wir mit Armands Gefühlen alleine keinen Fall lösen. Ich brauche handfeste Beweise.«

»Die wirst du bekommen«, sagte Armand.

Emmenegger faltete ihre gepflegten Hände. »Ihr haltet mich von nun an auf dem Laufenden. Sonst trifft uns der Hammer das nächste Mal von ganz weit oben. Haben wir uns verstanden?«

»Verstanden«, antworteten die beiden Beamten gleichzeitig.

Nach dem Rüffel schickte Armand von seinem Büro aus sofort eine Nachricht an Philipp. »Kannst du bitte ein Treffen mit Zimmermann und Lemoine arrangieren? Ich werde die beiden so richtig in den Schwitzkasten nehmen.«

Bereits fünf Minuten später erhielt er eine Antwort. »Übermorgen um 11 Uhr. Früher geht es anscheinend nicht. Zimmermann ist schlecht auf mich zu sprechen …«

»Passt schon! Danke, Philipp«, schrieb Armand

Es sollte nicht mehr zu diesem Treffen kommen.

DIE WANZE

Zürich, 10. Oktober

Die Jalousien in seinem Wohnzimmer waren nicht ganz geschlossen und zerschnitten das Nachbarhaus in vertikale Streifen. Das Memo hatte ihn nicht überrascht. Es war nur eine Frage der Zeit gewesen, bis die Sicherheitsvorkehrungen am Hauptsitz der Zürcher Investment Bank massiv ausgeweitet würden. Die Überwachungskameras würden weitere Aktionen erschweren, der nächste Schritt musste daher rasch erfolgen.

Was du morgen kannst besorgen, das verschiebe nicht auf übermorgen.

Er nahm sein Smartphone zur Hand und spielte erneut die Tonaufnahme ab, die alles ins Rollen gebracht hatte. Die Wanze unter dem Besprechungstisch hatte hervorragende Dienste geleistet.

Heutzutage brauchte man für ein digitales Abhörgerät mit Stimmaktivierung weder die CIA noch den MI6; dem Internet sei Dank – inklusive Gratislieferung frei ins Haus.

Auf der Aufnahme waren die Stimmen von Wullschleger, Hunziker, Zimmermann, Lemoine und Verwaltungsrätin Wolf deutlich zu erkennen. Wie konnte man den Tod eines Menschen nur einen »Kollateralschaden« nennen?

Fürchterlich. Unverzeihlich. Tödlich.

Tränen des Zorns und der Trauer schossen ihm in die Augen. Er schämte sich nicht dafür. Emotionen waren wie

Ebbe und Flut. Sie kamen und gingen, ohne dass man etwas dagegen tun konnte. Egal, wie weit er rennen würde, immer nähme er sich und seine Erinnerung mit. Davonzulaufen war daher keine Option. Es war an der Zeit, sich um den nächsten Kollateralschaden zu kümmern …

DER ANRUF

Zürich, 11. Oktober

Zimmermann plagten üble Kopfschmerzen, und seine Augäpfel waren gerötet. Er hatte sich am Vorabend nach dem Telefonat mit Courtenay mit reichlich Alkohol in einen unruhigen Schlaf getrunken. Alles um ihn herum stürzte ein. Gerade jetzt, wo seine Karriere so richtig Fahrt aufgenommen hatte.

Einfach ungerecht.

Zimmermann konnte die Gefahr, in der er sich befand, nicht mehr leugnen. Die Einschläge kamen immer näher. Wo befanden sich die Artilleriegeschütze; wer bediente sie? Und dann dieser impertinente Humboldt. Den Termin mit dem Kerl und dessen Freund Muzaton hatte er so weit wie möglich nach hinten geschoben. Noch hatte er das Sagen!

Das Klingeln des Telefons zerriss ihm fast die Synapsen.

»Zimmermann?«, fauchte er in die Sprechmuschel. Überrascht zog er die Augenbrauen hoch. »Sie wollen mit mir über Peyer sprechen? Und über den Kunstfonds? Ich weiß nicht, warum Sie …«

Das »Warum« wurde ihm kurz und bündig erklärt.

»Wir können das nicht bei mir im Büro besprechen. Wer weiß, ob nicht bald überall versteckte Kameras oder Mikrofone installiert sind.« Zimmermann war vorsichtig geworden. »Wo meinen Sie? Auf dem Dach? Heute Abend nach dem Eindunkeln?« Der Manager zögerte. »Von mir aus, aber keine faulen Tricks. Das könnte böse für Sie enden ...«, drohte er unverblümt und hängte auf. Nachdenklich zog er eine Tischschublade auf und öffnete den darin installierten Tresor. Zimmermann nahm seine alte Offizierspistole aus dem Behältnis und steckte sie in seine Jacketttasche. Vorsicht war schon immer die Mutter eines langen Lebens gewesen. Das Spiel hatte eine überraschende Wendung genommen, und Zimmermann war entschlossen, es zu gewinnen.

Koste es, was es wolle.

DER STUMME SCHREI

Zürich, 12. Oktober

Armand hatte sich das Wiedersehen mit Zimmermann anders vorgestellt. Lebendiger. Nun lag der hohe Manager tot auf dem Trottoir am Talacker. Die Leiche war bereit für den Abtransport. Leichter Herbstnebel hing wie Nieselregen in der Seitenstraße und zeichnete ein düsteres Bild in der Dämmerung. Armand sah nach oben. Auf dieser Seite der Zürcher Investment Bank war das Gebäude schlicht gehalten, ganz im Gegensatz zur prunkvollen Fassade auf dem Paradeplatz. Zimmermann war gut und gerne zwanzig Meter in die Tiefe gestürzt. Ein freier Fall aus dieser Höhe auf einen harten Untergrund, wie es eine geteerte Straße nun mal war, endete in der Regel tödlich.

Quod erat demonstrandum.

Die Polizei hatte ein Zelt aufgestellt, um die Leiche vor den Blicken der Schaulustigen zu schützen, die sich vor Ort eingefunden hatten. Ein Hund bellte, der Geruch nach Blut und totem Fleisch musste bei dem Tier einen Hungerast ausgelöst haben. Das Unglück war schon in der Nacht des Vortages von einem Taxifahrer gemeldet worden. Der Körper, so der geschockte Mann, sei ihm völlig unerwartet wie ein nasser Sack vor die Füße geknallt. Der Aufprall des Kopfes habe sich angehört wie der Korkenknall einer Sektflasche. Er habe, so führte der Fahrer weiter aus, auf einen Kunden gewartet und eine Zigarette geraucht. Wenn er dies nicht sitzend im Wagen getan hätte, wäre er mit Sicherheit erschlagen worden.

Rauchen kann in seltenen Fällen also sogar Leben retten.

Armand ließ die Beamten vor Ort ihren Job machen und drängte sich ungeduldig durch die Menge zum Haupteingang der Zürcher Investment Bank. Der Hauptmann hielt seinen Dienstausweis mit gestrecktem Arm in die Luft, und es bildete sich rasch ein kleiner Korridor. Vor dem Haupteingang stand ein Kamerateam des Schweizer Fernsehens.

»Kein Kommentar«, sagte Armand und ließ die Journalisten links liegen. Der Vorfall würde den Druck auf die Polizei gleichermaßen erhöhen wie die Hysterie in den Medien. Die Zeit lief definitiv gegen ihn.

Als sich die Aufzugstür im obersten Stockwerk des Hauptgebäudes öffnete, wurde Armand von einem kleinen Empfangskomitee erwartet. Philipp und Verwaltungsrätin Wolf begrüßten den Leiter der Kriminalpolizei als Erste; CEO Tuchel stand etwas abseits mit Verwaltungsratspräsident von Fink, die beiden steckten die Köpfe zusammen und wisperten leise. Priya wartete mit einem groß gewachsenen Mann an der Treppe, die zum Dach hinaufführte. Armand ahnte sofort, wer der unbekannte Riese war: Nur der Hauswart trug einen dermaßen imposanten Schlüsselbund am Gürtel. Trotz der neuen Technologien und Badges gab es in der Zürcher Investment Bank anscheinend immer noch viele Türschlösser.

Und noch mehr Geheimnisse.

Priya stellte den Hauswart unkompliziert als »Hampi« vor, die umgangssprachliche Abkürzung für Hanspeter.

Armand schüttelte ihm die Hand, der Schlüsselbund klimperte leise. Philipp war hinzugetreten und bot seinem Freund an, unten an der Treppe zu warten, damit keine Unbefugten das Dach betraten. Die ersten Mitarbeitenden hatten sich bereits am anderen Ende des Korridors versammelt. Armand nickte dankend. Nachdem sich auch Tuchel und von Fink zu ihnen gesellt hatten, stieg die Gruppe über die Treppe auf das Dach des Gebäudes. Wolf war mit Krücken unterwegs und hielt das Tempo der anderen tapfer mit. Philipp blickte ihnen nachdenklich hinterher. Auf halbem Weg musste Wolf eine Pause einlegen und stieß einen Seufzer aus. Philipp wollte gerade zu ihr hochgehen, doch sie winkte dankend ab. »Es geht schon, lieber Herr Humboldt.«

Oben angekommen, sahen sie, dass Polizisten die kleine Mauer, die das Flachdach umrahmte, mit weiß-roten Bändern gesichert hatten. Zwischen den quadratischen Steinplatten, die das Dach bedeckten, wucherte Unkraut. Ein Zeichen dafür, dass sich hier oben nur selten Menschen aufhielten. Etwas abseits stand ein Aufbau aus Beton. Ein Polizist trat mit einem uniformierten Sicherheitsbeamten auf Armand zu.

»Herr Sturzenegger arbeitet bei einer privaten Securityfirma und befand sich gerade auf seinem Rundgang um das Gebäude, als das Unglück passiert ist. Er ist sofort aufs Dach geeilt und hat gewartet, bis wir vor Ort waren.«

Armand sah Sturzenegger freundlich an. »Gut gemacht. Dank Ihnen konnte die Polizei den Tatort sichern. Haben Sie jemanden angetroffen, als Sie nach oben kamen?«

Der Wachmann schüttelte den Kopf. »Nein, keine Menschenseele. Es war bereits stockdunkel. Um diese Zeit ist das Gebäude in der Regel leer – bis auf uns und die Putzmannschaft.«

Armand strich sich mit der Hand über den kahlen Schädel. Er ging zur Stelle, wo Zimmermann vor seinem Fall gestanden haben musste, und blickte vorsichtig auf den Talacker hinunter. Direkt unter ihm befand sich das Zelt, worin die sterblichen Überreste Zimmermanns lagen. Unter normalen Umständen hätte es sich um einen Unfall oder Selbstmord handeln können. Aber bei der Zürcher Investment Bank war im Moment nichts normal …

Armand entließ den pflichtbewussten Wachmann und wandte sich an den Hauswart. »Was befindet sich dort in dem Raum?«, fragte er und zeigte auf den gut zwei Meter hohen Aufbau.

»Die Technikanlage für die Außenbeleuchtung«, antwortete Hampi.

Armand ging zum Raum hinüber. Da die Metalltür verschlossen war, winkte er den Hauswart zu sich und bat ihn zu öffnen. Hampi tat wie befohlen. Der Hauswart reagierte mehr verärgert als überrascht, als sich das Schloss nicht öffnen ließ. Dann probierte er alle Schlüssel der Reihe nach durch. Schließlich gab er frustriert auf. »Da hat mir doch jemand den Schlüssel geklaut! So etwas ist mir in meinen 30 Jahren, in denen ich für die Bank arbeite, noch nie passiert.«

»Gibt es einen Ersatzschlüssel?«, fragte Armand.

»Ja, bei mir im Büro habe ich eine Wand mit allen Ersatzschlüsseln, feinsäuberlich angeschrieben. Soll ich ihn holen?«

Die Antwort kam von Verwaltungsrätin Wolf, die sich unbemerkt genähert hatte. »Lass es gut sein, Hampi. Der

Hauptmann braucht dich hier oben. Ich rufe Patrick Gisler an, der hat sein Büro auf demselben Stock wie du. Er soll uns den Schlüssel bringen.«

Wolf war eine Frau der Tat. Sie zog ihr Smartphone aus der Hosentasche, wählte Gislers Nummer und klemmte sich das Gerät zwischen Schulter und Ohr, sodass sie sich wieder auf ihre Krücken stützen konnte. Während sie mit Gisler sprach, ging sie vorsichtig zurück zur Absturzstelle. Aber nicht vorsichtig genug. Kurz vor der Mauer blieb sie mit dem Fuß an einer leicht vorstehenden Steinplatte hängen und stürzte beinahe über die Dachkante. Ihr Smartphone fiel in hohem Bogen ins Nichts und zerschellte auf der Straße. Von unten waren Protestlaute zu hören.

Alle auf dem Dach Anwesenden rannten zu Wolf und zogen sie in einen sicheren Abstand zur Brüstung. Die vielen helfenden Hände waren der stolzen Frau sichtlich peinlich, und sie bestand darauf, selbstständig wieder auf die Beine zu kommen.

»Was machst du denn, Bernadette?«, rief von Fink. Er war kreidebleich geworden. Der Zwischenfall hatte ihn mehr mitgenommen als Wolf selber. Diese klopfte sich den Staub vom Hosenanzug und schüttelte den Kopf.

»Wie unvorsichtig von mir! Verzeihen Sie mir bitte«, sagte sie und blickte in die Runde. Dann zeigte sie auf die Steinplatte. »Vielleicht ist Zimmermann das gleiche Missgeschick passiert, und er ist in die Tiefe gestürzt.«

»So muss es gewesen sein«, bekräftigte Tuchel mit einem fast flehenden Unterton.

Doch Armand enttäuschte beide postwendend. »An jedem anderen Ort der Welt würden wir in diese Richtung ermitteln. Aber nicht hier und heute auf dem Dach der Zürcher Investment Bank. Zuerst Wullschleger, als Nächstes Hunziker und nun Zimmermann … Nein, das war kein Unfall. Wir haben in Zimmermanns Jackett eine Pistole gefunden. Warum hätte er diese einstecken sollen, wenn er nur die schöne Aussicht genießen wollte? Und ein Selbstmord kann ebenfalls ausgeschlossen werden – dafür fehlt etwas Entscheidendes.«

»So reden Sie doch nicht um den heißen Brei herum! Was haben wir übersehen?« Verwaltungsratspräsident von Finks Nervenkostüm war mittlerweile dünner als Seidenpapier.

Armand tippte sich aufs Ohr. »›Gesehen‹ ist nicht der richtige Ausdruck, vielmehr ›gehört‹ – oder eben nicht. Der Taxifahrer hat ausgesagt, dass ihm Zimmermann ohne Vorwarnung vor die offene Fahrertür gefallen ist.«

Von Fink verstand nicht, worauf Armand hinauswollte, und setzte gerade zur nächsten Intervention an. Doch Priya kam ihm zuvor und klärte die Gruppe auf.

»Wenn jemand aus dieser Höhe von einem Dach stürzt, dann schreit diese Person. Ein Reflex. Niemand fällt 20 Meter in die Tiefe, ohne einen Laut von sich zu geben. Als der Taxifahrer seine Pause gemacht hat, war es gemäß seiner Aussage ›still wie auf einem Friedhof‹. Die Formulierung mag etwas makaber klingen, ist aber klar und deutlich. Das bedeutet also …«

»… dass Zimmermann hinuntergestoßen wurde?«, meldete sich Tuchel vorschnell zu Wort.

»Natürlich nicht«, wurde er von Verwaltungsrätin Wolf korrigiert. »Zimmermann war bereits tot oder ohnmächtig, als er vom Dach geworfen wurde.«

Priya und Armand nickten gleichzeitig.

Für kurze Zeit herrschte entsetztes Schweigen, das von einem jungen Mann unterbrochen wurde. Unbemerkt war er im Durcheinander an die Gruppe herangetreten, stellte sich als Patrick Gisler vor und hielt die offene Hand vor sich. »Hier ist der Ersatzschlüssel.«

Der Hauswart schnappte sich diesen und befestigte ihn an seinem Bund.

Die Überprüfung des Serviceraums ergab keine neuen Erkenntnisse. Im Innern war er etwa zwei auf zwei Meter groß und mit Technik und Kabeln vollgestopft. Er konnte nur von einer einzelnen Person betreten werden.

»Wann waren Sie zum letzten Mal in diesem Raum?«, fragte Armand den Hauswart.

Hampi überlegte lange. »Das ist Wochen her. Um die Wartung kümmert sich eine externe Firma. Es gibt für mich keinen Grund, den Raum zu betreten.«

»Kann es sein, dass Sie den Schlüssel verloren haben oder ihn einem Servicetechniker ausgehändigt haben?«, fragte Armand.

Hampi verschränkte empört die Arme vor dem kräftigen Brustkasten. »Ich habe noch nie einen Schlüssel verloren! Und ich arbeite schon seit …«

Armand winkte entschuldigend ab. »Schon gut, ich musste diese Frage stellen. Wenn alle in der Zürcher Investment Bank so seriös und anständig wie Sie wären, müssten wir heute nicht ermitteln.«

Der Hauswart ließ seine Arme hängen. Doch nur für einen Augenblick. Armands ernst gemeinte Worte mussten ihn dermaßen berührt haben, dass er sich eine Träne aus den Augen wischte. »Vielen Dank, Hauptmann Muzaton. Sie sind der Erste, der in all der Zeit so etwas Freundliches zu mir gesagt hat.«

Armand klopfte ihm auf die Schultern und musste – trotz seinen 1,90 Meter – den Arm nach oben heben. »Sie können jetzt gehen. Falls Ihnen noch etwas einfallen sollte, rufen Sie mich bitte an«, sagte er und gab dem Hauswart seine Visitenkarte. Dieser zog umständlich ein schwarzes Portemonnaie aus der hinteren rechten Hosentasche und schob die Karte in eines der bereits vollgestopften Fächer. Dann nickte er dem Hauptmann dankend zu und machte sich wieder an die Arbeit.

EIERSCHALEN

Zürich, 12. Oktober

»Hast du etwas gefunden, was uns weiterhilft?«, fragte Armand die leitende Gerichtsmedizinerin. Seine Hoffnung war von Anfang an klein gewesen, und er hatte sich nicht geirrt.

»Leider nein«, antwortete die Ärztin. »Wir fanden im Blut und im Magen des Opfers keinerlei Hinweise auf Drogen oder Betäubungsmittel.«

»Und am Kopf? Gab es dort Hinweise auf einen Schlag von hinten?«

»Armand, der Kopf ist beim Aufprall auf die Straße förmlich zerplatzt wie eine Eierschale. Da gab es nichts zu analysieren … Sorry!«

»Merde!«, entfuhr es dem Hauptmann. »Wir müssen endlich dem Täter einen Schritt voraus sein und nicht nur die Sauerei hinter ihm aufräumen.«

»Tut mir wirklich leid«, besänftigte ihn die Gerichtsmedizinerin. »Aber du kannst mir glauben, auch Jean-Denis hätte dir nicht mehr sagen können. Wie geht es ihm eigentlich?«

Armand vergaß für einen Moment die Morde in der Zürcher Investment Bank. Sein guter Freund Jean-Denis Wettstein war nach dem Fall um den »Maskenmann« in den Ruhestand gewechselt. Leider würde er diesen aufgrund seiner Erkrankung nicht lange genießen können. Dennoch hatte es sich Wettstein nicht nehmen lassen, ein Haus an der französischen Atlantikküste zu kaufen, und sich so seinen langgehegten Traum erfüllt. Armand erzählte von ihrem letzten Telefongespräch. »Er machte einen glücklichen Eindruck auf mich. Jean-Denis hat wieder mit dem Rauchen angefangen und genießt die Aussicht auf den Atlantik zusammen mit exklusivem Bordeaux.«

Die junge Ärztin, die von Wettstein für seine Nachfolge vorgeschlagen worden war, lachte lauthals. »Das sieht ihm ähnlich. Recht hat er. Das Leben braust wie ein Schnellzug vorbei. Ich hoffe, es bleiben ihm noch viele solcher Tage. Und dir wünsche ich viel Erfolg bei den Ermittlungen.«

»Danke, kann ich gut gebrauchen«, brummte Armand. »Der vierte und letzte Generaldirektor in der Schweiz hat für morgen eine wichtige Mitteilung angekündigt …«

»Wieso erst morgen?«, fragte die Medizinerin.

»Er muss sich zuerst mit seinem Anwalt absprechen. Zudem hat er ausdrücklich darauf bestanden, dass auch die Oberstaatsanwaltschaft und die zuständige Regierungsrätin dabei sind. Mich wollte er eigentlich ausladen. Ich befürchte, dass er eine Show abziehen will und etwas im Schilde führt. Wenn das nur gut ausgeht für den Kerl!«

OHNE KOMMENTAR

Zürich, 13. Oktober

Till Fröhlich las seinen Bericht zum wiederholten Mal und kontrollierte die Kommentare. Die Morde in der Zürcher Investment Bank ließen die Likes durch die Decke gehen. Normalerweise schrieb er über Skandale bei den hiesigen Banken, Fehlverhalten von Führungskräften oder kleinere Unstimmigkeiten, die ihm von unzufriedenen Bankern zugespielt wurden. Diese Geschichte erreichte aber ganz neue Dimensionen.

> Bankenspiegel
> 13. Oktober, 07:46 Uhr
>
> Nach HW und SH ist nun ein dritter hoher Manager der Zürcher Investment Bank zu Tode gekommen. Der Stabschef, ein altes Schlachtross der Bank, ist vom Dach des Hauptgebäudes auf den Talacker gefallen. Wobei »gefallen« mit einem Fragezeichen versehen werden muss. Aufgrund der Vorgeschichte kommt »gestoßen« der Wahrheit sicher näher. Nach dem Sturz von KZ wird es heute ohne Zweifel auch an der Börse steil nach unten gehen mit der Zürcher Investment Bank. Erschreckend – nicht einmal zu diesen Schleuderpreisen will die Konkurrenz zugreifen. Niemand will sich an der

Bank des Todes die Finger verbrennen. Nur einer kann nicht zurückziehen. Armand Muzaton, Leiter der hiesigen Kantonspolizei, muss endlich liefern. Sonst ist es um seinen guten Ruf geschehen!

Die beliebtesten Kommentare:
Beobachter, 07:49 / 619 Likes
Schon Ikarus ist zu nahe an die Sonne geflogen und hat sich die Flügel verbrannt. Die oberste Kaste der Bankmanager ist weit abgehoben, mit den bekannten Folgen.
Antwort von Schweizer auf Kommentar von Beobachter, 07:58 / 122 Likes
Erspar uns deine Lateinkenntnisse, interessiert hier niemanden.
Antwort von Beobachter auf Kommentar von Schweizer, 8:01 / 443 Likes
Ikarus entstammt der griechischen Mythologie, du Dödel!
Heidi, 8:05 / 599 Likes
Hochmut kommt vor dem Fall ... wortwörtlich!
Patriot, 8:10 / 390 Likes
Der Regierungsrat soll endlich einen Zürcher an die Spitze der Kriminalpolizei setzen. Dieses welsche »Laissez-faire« bringt niemanden weiter.
Antwort von Emmi auf Kommentar von Patriot, 8:13 / 83 Likes
Muzaton for president!

DU SOLLST NICHT LÜGEN

Zürich, 13. Oktober

Nach dem Ableben seiner drei Kollegen war Lemoine kurz in Panik geraten. Er musste Zeit gewinnen, um zu verschwinden. Und bis dahin galt nur eins: zu überleben.

Lemoine hatte sich umgehend mit seinem Anwalt kurzgeschlossen. Nicht um sich beraten zu lassen, sondern um diesem die gleichen Lügen aufzutischen, die er heute auch den Behörden als die ultimative Wahrheit verkaufen wollte. Quasi ein Testlauf. Er hatte vor, seine verstorbenen Partner zu verraten. Der Testlauf beim Anwalt war erfolgreich verlaufen. Dementsprechend selbstsicher erschien Lemoine im Polizei- und Justizzentrum.

Der Manager und sein Anwalt wurden von Oberstaatsanwältin Emmenegger begrüßt. Diese stellte ihnen Regierungsrätin Keller vor. Als Lemoine Armand bemerkte, warf er Emmenegger einen vorwurfsvollen Blick zu. Sie erstickte einen möglichen Einwand vom Banker oder von seinem Anwalt im Keim.

»Hauptmann Muzaton ist auf meinen Wunsch hier. Ohne ihn wird keine Anhörung stattfinden. Ich hoffe, das geht in Ordnung für Sie.«

Lemoine gab sich jovial, im Wissen, dass ihm keine andere Wahl blieb. »Natürlich darf Herr Muzaton mit am Tisch sitzen«, sagte er mit einem künstlichen Lächeln. »Ich möchte aber darum bitten, dass wir uns den großen Themen widmen und uns nicht im Klein-Klein der täglichen Polizeiarbeit verheddern.«

Die drei Beamten schwiegen, peinliche Stille breitete sich aus. »Nun?«, fragte Regierungsrätin Keller schließlich.

Lemoines Selbstsicherheit schwand. Er war davon ausgegangen, mit offenen Armen empfangen zu werden. Der Manager reagierte beleidigt. »Ich bin hier, um der Polizei zu helfen, und hätte mir etwas mehr – wie soll ich sagen? – Interesse Ihrerseits erhofft.«

»Unser Interesse liegt ganz bei Ihnen, wahrscheinlich mehr, als Ihnen lieb ist«, sagte Armand.

»Herr Lemoine, Sie sind an uns herangetreten, weil Sie über wichtige Informationen hinsichtlich der Morde in der Zürcher Investment Bank verfügen. Ich bitte Sie, diese uns endlich mitzuteilen. Wir haben keine Zeit für Spielereien.« Emmenegger reichte es langsam.

Lemoine räusperte sich und begann theatralisch mit seiner Erzählung. »Meine drei verstorbenen Kollegen, Gott hab sie selig, haben in Genf einen Kunstfonds verwaltet und dabei Gelder am Fiskus vorbei hin- und hergeschoben. Auf diese Weise haben sie viele Millionen gescheffelt. Steuerfrei natürlich. Das weckt Begehrlichkeiten. Ich vermute, dass jemand aus dem unteren Kader der Bank davon Wind bekommen hat und das Geschäft übernehmen will. Da ich Kunden in diesem Kunstfonds habe, alle legal natürlich, fürchte ich um mein Leben. Der Mörder könnte annehmen, dass ich etwas mit den unerlaubten Transaktionen zu tun hatte. Ich beantrage daher Personenschutz für mich, bis die Polizei den Täter gefasst hat.« Lemoine sah in die Runde und wartete auf die Würdigung seiner Aussage, die jedoch ausblieb.

»Erzählen Sie uns was Neues«, brummte Armand stattdessen.

»Ich verstehe nicht …«, stotterte Lemoine.

»Die Geldwaschmaschine in Genf ist uns schon längst bekannt, und über Ihre Rolle in diesem schmutzigen Spiel werden wir uns zu gegebener Zeit unterhalten. Mich interessiert etwas ganz anderes: Was ist mit Charlotte Peyer passiert?« Armand warf eine Granate ins Dunkle und erntete dafür einen strafenden Blick der Regierungsrätin.

Dieser blieb von Lemoine nicht unbemerkt, und er gab sich unbeeindruckt. »Peyer? Ist das nicht die arme Frau, die in Arosa verunglückt ist?«

Emmenegger stieß Armand unter dem Tisch mit dem Fuß an. »Danke für die Ausführungen, Herr Lemoine. Für die Untersuchungen des Unfalls von Charlotte Peyer war die Bündner Kantonspolizei zuständig. Sollte sie jedoch irgendwie in die Machenschaften in Genf verwickelt worden sein, kann die Akte jederzeit von uns übernommen und wieder geöffnet werden.«

Lemoine begann zu schwitzen, das Gespräch lief definitiv nicht nach Wunsch. Er versuchte, sich aus der Schusslinie zu nehmen. »Diese Idee ist mir gar nie in den Sinn gekommen! Aber Sie könnten recht haben mit Ihrer Vermutung, Frau Oberstaatsanwältin. Hansjörg war geschwätzig. Gut möglich, dass er die junge Peyer in etwas mit hineingezogen hat, das ihr über den Kopf gewachsen ist. Armes Ding!«

»Frau, nicht Ding …«, unterbrach Keller scharf.

Lemoine entschuldigte sich halbherzig und blickte wütend zu seinem Anwalt, der trotz seines horrenden Stundensatzes noch nichts geliefert hatte.

»Mein Klient versucht, die Ermittlungen voranzubringen und die Behörden zu unterstützen. Die Staatsanwaltschaft führt hier kein Verhör durch …« Der Anwalt beließ es bei dem formellen Hinweis. Ein Hinweis, den Armand offenbar überhört hatte.

»War Charlotte Peyer am Abend des Unfalls in Zimmermanns Haus?«, fragte Armand.

»Nicht, dass ich wüsste«, log Lemoine unverfroren. »Aber ich war an diesem Abend müde und bin früh ins Hotel zurück. Sie glauben doch nicht, dass meine ehemaligen Kollegen …?« Er hielt sich die Hand vor den Mund.

Armand hatte Mühe, die Contenance zu bewahren. »Wann teilen Sie uns endlich die versprochenen Neuigkeiten mit?«

»Ich habe gesagt, was ich weiß«, zischte Lemoine. »Als Gegenleistung fordere ich Personenschutz durch die Polizei. Die Bank kann es sich nicht leisten, einen weiteren Generaldirektor zu verlieren – und die Behörden auch nicht!« Er blinzelte angriffslustig.

»Das können wir gewährleisten, nicht wahr, Hauptmann Muzaton?«, fragte Regierungsrätin Keller. Lemoine hatte einen wunden Punkt getroffen. Der öffentliche Druck auf die Behörden stieg mit jedem weiteren Opfer exponentiell an.

Armand nickte. »Rund um die Uhr, 24 Stunden, überall!«

»Nein, nein!«, rief Lemoine entsetzt. »Ich brauche meine Privatsphäre. Es genügt, wenn ich während der Arbeit und auf dem Arbeitsweg bewacht werde. In meinem Apartment bin ich sicher. Ein Polizeibeamter kann mich bis zur Haustür bringen und am Morgen wieder abholen. Ich werde mich einschließen und niemandem öffnen.«

»Noch eine Frage«, sagte Armand, als sich Lemoine zum Gehen bereitmachte. »Wie haben Sie eigentlich von den krummen Geschäften in Genf erfahren?«

Diesmal reagierte Lemoine schlagfertig. »Hansjörg hat es mir kurz vor seinem Tod erzählt. Wie gesagt – er war sehr redselig.«

TATTOO

Zürich, 13. Oktober

Sophie und Ekatarina saßen im Lichthof der Universität Zürich. Der prächtige Bau thronte auf einer Geländeterrasse über der schmucken Altstadt. Der glasbedeckte und von Wandelgängen umrahmte Lichthof bildete das Zentrum des Hauptgebäudes. Der imposante Raum diente den Studierenden vor allem als Aufenthalts- und Begegnungsraum zum Schwatzen, Lernen, Kartenspielen und zur Nahrungsaufnahme. Sophie und Ekatarina waren Kaffeetrinkerinnen, und so standen an diesem herbstlichen Morgen zwei dampfende Tassen des Getränkes vor ihnen auf einem runden Tisch. Sophie war Rechtsprofessorin an der Universität und Ekatarina eine talentierte Kunststudentin im Abschlussjahr. Eine beträchtliche Zahl von ihr entworfener Tattoos zierte Arme, Beine und Rücken der hiesigen Studierenden. Die beiden Frauen waren gute Freundinnen geworden und trafen sich regelmäßig zu einem Schwatz, wenn sie es sich einrichten konnten.

So wie heute.

»Wie geht es Armand? Er muss unter einem ungeheuren Druck stehen«, fragte Sophie. Ihre dunkelblauen Augen bildeten einen starken Kontrast zu den pechschwarzen Haaren, die ihr wie ein schwerer Seidenvorhang über den Rücken fielen.

Ekatarina atmete langsam aus und schob sich eine widerspenstige Strähne aus dem Gesicht. »Er spricht von nichts anderem. Die Morde in der Zürcher Investment Bank setzen ihm zu. Er nimmt die Sache persönlich, als ob er etwas gutzumachen hätte.«

»Bei Philipp ist das ähnlich. Er kniet sich voll in die Arbeit und denkt ständig darüber nach, wie es mit dem Institut weitergehen soll. Es frustriert ihn, dass er bislang so wenig ausrichten und der Polizei nicht helfen konnte. Dabei unternimmt er das Menschenmögliche.«

»Wie bringt er das zeitlich alles unter einen Hut?«, fragte Ekatarina und nahm einen Schluck Kaffee.

»Philipp konnte vorübergehend sein Pensum an der Uni reduzieren. Das letzte Mal, als ich ihn so angespannt gesehen habe, war zu der Zeit, als er noch CEO bei der Bank war. Nachdem er Armand kennengelernt und seinen Job aufgegeben hat, war er wie befreit. Einfach glücklich. Nun scheint er dauernd einen schweren Rucksack mit sich rumzutragen. Ich hoffe, dass die Geschichte bald vorüber ist.« Sophie sah auf die Uhr. Nicht mehr viel Zeit bis zu ihrem nächsten Termin.

Ekatarina stellte ihre leere Tasse auf den Unterteller. »Bei Armand ist es, als würde er einen tonnenschweren Laster hinter sich herziehen. Wenn unsere beiden Prachtkerle den Fall nicht lösen, müssen wir selbst nach dem Rechten schauen.«

»Mit weiblicher Intuition?«, fragte Sophie scherzhaft.

»Mir ist brachiale Gewalt sympathischer«, antwortete Ekatarina zwinkernd.

Die beiden lachten und verabschiedeten sich mit einer innigen Umarmung. Sophie sagte nebenbei: »Philipp will sich übrigens ein Tattoo stechen lassen. Hat er dich schon darauf angesprochen?«

»Philipp will ein Tattoo?«, fragte Ekatarina überrascht.

Sophie hob die Schultern. »Anscheinend schwärmt Armand dauernd von den Kirschblüten auf deinem Arm, und jetzt möchte Philipp ebenfalls ein Tattoo, das ihn an seine Kinder erinnert. Süß!«

Ekatarina zog ihren Ärmel nach oben und betrachtete die Kirschblüten. »Armand küsst mich vor dem Einschlafen immer auf den Unterarm. Er meint, er könnte die Kirschblüten riechen.«

»Und nach was sollen die Blüten denn riechen?«, fragte Sophie.

»Grapefruit mit Puderzucker …«, antwortete Ekatarina und fuhr sich fröhlich durch ihre dicke rostbraune Mähne.

DRITTER TEIL

DIE NACHFOLGE

Zürich, 16. Oktober

»Dann bleibt nur noch die Nachfolge von Zimmermann zu regeln, und wir sind wieder funktionsfähig«, sagte von Fink. Sein Gesicht war fahl wie ein nebliger Herbsttag. Die Ereignisse der letzten Tage und Wochen lasteten schwer auf ihm.

Der Verwaltungsratspräsident saß zusammen mit CEO Tuchel, Bernadette Wolf und Bankprofessor Philipp Humboldt in seinem Büro, um die Vakanzen in der Geschäftsleitung neu zu besetzen. Der Wunsch nach Normalität war ein psychologischer Schutzmechanismus und versprach Halt in der verzwickten Situation, in welcher sich die Bank und ihre Mitarbeiter befanden.

Verwaltungsrätin Wolf sah nicht besser aus als ihr Vorgesetzter. Mehrmals nahm sie einen kleinen Schluck aus ihrer Teetasse. »Wie sieht Ihre Priorisierung für die Stelle von Zimmermann aus?«, fragte sie Tuchel im Aufstehen. Ihre Gelenke waren vom langen Sitzen steif geworden.

CEO Tuchel hatte drei Dossiers vor sich liegen. Er überlegte kurz und tippte auf dasjenige von Ursula Gantenbein. »Ich schlage Frau Gantenbein vor. Zimmermann selbst hat zwei seiner Stellvertreter favorisiert, diese scheinen mir jedoch nicht geeignet für die Aufgabe. Zu unreif.«

Von Fink intervenierte sofort. »Nicht Gantenbein, die hat Haare auf den Zähnen und ist mir viel zu rechthaberisch.«

Tuchel insistierte. »Verzeihen Sie, Herr von Fink, aber bei einem Mann würde man von Durchsetzungsfähigkeit und fundiertem Fachwissen sprechen. Gantenbein bringt alles mit, was es für den Posten braucht.«

Von Fink blickte überrascht auf. Hatte das wirklich Tuchel gesagt? Er widersprach umgehend. »Und wenn Gantenbein schwanger wird? Wir können uns keine weiteren Ausfälle leisten.«

Wolf hob tadelnd die Augenbrauen. »Das ist nicht dein Ernst, oder? Solche Diskussionen musste ich zu Beginn meiner Karriere führen. Das war noch, bevor das Frauenstimmrecht in der Schweiz eingeführt wurde …«

Von Fink hob entschuldigend die Hände. »Nun gut. Vergessen wir das Argument mit der Schwangerschaft. Dennoch bin ich nicht einverstanden. Was meinen Sie, Humboldt?«

Philipp unterstützte Tuchels Vorschlag, ohne zu zögern. »Ich hatte vor einiger Zeit das zweifelhafte Vergnügen, die beiden Stellvertreter Zimmermanns kennenzulernen, und stimme Werner zu – ihnen fehlt das Format. Gantenbein kenne ich persönlich zu wenig, um mir ein abschließendes Urteil bilden zu können. Ich vertraue auf die Einschätzung von unserem CEO. Werner kennt die Dossiers am besten.«

Tuchel untermauerte seine Wahl mit Nachdruck. »Ich habe mich für Personen entschieden, die fachlich und persönlich geeignet sind, den Kunstfonds transparent abzuwickeln. Wir müssen endlich wieder die richtigen Themen ins Zentrum stellen. Wir sind da, um unsere Kunden bei der Vorsorge zu unterstützen, den Wohnungsbau mit Hypotheken zu fördern und Unternehmen mit Krediten zu helfen. Unser Gewinn und Aktienkurs steigen dann von alleine, wenn wir gut und seriös arbeiten. Zu lange haben wir die falschen Schwerpunkte gesetzt.«

»Nun denn«, schloss von Fink die ordentliche Sitzung. Er ahnte, wer Tuchel die Flausen in den Kopf gesetzt hatte, und schielte mürrisch zu Philipp. »Veranlassen Sie die nächsten Schritte, Tuchel. Kannst du noch kurz bleiben, Bernadette? Es geht um die Planung der nächsten Verwaltungsratssitzung.«

Philipp und der CEO waren damit entlassen.

*

Auf dem Flur klopfte Philipp dem Vorsitzenden der Geschäftsleitung auf die Schulter. »Super gemacht, Werner. Ich fand es toll, wie du dich für Gantenbein eingesetzt und von Fink nicht nachgegeben hast.«

Der Gelobte zog seine Schulter mit schmerzverzerrter Miene unter Philipps Hand weg. »Schulterklopfen ist seit meinem Schulterbruch vor einigen Jahren keine gute Idee. Aber danke für das Kompliment, das schätze ich sehr.«

Philipp entschuldigte sich sofort. Dass er damals während seiner Zeit am Paradeplatz nicht ganz unbeteiligt an Tuchels Unfall gewesen war, behielt er für sich. Auch das gehörte zu seinem Wiedergutmachungseinsatz bei der Zürcher Investment Bank.

DIE KNACKNUSS

Zürich, 16. Oktober

Seit der Installation der Sicherheitskameras in den Fluren der Zürcher Investment Bank und der Einführung des Personenschutzes war es fast unmöglich geworden, an Lemoine heranzukommen. Zum Glück war er selbst in einer Position, die es ihm erlaubte, sich frei im Hauptgebäude zu bewegen und überall ein und aus zu gehen. Auch in Lemoines Büro. Dort lag der Schlüssel zum letzten Akt. Der Manager hatte seine letzte Chance leichtfertig verspielt und hätte die Wahrheit dem Personenschutz vorziehen sollen. Er rätselte, warum Lemoine plötzlich so entspannt wirkte. Mit Sicherheit führte er etwas im Schilde: ein Grund mehr, zügig zu handeln.

Erfrieren. Im Herbst.

Keine einfache Aufgabe in Zeiten der Klimaerwärmung!

DIE KOPFNUSS

Zürich, 17. Oktober

Philipp rutschte unruhig auf seinem Stuhl hin und her. Durch die Fensterscheiben breitete sich Dunkelheit im Raum aus. Selten war er sich so unnütz vorgekommen wie jetzt.

Sophie war mit David und Michelle bei einem Kindergeburtstag. Da gerade Herbstferien waren, durfte es ein bisschen später werden. Philipp hatte sich mit Sophies Einverständnis entschuldigt. Er hasste Kindergeburtstage. Natürlich nicht die Geburtstage der eigenen Kinder, die sie ausgiebig feierten – zu viert oder mit Armand und nun auch mit Ekatarina. Unerträglich waren dagegen die Einladungen zu den Geburtstagen von Nachbarskindern oder Schulkameraden. Das betont fröhliche Zusammensitzen im Wohnzimmer, ohne Schuhe, die Strümpfe oder nackten Füße der anderen Eltern studierend, bunt gefärbte Kuchen essend – »Philipp, nimm doch noch ein Stück!« –, lauwarmen Kaffee aus Pappbechern trinkend und langweilige Konversation betreibend. »Unser Junge ist ja ein so talentierter Fußballer!« Oder die Mutter aller Fragen: »Habt ihr eure Kinder schon für das Gymnasium angemeldet?«

Grauenhaft.

Eine Spinne krabbelte über die Tischplatte und gewann sofort Philipps uneingeschränkte Aufmerksamkeit. Das

Tierchen irrte scheinbar orientierungslos umher. Die Spinne vermaß den Tisch, bis sie schließlich Philipps Hand fand, diese mühelos erklomm, um auf der anderen Seite wieder hinunterzusteigen. Was mochte das kleine Lebewesen wohl vorhaben? Die Erkenntnis, dass er sich ernsthaft Gedanken über die Pläne einer Spinne machte, war ein untrügliches Zeichen: Er musste etwas unternehmen!

Kurz darauf betrat Philipp Zimmermanns Büro. Gantenbein war noch nicht eingezogen, und so wollte Philipp sich heute Abend einmal in Ruhe umsehen. Vielleicht hatten die Kriminaltechniker der Polizei ja etwas übersehen?

Unwahrscheinlich.

Das Büro wirkte, als wäre dessen Besitzer nur kurz auf die Toilette gegangen. Auf dem Tisch lag eine aufgeschlagene Arbeitsmappe, daneben Stifte und ein Lineal. Philipp überflog die oberste Seite des Stapels.

»Weisung 375b. Aufbewahrungspflicht von Kundendaten.«

Langweilig.

Philipp ging zu dem massiven Holzschrank und öffnete die Tür, die laut knarrte. Im Schrank hingen ein Mantel, ein blaues Hemd und eine dazu passende Krawatte. Philipp schmunzelte. Zu seiner Zeit als CEO hatte er auch immer eine Notreserve bereitgehalten. Tomatensauce oder Kaffee auf der Kleidung wurde von der Kundschaft nicht geschätzt. Vorsichtig schloss er den Schrank und ging zurück zum Schreibtisch. Er zog eine Schublade auf und kramte darin herum. Mittlerweile war es zu dunkel geworden, um etwas zu erkennen, weshalb Philipp die Tischlampe anknipste. Grelles Licht flutete die Schublade, und

Philipp wurde es schwarz vor Augen. Bevor er zu Boden fiel, spürte er einen stechenden Schmerz am Hinterkopf und dachte an Hunziker.

Dumm gelaufen.

FRAU SOMMER

Zürich, 18. Oktober

»Er kommt zu sich!«

Philipp vernahm die Stimme wie durch einen Wattebausch. Er sah nur weiß um sich herum. Langsam hob er den Oberkörper, nur um gleich wieder benommen zurückzufallen. Diesmal war der Aufprall jedoch weich und flauschig. Das tiefe Kissen gab knisternd nach. Philipp verzog das Gesicht zu einer Grimasse und hielt sich die Hand an den Kopf.

»Was ist passiert und wo bin ich?«, fragte er in den Raum.

»Du bist im Universitätsspital, mein Freund«, hörte er Armands Stimme. »Und du kannst froh sein, dass du die Intensivstation lebend verlassen konntest. Manchmal kann ein Dickschädel nützlich sein. Der Bluterguss in deinem Gesicht sieht aber übel aus.«

Armand wurde durch ein lautes Räuspern unterbrochen. Philipp öffnete noch einmal vorsichtig die Augen und bemerkte eine groß gewachsene Frau im weißen Kittel. Zweifellos eine Ärztin.

»Unser Patient braucht absolute Ruhe. Er hat eine schwere Gehirnerschütterung erlitten«, sagte sie zu Armand. Doch der Hauptmann ging nicht darauf ein.

»Was für einen Monat haben wir?«, fragte er seinen bettlägerigen Freund.

»Oktober«, antwortete Philipp.

»Wer ist deutscher Bundeskanzler?«

»Irgendein Vollpfosten.«

»Sehen Sie?«, meinte Armand zufrieden. »Herrn Humboldt geht es bestens!«

Die Ärztin mahnte zur Vorsicht. »Mit einer Gehirnerschütterung ist nicht zu spaßen, Herr Muzaton. Aber es freut mich natürlich, dass unser Patient bereits wieder so gut reagiert.«

»Kann ich meinen Mann heute mit nach Hause nehmen?«, fragte Sophie die Ärztin. Erst jetzt erkannte Philipp seine Frau. Sie musste geweint haben, denn ihre Augen waren gerötet. Philipp fühlte das schlechte Gewissen hochsteigen.

Die Ärztin verneinte Sophies Frage. »Zwei Nächte wird Herr Humboldt in Spitalpflege bleiben müssen. Wir werden uns gut um ihn kümmern, dass verspreche ich Ihnen. Nach der Gegenüberstellung muss ich Sie alle bitten zu gehen.«

»Gegenüberstellung?«, fragte Philipp mit schwacher Stimme. An seinem Arm hing eine Infusion mit Kochsalzlösung.

»Wir haben die Täterin gefasst«, klärte ihn Armand auf. »Ich wäre froh, wenn wir das so rasch wie möglich klären könnten.« Der Hauptmann ging zur Tür und bat eine draußen wartende Person herein. Frau Sommer, Zimmermanns Sekretärin, betrat kerzengerade den Raum. Von Reue keine Spur. Philipp sah überrascht auf. Er hatte nicht damit gerechnet, von einer zierlichen Dame niedergeschlagen worden zu sein.

»Frau Sommer hat dich gestern mit einem Lexikon k. o. geschlagen. Kannst du sie als Täterin identifizieren?«, fragte Armand.

Philipp schüttelte müde den Kopf.

»Täterin?«, empörte sich Sommer. »Ich muss doch sehr bitten. Herr Humboldt hat im Büro meines Chefs rumgeschnüffelt. Niemand hat dort etwas zu suchen!«

»Was fällt Ihnen eigentlich ein?«, unterbrach Sophie aufgebracht. »Philipp arbeitet bei der Bank, und Sie haben Ihn von hinten k. o. geschlagen!« Sie machte einen Schritt auf Sommer zu.

Philipp hielt sie am Arm zurück. »Ist schon gut. Frau Sommer wusste nicht, dass ich es war.«

»Wer sind Sie denn überhaupt?«, fragte Sommer an Sophie gewandt.

Philipp lehnte sich im Bett vor. »Das ist meine Ehefrau«, sagte er energisch.

Armand drückte Philipp sanft ins Kissen zurück und ließ seine Hand auf dessen Schulter liegen.

Sommers Miene nahm plötzlich einen traurigen Ausdruck an, als sie die Szene betrachtete. Ihre Stimme wurde leise. »Herr Zimmermann bedeutete mir viel. Als mein Mann vor Jahren gestorben ist, war er der einzige Mensch, der sich um mich gekümmert hat. Er war mehr als ein Vorgesetzter, er war Familie, wie Sie es füreinander sind. Niemand darf ungefragt seine Sachen durchsuchen. Das ist pietätlos. Ich werde die nächsten fünf Monate bis zu meiner ordentlichen Pensionierung sein Andenken hochhalten und die Korrespondenz weiterführen. Ich überlasse das nicht diesen jungen ›Tüpfis‹, die kein ordentliches Mail schreiben können. Schicken Informationen hin und her ohne anständige Anrede. ›Hochachtungsvoll‹ oder ›Mit freundlichen Grüßen‹ scheinen auch Fremdwörter zu sein für diese Generation.« Sie endete abrupt und wischte sich die Tränen aus den Augen.

Armand ließ Philipp los und dieser Sophie. Philipp fand als Erster die passenden Worte. »Ich werde mich persönlich bei Werner Tuchel dafür einsetzen, dass Sie bis zu Ihrer Pensionierung Herrn Zimmermanns Korrespondenz weiterführen dürfen. In einer würdigen und ordentlichen Art und Weise, wie er es von Ihnen gewohnt war. Auf eine Anklage werde ich natürlich verzichten.«

Sommer blickte ihn gleichermaßen dankbar wie erstaunt an. »Vielen Dank, Herr Humboldt«, sagte sie zum Abschied. An der Tür drehte sie sich um. »Es tut mir leid, dass ich Sie niedergeschlagen habe. Ich dachte, Sie seien der Mörder …«

LIKES

Zürich, 18. Oktober

Nach einem erholsamen Mittagsschlaf griff Philipp zu seinem Smartphone auf dem Beistelltisch und öffnete den »Bankenspiegel«. Er war nicht überrascht, dort eine Titelgeschichte über sich zu finden. Er hätte gerne darauf verzichtet …

Bankenspiegel
18. Oktober, 12:33 Uhr

Die Zürcher Investment Bank wird endgültig zum Tollhaus! Am Montagabend wurde der ehemalige CEO der Bank, Professor Philipp Humboldt, an deren Hauptsitz niedergeschlagen. Von dem fieberhaft gesuchten Mörder? Von einem Sicherheitsbeamten? Nein, von einer kurz vor der Pensionierung stehenden Sekretärin. Die Hintergründe des Vorfalls sind noch nicht geklärt. Wir bleiben dran.

Die beliebtesten Kommentare:
Ruedi, 13:03 / 903 Likes
Wenigstens gibt es in der Bank noch eine Person mit Verstand. Nur schade, dass sie bald pensioniert wird!
Antwort von Regula auf Kommentar von Ruedi, 13:07 / 132 Likes

Man merkt, dass Ruedi selbst schon seit mindestens 30 Jahren pensioniert ist. So ein Schwachsinn!
Antwort von Beobachter auf Kommentar von Regula, 13:11 / 356 Likes
Wenn das stimmt, dann ein großes Kompliment an Ruedi. Mit 95 immer noch so flott im Internet unterwegs ...
Insider, 13:15 / 888 Likes
Wieso wurden heute die Kommentare so spät freigeschaltet? So nicht!
Antwort von Outsider auf Kommentar von Insider, 13:17 / 98 Likes
Du musst auch nicht den ganzen Tag nur Blogs lesen und blöde Kommentare schreiben. Arbeitslos oder einfach faul?

BOURBON

Zürich, 18. Oktober

Lemoine hielt sich im Fonds des Polizeiwagens den Bauch vor Lachen. Sommer schlägt Humboldt ins Spitalbett.

Einfach köstlich.

Als er den Blick des Polizeibeamten im Rückspiegel bemerkte, riss er sich zusammen. Der Manager wurde wie vereinbart täglich von der Polizei nach Hause chauffiert und am nächsten Morgen wieder abgeholt. Seine Privatsphäre blieb so auf der Strecke, er dafür am Leben. Kein schlechter Deal. Lemoine fühlte sich sicher. Was sollte nun noch passieren? In der Zürcher Investment Bank waren Kameras in den Fluren installiert, und die Polizei beschützte ihn, wann immer er das Gebäude verließ. Sein Plan mit dem halbseidenen Geständnis war aufgegangen. Zudem hatte er sich eine Alarmanlage in seiner Penthousewohnung montieren lassen, und deren Eingangstür war einbruchsicher. Noch vor dem Monatsende würde er Tuchel das Kündigungsschreiben auf den Tisch legen. In Lemoines Position war das gleichbedeutend mit der sofortigen Niederlegung der Arbeit, der Lohn würde mindestens ein halbes Jahr weiterbezahlt werden.

Inklusive Bonus.

Im Gegensatz zu seinen verstorbenen Kollegen führte er ein weniger luxuriöses Leben. Er hatte mehr als genug

Geld auf der Seite, um irgendwo auf der Welt das Leben genießen zu können. Vielleicht ein Strandhaus in Florida? Ein Apartment in Dubai? Oder doch eine Finca auf Mallorca? Lemoine streckte sich genüsslich wie eine Katze auf dem Rücksitz. Bald würde es vorbei sein.

Er sollte recht behalten.

Der Polizeiwagen hielt vor einem gepflegten Jugendstilhaus am Zürichberg. Hier wohnten die Reichen und vermeintlich Schönen der hiesigen Oberschicht. Lemoine verabschiedete sich knapp vom Polizeibeamten und stieg zu Fuß in seine Wohnung im vierten Stock. Die Nachbarn kannte er nur von zufälligen Treffen im Treppenhaus. Einladungen zu gemeinsamen Grillabenden im Garten oder einem kleinen Umtrunk in der Adventszeit hatte er stets unbeantwortet gelassen. Er war schließlich nicht hierhergezogen, um Freunde zu finden.

Nachdem Lemoine die Wohnung betreten und die Tür hinter sich verriegelt hatte, ging er wie mit der Polizei vereinbart ans Fenster und signalisierte dem wartenden Beamten, dass alles in Ordnung sei. Dieser winkte zurück und fuhr langsam an. Morgen würde er wieder pünktlich um 7 Uhr bereitstehen.

Lemoine zog seine Schuhe aus und stellte sie sorgfältig in den Schuhschrank neben der Eingangstür, nachdem er wie üblich die Schuhspanner aus Kirschholz eingesetzt hatte. So behielten die edlen J. M. Weston ihre Form und Spannung. Bei einem Preis von über tausend Franken lohnte sich der kleine Mehraufwand. Die Schuhe hielten ein Leben lang. Der Manager überlegte, ob er eine heiße Dusche nehmen solle, entschied sich stattdessen für einen Drink im Wohnzimmer. Auf der Anrichte stand sein Lieblingsbourbon. Er konnte sich nicht daran erinnern, die Flasche gestern hier stehen gelassen zu haben.

Na ja, egal!

Er nahm ein tiefes rundes Glas aus dem Schrank und füllte es großzügig. Wenn er schon den ganzen Abend zu Hause verbringen musste, so wenigstens mit diesem treuen Begleiter. Lemoine setzte sich in einen ledernen Barcelona-Sessel und legte die Füße auf einen Ottoman. Auf einem kleinen gläsernen Beistelltisch lagen Prospekte mit den schönsten Reisedestinationen der Welt. Lemoine nahm einen kräftigen Schluck von dem Bourbon und blätterte durch die Magazine. Vielleicht doch Asien? Auch von Portugal hatte er viel Gutes gehört. Die Wärme im Raum machte ihn müde. Nur mit Mühe konnte er die Augen offen halten. Lemoine leerte das Glas in einem weiteren Zug. Sein letzter Gedanke war Irland. Ein kleines Haus direkt an der Küste?

Dann schlief er ein. Und wachte nie mehr auf.

TRÜGERISCHE VERSCHNAUFPAUSE

Zürich, 18. Oktober

Von Fink hatte seine gute Kollegin und Freundin Bernadette Wolf zu einem Drink in die Storchen Bar eingeladen. Der Ort war nicht ganz uneigennützig gewählt, denn hier durfte sich der Verwaltungsratspräsident eine Zigarre anzünden, was er auch genüsslich tat. Er schwenkte die großformatige Cohiba fachmännisch über der Flamme des Zündholzes und entfachte sie mit einem kräftigen Zug. Mit einem lauten Seufzer lehnte er sich in den Sessel zurück und stieß eine dicke Rauchwolke zur Decke. »Seit dem ersten Mord bin ich heute zum ersten Mal wieder entspannt. Ich konnte die Nacht durchschlafen. Herrlich!«

Wolf blickte ihr Gegenüber lange an. »Glaubst du nicht, dass es etwas früh für eine Entwarnung ist? Die Polizei stochert nach wie vor im Dunkeln herum, und unser Aktienkurs ist im Keller.«

»Papperlapapp«, entgegnete von Fink. Er hatte entschieden, sich heute keine Sorgen zu machen, und war entschlossen, dieses Vorhaben konsequent in die Tat umzusetzen. »Was soll denn passieren? Der unsägliche Kunstfonds in Genf wird aufgelöst, und die drei Strippenzieher sind tot. Der Rachefeldzug, von wem auch immer, ist damit vorbei. Lemoine wird bewacht, und Muzaton hat mein volles Vertrauen. Irgendwann wird er den Kerl schon schnappen. Und wenn nicht, dann halt nicht …«

Wolf nippte an ihrem Cosmopolitan, von Fink an seinem Manhattan. »Wenn mich mein Arzt jetzt sehen würde, bekäme er einen Herzinfarkt«, sagte sie und blinzelte von Fink zu.

»Ach was, Alkohol und Gicht – das passt doch wie die Faust aufs Auge«, witzelte dieser zurück.

»Aber nicht zu Krebs.«

Wolfs Bemerkung traf den Verwaltungsratspräsidenten vollkommen unvorbereitet. Erschrocken schüttete er sich den halben Manhattan aufs Hemd, ohne dies zu bemerken. »Was sagst du, Bernadette – Krebs? Hast du bei unserem Spaziergang am See etwa davon gesprochen? Die Behandlung verläuft positiv, nicht wahr?« Seine Stimme bebte.

»Ich lasse mich nicht mehr behandeln. Dafür bin ich zu alt. Zum Glück funktioniert mein Verstand weiterhin tadellos. Aber die Maschine ist schrottreif. Ich nutze die verbleibende Zeit, um Frieden und Ruhe zu finden.« Wolf ließ keinen Zweifel an ihrer Entschlossenheit aufkommen.

»Du warst schon immer ein störrischer Esel.« Die Aussage von Finks war als Kompliment gemeint. Diszipliniert hielt er die Tränen in Schach.

»Ich mag dich auch, Hubert«, antwortete Wolf lächelnd. »Ich wollte es dir persönlich sagen. Entschuldige, dass ich dir den Abend verdorben habe.«

Von Fink lehnte sich weit nach vorne und ergriff ihre Hand. »Danke für dein Vertrauen. Ich kann mir nichts Schöneres vorstellen, als heute mit dir den Abend zu verbringen.« Von Finks Stimme brach.

»Dann lass uns hier und jetzt noch einmal eines unserer vertrauten Gespräche führen, bevor ich für zwei Wochen nach Wengen in die Ferien fahre«, sagte Wolf und winkte den livrierten Kellner zu sich. »Bringen Sie uns bitte zweimal das Gleiche. Und für den Herrn eine Serviette.«

VERMISST

Zürich, 19. Oktober

»Ich entlasse Sie nur, wenn Sie mir versprechen, sich zu schonen. Eine Gehirnerschütterung darf man nicht auf die leichte Schulter nehmen.« Die Ärztin blickte Philipp streng an. Auf Wunsch ihres ungeduldigen Patienten hatte sie bereits um 8 Uhr morgens die Abschlussuntersuchung vorgenommen.

Philipp gab sich folgsam. »Versprochen! Herr Muzaton wird mich ohne Umwege nach Hause fahren, wo ich mich eine Woche lang ausruhen werde.« Sein Bluterguss schimmerte wie eine reife Pflaume.

Die Ärztin hob misstrauisch ihre Augenbrauen. »Wieso fällt es mir schwer, Ihnen zu glauben?«

Nun meldete sich Armand zu Wort. »Ich gebe Ihnen mein amtliches Ehrenwort, dass ich unseren Patienten direkt nach Kilchberg fahren werde. Wenn nötig, stelle ich einen Polizeibeamten vor dem Haus ab, damit Herr Humboldt nicht auf dumme Gedanken kommt.«

Die Chefärztin sah die Freunde lachend an. »Na gut, dann hoffentlich nicht auf ein baldiges Wiedersehen … Es warten noch andere Patienten auf mich.«

So saßen die beiden kurz nach 8 Uhr im zivilen Polizeiwagen. Armand schob das Ticket in den Automaten an der Ausfahrt des Parkhauses, und die Schranke öffnete sich wie ein Klappmesser.

»Du siehst grausam aus! Aber ich habe dich gewarnt«, tadelte Armand seinen Freund. »Du und Banken ... Das führt immer zu Problemen.«

»Vielleicht liegt es ja auch an dir«, konterte Philipp. »Die Sünde klebt an deinen Schuhen wie Hundekot, seit du die Kirche verlassen hast.«

Der Hauptmann verdrehte die Augen und konzentrierte sich auf den hektischen Morgenverkehr. Er bog in die Rämistrasse ein, überquerte das Bellevue, dann die Quaibrücke und fuhr bereits auf dem General-Guisan-Quai in Richtung Kilchberg, als sich der Polizeifunk meldete. Armand schaltete den Lautsprecher ein. Eine unsichere Stimme meldete sich.

»Korporal Zürcher. Ich wurde gerade von Patrick Gisler kontaktiert. Lemoine habe eine wichtige Sitzung und alle würden auf ihn warten. Er macht sich Sorgen um seinen Chef.«

Armand hielt abrupt an einer Bushaltestelle und schlug mit beiden Händen aufs Steuer. »Sie sollten ihn doch abholen, Zürcher. Wo stecken Sie denn?«

Die Stimme am anderen Ende wurde noch leiser. »Ich stehe vor dem Eingang des Wohnhauses. Seit 7 Uhr, wie immer. Lemoine ist noch nicht aufgetaucht. Ich bin davon ausgegangen, dass er später runterkommt. Manchmal taucht er erst um 9 Uhr auf.«

»Herrgott noch mal!«, entfuhr es Armand. »Läuten Sie sofort an der Eingangstür. Wenn er nicht öffnet, rufen Sie Verstärkung. Inklusive der Feuerwehr! Wenn nötig, verschaffen wir uns mit Gewalt Zugang zur Wohnung. Und informieren Sie Priya Schweizer. Sie soll sich augenblicklich auf den Weg zu Lemoines Wohnung machen.«

Der Hauptmann wendete den Wagen und fuhr in die Richtung zurück, aus der er gekommen war. Lemoines Wohnung befand sich wie das Universitätsspital am Zürichberg, nur etwas weiter oben.

Armand schaltete Sirene und Blaulicht ein und fuhr links an dem Morgenverkehr vorbei. »Sorry, Philipp. Ich bring dich später nach Hause. Zuerst besuchen wir Lemoine. Sofern er noch Besuche empfangen kann.«

Ein aufgeschreckter Velofahrer, der über den Fußgängerstreifen fahren wollte, zeigte Armand den Vogel. Velofahrer – in Zürich ein Thema für sich … Die laute Sirene zerriss Philipp fast den Schädel, und das flackernde Licht war kaum auszuhalten. Er schloss die Augen und streckte panisch seine Beine im Fußraum aus.

Vielleicht wäre er doch besser einen Tag länger im Spital geblieben?

PIZZA IM KÜHLSCHRANK

Zürich, 19. Oktober

Als Armand in die Susenbergstrasse einbog, reihte er sich hinter zwei Einsatzwagen der Polizei ein. Er war zufrieden mit der schnellen Reaktionszeit der Beamten. Der Konvoi hielt mit flackerndem Blaulicht vor Lemoines Wohnhaus. Dort stand Polizist Zürcher mit gesenktem Kopf in Erwartung einer ordentlichen Abreibung. Armand war zwar sehr beliebt im Korps, aber auch wegen seiner Emotionalität und Strenge gefürchtet. Niemand wollte es sich mit dem Hauptmann verscherzen.

Doch Armand sah keinen Grund, den pflichtbewussten Beamten zu tadeln. »Gut reagiert, Zürcher, noch schneller kann die Polizei nicht vor Ort sein! Nun schauen Sie nicht so bedröppelt. Niemand macht Ihnen einen Vorwurf. Sie haben sich strikt an die Anweisungen gehalten.«

Armand klopfte Zürcher aufmunternd auf die Schulter, eilte dann zum Hauseingang und drückte dort alle Klingelknöpfe gleichzeitig.

»Kübler«, meldete sich kurz darauf eine dünne Frauenstimme aus der Gegensprechanlage.

»Muzaton, Kriminalpolizei Zürich. Bitte öffnen Sie uns die Eingangstür. Es handelt sich um einen Notfall.«

Anstelle eines Summtons – Stille. Armand wiederholte seine Aufforderung, diesmal lauter.

»Kann ich Ihren Ausweis sehen?«, fragte Kübler argwöhnisch.

»Durch die Gegensprechanlage?«, donnerte Armand zurück. Er war kurz davor, die Tür aufbrechen zu lassen, besann sich aber eines Besseren. »Kommen Sie ans Fenster, und zwar sofort.«

Armand trat vors Haus und blickte nach oben. In der Zwischenzeit war die Feuerwehr vorgefahren, sodass sich Frau Kübler eine filmreife Szene bot. Armand bemerkte, wie sich im ersten Stock die Gardinen leicht bewegten, und wedelte ungeduldig mit seinem Dienstausweis durch die Luft. Kurz darauf surrte die Eingangstür, und Armand stürmte mit großen Schritten die Treppe hinauf. Im obersten Stockwerk schlug er mit der Faust an Lemoines Wohnungstür. »Lemoine, hier ist Muzaton von der Zürcher Kantonspolizei!«

Keine Reaktion.

Mit etwas Verspätung kam Zürcher mit zwei weiteren Polizisten und dem Einsatzleiter der Feuerwehr im Schlepptau oben an, und es wurde eng im Treppenhaus. Armand fackelte nicht lange.

»Tür aufbrechen!«, befahl er dem Feuerwehrmann. Dieser ließ sich nicht aus der Ruhe bringen und trat neben Armand. Er drückte die Klinke nach unten – und die Tür öffnete sich ohne Gegenwehr. Entschuldigend drehte sich der erfahrene Einsatzleiter zu Armand um.

»Standardvorgehen bei uns«, meinte er bescheiden.

Armand verdrehte die Augen und zog seine Dienstpistole, die er bei der Ermittlung in Mordfällen immer im Holster unter seinem Jackett trug.

»Standardvorgehen bei mir«, erklärte er augenzwinkernd, als er den erschrockenen Blick des Feuerwehrmannes bemerkte. Armand bat ihn, sich zurückzuziehen, und winkte Polizist Zürcher zu sich.

»Waren Sie schon einmal in der Wohnung?«, fragte er mit gedämpfter Stimme.

Zürcher nickte.

»Wie ist die Wohnung angelegt? Ich will da drin keine Überraschungen erleben.«

»Im Eingangsbereich befindet sich links die Garderobe, rechts geht es in die Gästetoilette. Geradeaus betritt man den Wohnraum mit offener Küche. Von dort führt ein langer Gang zum Schlafzimmer, Büro und zu weiteren Räumen. Vorne gibt es noch einen Balkon.«

Armand signalisierte den Beamten, ebenfalls die Waffe zu ziehen. Aus dem Augenwinkel bemerkte er, dass Philipp im Treppenhaus stand. Weiß wie frische Butter. Armand schüttelte den Kopf und betrat die Wohnung.

»Lemoine? Hier ist die Polizei!«, rief er.

Keine Antwort.

Vorsichtig arbeiteten sich die Beamten durch die Räume und sicherten sich ab. Keine Spur von Lemoine. Alles schien ordentlich an seinem Platz zu stehen. Hatte sich der Kerl vielleicht aus dem Staub gemacht? Auf einem Abstelltisch befand sich ein leeres Whiskeyglas, daneben einige Prospekte. Ein versiffter Geruch lag in der Luft, wie am Morgen in einer schlecht gelüfteten Kneipe. Armand steckte seine Pistole in das Holster zurück. Die Beamten taten es ihm gleich.

»So ein Mist«, hörte Armand eine Stimme hinter sich. Priya hatte unbemerkt die Wohnung betreten. Sie atmete schwer.

»Du hättest den Lift nehmen sollen«, witzelte Armand.

»Ich bin in weltrekordverdächtigem Tempo mit dem Fahrrad hierher gerast ... Nicht allen steht ein ziviler Dienstwagen zur Verfügung«, antwortete Priya.

»Kommt mit der nächsten Beförderung.« Armand blickte sich ratlos um. »Dieser Fall beginnt mich langsam, aber sicher zu nerven! Zürcher, bringen Sie Gummihandschuhe und schicken Sie Humboldt herein. Ach ja, informieren Sie auch gleich Rechsteiner, er soll mit seinem Team anrücken.«

Priya und Armand inspizierten nochmals die Wohnung. Nichts deutete auf ein Verbrechen oder einen Kampf hin. Armand nahm einen der Prospekte zur Hand. »Immobilien auf Mallorca ... Da hat sich wohl jemand aus dem Staub gemacht. Wenn ich Lemoine erwische, kriegt er einen Satz heiße Ohren verabreicht!«

Philipp lehnte sich im Eingangsbereich gegen die Wand. Das Treppensteigen hatte ihm sichtlich zugesetzt.

Armand hatte in der Zwischenzeit den Kühlschrank geöffnet und rief Priya zu sich. »Sieht so der Kühlschrank von jemandem aus, der verreisen will? Hier hat es nicht einmal mehr Platz für ein Radieschen. Vollgestopft mit Fleisch, Joghurt, Käse, Pizza und Gemüse. Das reicht locker für zwei Wochen.«

Den Hauptmann überkam urplötzlich ein unersättliches Verlangen nach einer knusprigen Pizza. Er hatte am Vorabend wieder »Dinner-Cancelling« gemacht. Fünf Kilo hatten sich in den letzten Wochen zu seiner Zufriedenheit bereits in Luft aufgelöst. Er unterdrückte das Hungergefühl und schloss den Kühlschrank.

Priya blieb nachdenklich in der Küche stehen und öffnete die Kühlschranktür erneut. Sie berührte die Pizzen und das Fleisch.

»Ich habe ebenfalls Hunger bekommen«, sagte Armand.

Doch Priya ging es nicht ums Essen. Im Gegenteil: Sie war bleich geworden. »Was haben tiefgekühlte Pizzen hier drin verloren? Auch das Fleisch und das Gemüse waren tiefgekühlt. Alles ist halb aufgetaut. Das verdirbt doch sofort und riecht obendrein schlecht. Gibt es keinen Tiefkühler in der Wohnung?«

»Doch, im Vorratsraum steht eine riesige Kühltruhe«, antwortete Armand.

Priya ging sofort in den Nebenraum und hob den Deckel der Kühltruhe an. Mit einem lauten Schrei wich sie zurück. Armand und Philipp drängten sich an ihr vorbei. Ihnen bot sich ein grausiger Anblick. In der Kühltruhe lag Yves Lemoine. Sein zusammengekauerter Körper schimmerte fahl wie gekochter Schinken und war mit einer dünnen Frostschicht überzogen. Er war nackt bis auf die Unterhose. Armand griff instinktiv nach Lemoines Arm, doch Philipp hielt ihn zurück.

»Nicht! Kannst du dich an die Geschichte meiner Katze erinnern, die ich dir gebeichtet habe?«

Armand erinnerte sich nur zu gut daran. Die Katze aus Philipps Kindheit war damals tiefgekühlt auf den Boden gefallen und wortwörtlich auseinandergebrochen wie eine Tonvase. Die drei standen für einen Augenblick wortlos im Vorratsraum und betrachteten die schaurige Szenerie. Der süßliche Geruch aus der Kühltruhe gab Philipp den Rest. Mit einer Hand vor dem Mund stürmte er in die Küche und übergab sich ins Spülbecken. Armand war ihm gefolgt und gab ihm mit einer Hand Gegendruck auf die Stirn.

»So intim waren wir noch nie«, sagte er.

Philipp antwortete mit einem lauten Röhren.

Vor dem Hauseingang fragte Armand einen Feuerwehrmann nach einer Zigarette. Er hatte schon vor langer Zeit mit dem Rauchen aufgehört, aber der Geruch der gefrorenen Leiche hatte sich in seinen Schleimhäuten eingebrannt. Er inhalierte tief und blies den Rauch durch die Nase aus, gefolgt von einem heftigen Hustenanfall. Er trat die Zigarette aus und winkte Polizist Zürcher zu sich. »Rufen Sie Patrick Gisler an und sagen Sie ihm, dass Lemoine heute nicht mehr erscheinen wird.«

Kurz darauf kehrte Zürcher zu Armand zurück und hielt ihm sein Smartphone hin. »Gisler will mit Ihnen sprechen.«

Der Hauptmann machte nicht viel Federlesen und informierte Gisler, dass sein Vorgesetzter tot sei. Die Kühltruhe behielt er für sich. Zu seiner Überraschung reagierte der junge Assistent gefasst.

»Das habe ich vermutet. Die interne Post hat mir gerade einen Brief auf den Tisch gelegt, der an mich adressiert war. Er stammt von Lemoine …«

»Ein Brief? Was steht darin?«

»Lemoine gesteht, dass er seine Kollegen umgebracht hat und nun seinem Leben ein Ende setzen will.«

SCHWEIZER QUALITÄT

Zürich, 20. Oktober

»Die Pressekonferenz wird zum Fiasko, wenn wir keine neuen Erkenntnisse liefern«, sagte Oberstaatsanwältin Emmenegger und spielte nervös mit dem Stift in ihren Händen.

»Du hast ja jetzt Polizeikommandant Guggisberg an deiner Seite«, knurrte Armand. Er hatte soeben erfahren, dass sein Vorgesetzter ihm die Leitung der Sonderkommission entzogen und diese direkt sich selbst unterstellt hatte. Das Verhalten von Guggisberg war hinterhältig, aber nicht überraschend.

»Vergiss Guggisberg«, antwortete Emmenegger. »Der hat nur darauf gewartet, die offene Rechnung aus dem letzten Fall mit dir zu begleichen. Ich will diesen Fall endlich lösen! Es kann nicht sein, dass ein Manager der Zürcher Investment Bank nach dem anderen vor unseren Augen umgebracht wird. Das war nie im Leben ein Selbstmord. Wer steigt schon freiwillig in eine Kühltruhe, nachdem er Ferienprospekte angeschaut hat? Das ergibt keinen Sinn!«

»Warten wir ab, was Rechsteiner zu sagen hat. Er wird jeden Augenblick mit den ersten Resultaten der Untersuchung hier eintreffen«, erwiderte Armand.

»Für mich ergibt das sogar sehr viel Sinn, mit ein wenig Fantasie …«, meldete sich Priya zu Wort.

Armand und die Oberstaatsanwältin sahen die Polizistin fragend an. Priya ließ sich Zeit mit ihrer Antwort. Es war offensichtlich, dass sie sich ihrer Sache nicht sicher war. »Ich habe mir lange den Kopf zerbrochen und die verschiedensten Möglichkeiten gegeneinander abgewogen. Ich glaube, dass Armand von Anfang an richtiglag und alles mit Charlotte Peyer begann.«

»Jetzt fang nicht wieder mit dem Unfall in Arosa an! Die ganzen Mutmaßungen haben uns kein Stück weitergebracht«, fiel ihr Emmenegger ins Wort.

»Weil wir nicht konsequent in diese Richtung ermittelt haben. Hier ist meine Theorie, ich muss allerdings zugeben, dass sie durchaus abenteuerlich ist.«

»Na, da bin ich mal gespannt«, sagte Armand aufmunternd.

»Legen wir die Fakten nebeneinander und gehen davon aus, dass die Fälle miteinander verbunden sind, dann wird plötzlich alles klar: Peyer ist erfroren – wir fanden Lemoine in der Tiefkühltruhe. Bevor die junge Frau erfroren ist, wurde sie – wenn meine Vermutungen stimmen – einen Abhang hinuntergeworfen. Mit Zimmermann geschah das vom Dach der Zürcher Investment Bank. Vielleicht wurde Peyer vorher niedergeschlagen. Damit wären wir bei Hunziker, der …«

»… erschlagen wurde«, beendete Emmenegger den Satz. »Wullschleger passt aber nicht in deine Theorie …«

»Vielleicht doch. Gemäß Aussage von Witwe Wullschleger war sein Lieblingsspruch ›sich selber ins Knie schießen‹. Genau das ist ihm passiert. Laut der Spurensicherung erfolgte der Knieschuss erst, als Wullschleger bereits tot am Boden lag. Er kann eine symbolische Bedeutung haben«, ergänzte Armand und nickte anerkennend. »Gut kombiniert, Priya! Was würde ich nur ohne dich machen?«

»Du wärst immer noch Single und Oberleutnant.«

Bevor Armand antworten konnte, betrat Paul Rechsteiner, der Leiter der Kriminaltechnik, das Büro. Wie immer ohne anzuklopfen.

»Freut sich denn niemand, mich zu sehen?«, rief er der Gruppe gut gelaunt zu.

»Kommt darauf an, was du uns mitbringst«, meinte Armand. Er bat seinen Kollegen, Platz zu nehmen, und Rechsteiner begann sofort mit seinem Bericht.

»Lemoine war mit Beruhigungsmittel vollgepumpt. Wir fanden eine entsprechende Substanz im Whiskey. Mit der Dosis hätte man den größten Ochsen flachlegen können. Lemoine ist aber nicht daran gestorben, sondern erfroren oder erstickt. Er hat nichts davon mitbekommen und geschlafen wie ein Toter.«

»Ich muss doch bitten«, unterbrach Emmenegger streng.

Rechsteiner fuhr fort. »Wirklich interessant wird es beim ›Abschiedsbrief‹. Der Umschlag gibt nichts her: vorfrankiert, irgendwo in einem Briefkasten eingeworfen, Adresse gedruckt, mit verschiedensten Fingerabdrücken übersät, was aufgrund des Postversands nicht überraschend ist. Beim Briefpapier wird es spannend: Wir fanden neben den Abdrücken von Gisler, der den Brief gelesen hat, auch diejenigen von Lemoine – allerdings nur vom kleinen Finger sowie dem Ring-, Mittel- und Zeigefinger, alle auf der Rückseite des Briefes. Vom Daumen fehlt jede Spur. Es ist mir schleierhaft, wie man ein Blatt ohne Daumen in die Hand nehmen kann.«

»Mit Handschuhen«, platzte es aus Priya heraus.

»Dann gäbe es ja gar keine Abdrücke auf dem Dokument«, sagte Emmenegger, sichtlich irritiert über die anscheinend unbedachte Äußerung der talentierten Polizistin.

Priya stand ohne Kommentar auf und ging zu Armands Drucker. Dort zog sie das Papierfach heraus und nahm den Stapel weißer DIN-A4-Blätter in die Hand. Triumphierend blickte sie in die Runde. »Auf dem untersten Blatt findet man vier Fingerabdrücke der Person, die das Papier eingelegt hat. Das wären in diesem Fall diejenigen von Armand. Sein Daumen lag beim Einlegen auf dem obersten Blatt, die vier anderen Finger wie bei mir jetzt auf dem untersten. Unser Täter hat mit Handschuhen das unterste Blatt aus Lemoines Druckerfach genommen und damit das Bekennerschreiben verfasst, ausgedruckt, in ein vorfrankiertes Couvert gesteckt, dieses an Gisler adressiert und in einen Briefkasten eingeworfen. Auf diesem Blatt sind nun die vier besagten Fingerabdrücke, wobei der Daumen fehlte. Den würden wir auf dem obersten Blatt in seinem Drucker finden.«

Emmenegger klopfte mit den Knöcheln anerkennend auf den Tisch. »Das nenne ich Schweizer Qualität. Präziser: Priya-Schweizer-Qualität!«

»Das Problem ist nur, dass viele Leute sich das Papier hätten beschaffen können. Und dies schon lange, bevor die Kameras installiert wurden …« Rechsteiner spielte den Spielverderber.

»Das stimmt. Lemoine hätte in seiner Situation nicht jedem bei sich zu Hause die Tür geöffnet. Er muss den Täter gut gekannt haben«, konterte Priya.

»Was ist mit seinem Assistenten Gisler? Für den wäre eine solche Aktion am einfachsten durchzuführen. Er war doch der Freund der verunfallten Peyer«, gab Emmenegger zu bedenken.

Armand strich sich mit der Hand über den Schädel. »Er hat für die Morde an Wullschleger und Hunziker ein wasserdichtes Alibi.«

»Und wo war er am Abend, an dem es Lemoine erwischt hat?«, bohrte die Oberstaatsanwältin nach.

»Nun – er hat den Abend und die Nacht bei Andrea Vollenweider verbracht.«

Die vier Beamten blickten sich vielsagend an. Die Wege der Liebe waren nun einmal unergründlich.

Emmenegger sah auf die Uhr ihres Smartphones. »Was sollen Guggisberg und ich nun an der Pressekonferenz erzählen?«

Für Armand war die Sachlage klar. »Die uns aufgetischte Geschichte natürlich! Wir haben ein ›Bekennerschreiben‹. Dazu der vermeintliche Selbstmord. Das wird uns Zeit verschaffen, und wir können im Hintergrund weiter recherchieren. Der wahre Mörder wird sich in falscher Sicherheit wähnen. Außer uns darf niemand etwas davon erfahren.«

Emmenegger war weniger euphorisch. »Wenn das ein Rohrkrepierer wird, reißt mir Regierungsrätin Keller den Kopf ab.«

»Diesen Fall würden wir schnell lösen und die Täterin hinter Schloss und Riegel bringen. Versprochen!«, sagte Armand, ohne mit der Wimper zu zucken.

»Sehr beruhigend zu wissen«, quittierte Emmenegger.

DIE PRESSEKONFERENZ

Zürich, 20. Oktober

CEO Tuchel informierte sich wie so viele seiner Mitarbeitenden im »Bankenspiegel« über die Pressekonferenz der Behörden. Der Blog war ihm ein Dorn im Auge. Auch er hatte in der Vergangenheit mehrmals darin sein Fett abbekommen. Im Gegensatz zu Verwaltungsratspräsident von Fink war er aber immer dagegen gewesen, rechtlich gegen das Medium vorzugehen. Obwohl ihm die Wortwahl im Blog missfiel, musste er sich eingestehen, dass dessen Erfolg auf den Versäumnissen in den Chefetagen der hiesigen Banken beruhte. Das Beste, was man daher gegen eine schlechte Berichterstattung machen konnte, war seriöse Arbeit. Tag für Tag. Er las den Bericht zum zweiten Mal durch.

Bankenspiegel
20. Oktober, 14:01 Uhr

Sind die Paradeplatz-Morde nun aufgeklärt? Diese Frage stellten sich die zahlreichen Journalisten nach der heutigen Pressekonferenz der Zürcher Kantonspolizei. Fassen wir zusammen: In der Nacht auf den 19. Oktober wurde die Leiche eines weiteren hohen Managers der Zürcher Investment Bank in dessen Privatwohnung am noblen Zürichberg aufgefunden. YL soll unter Polizeischutz gestanden haben. Eine Blamage für die Zürcher Kriminalpolizei und deren Leiter Armand Muzaton. Die Polizei wurde an der Pressekonferenz von Kommandant Guggisberg vertreten. Laut seinen Aussagen wird er ab sofort die Sonderkommission persönlich leiten. Schon im berühmten Fall um den »Maskenmann« hat sich der Kommandant gegen seinen leitenden Beamten gestellt – und verloren. Die Polizei, so Guggisberg, sei in Besitz eines Bekennerschreibens. Man ermittle nun in diese Richtung und sei zuversichtlich, dass der Fall rasch geklärt werde. Oberstaatsanwältin Emmenegger, laut Insidern eine vertraute Muzatons, hielt sich bedeckt und klang weniger euphorisch als Kommandant Guggisberg. Man wolle die Ermittlungen nicht gefährden. Wir recherchieren weiter und berichten darüber in diesem Blog!

Die beliebtesten Kommentare:
Sämi, 14:13 / 745 Likes
Wer ist denn nun der Mörder? Von wem ist dieses Bekennerschreiben? Sicher von einem hohen Tier, das von den Behörden geschützt wird …
Kassandra, 14:23 / 501 Likes
Ich dachte, der Bankenspiegel sei ein Finanzblog. Gehen Fröhlich die Ideen aus?
Antwort von Eule auf Kommentar von Kassandra, 14:27 / 111 Likes
Wenn alle Bänkerlis umgebracht werden, gibt es halt niemanden mehr, der Fröhlich Insiderinformationen steckt!

Patriot, 14:31 / 387 Likes
Endlich ist Muzaton weg. Guggisberg ist einer von uns, der wird alles rasch aufklären.
Antwort von Emmi auf Kommentar von Patriot, 14:34 / 89 Likes
Muzaton ist immer noch Leiter der Kriminalpolizei. Man sollte ihn nicht vorzeitig abschreiben. Wer zuletzt lacht, lacht am besten! Guggisberg hat sich schon einmal eine blutige Nase geholt.

ER

Zürich, 20. Oktober

Der fingierte Abschiedsbrief hatte seinen Zweck erfüllt. Er war selbst überrascht, dass die Polizei den Köder so einfach geschluckt hatte. Aber warum auch nicht? Alles war gut durchdacht gewesen. Er las die Kopie des Bekennerschreibens noch einmal in Ruhe durch.

»Ich, Yves Lemoine, gestehe die Morde an meinen Arbeitskollegen Wullschleger, Zimmermann und Hunziker. Wir haben gemeinsam über den Kunstfonds der Bank im Genfer Zollfreilager Gemälde, Antiquitäten, Münzen und Bargeld verschoben. Die Gewinne haben uns reich gemacht – und gierig. Vor allem meine Geschäftspartner konnten nicht genug kriegen, und es war nur eine Frage der Zeit, bis einer von ihnen auf die Idee gekommen wäre, seine Kollegen zu beseitigen und die Gewinne für sich alleine zu behalten. Ich habe in einem Akt von Notwehr gehandelt. Das versuchte ich mir einzureden. Aber Morde zu planen oder sie wirklich auszuführen, sind zwei grundverschiedene Dinge. Ich konnte mit der Schuld nicht länger leben und habe mich entschlossen, meinem Leben ein Ende zu setzen. Erfrieren ist nicht schmerzhaft, habe ich gelesen. Vor allem wenn man alkoholisiert und schläfrig ist.

Ich entschuldige mich bei den Angehörigen der Opfer, der Person, die mich im Tiefkühler findet und allen Mitarbeitenden der Zürcher Investment Bank, die nun hoffentlich wieder in ruhigerem Fahrwasser segeln können.«

Erschöpft lehnte er sich auf der Couch zurück. Nun musste er selbst mit den Verbrechen leben. Sicher, es hatte nicht die Falschen erwischt. Er hatte Mörder zu Opfern gemacht. Die Zeit heile Wunden, so sagte man. Doch sie würden Narben hinterlassen. Jetzt galt es nur noch, Dienst nach Vorschrift zu leisten und keinen dummen Fehler zu begehen. Es war vorbei!

Dachte er …

EIN SCHLÜSSEL ZU VIEL

Zürich, 24. Oktober

»Bist du sicher, dass ich das Tattoo jetzt stechen soll? Sobald ich angefangen habe, gibt es keinen Weg zurück.« Ekatarina hielt das Nadelmodul bereits in der Hand und wartete auf Philipps Antwort.

»Bist du sicher, dass du nach dem Studium dein eigenes Tattoostudio eröffnen willst? Oder willst du doch lieber Zeichnen- und Werklehrerin werden?« Philipp versuchte, seine Unsicherheit hinter gespielter Lässigkeit zu verstecken. Nicht gut genug.

»Was Philipp eigentlich sagen will: Bitte fang an, sonst werde ich gleich ohnmächtig«, flachste Armand, der das Schauspiel mit einer Flasche Bier in der Hand amüsiert beobachtete. Ekatarina hatte ihr kleines Studio in einem Zimmer von Armands Wohnung eingerichtet. Alles ein bisschen eng, aber praktisch.

»Du hast gut lachen! Willst du nicht auch hinhalten? Ein Sheriffstern auf der Brust würde sich prächtig machen«, zog Philipp seinen Freund auf. Das ruhige Wochenende zu Hause hatte ihm gutgetan. Der Bluterguss leuchtete mittlerweile zart grüngelb, und die Kopfschmerzen waren verschwunden.

Statt einer Antwort sah sich Armand die Skizze des gewünschten Tattoos in aller Ruhe an. Das auf die Haut übertragene Muster zierte bereits Philipps Unterarm. »Wirklich schön! Was bedeuten diese drei Zeichen?«

»Die japanischen Symbole stehen für David, Michelle und Sophie. Jedes hat eine Bedeutung, mit welcher Philipp seine Liebsten in Verbindung bringt«, erklärte Ekatarina. Die Nadel summte bereits bedrohlich wie der Bohrer beim Zahnarzt.

»Sophie weiß nichts davon. Ich habe ihr nur erzählt, dass ich meine Kinder auf dem Unterarm verewigen möchte«, sagte Philipp und blickte ängstlich zur Nadel.

»Du musst deinen Arm stillhalten, sonst wird das nichts«, ermahnte Ekatarina.

Für eine kurze Zeit herrschte angespannte Ruhe, die plötzlich durch das Summen von Armands Telefon durchbrochen wurde.

»Herrgott noch mal«, entfuhr es Ekatarina. »Stell das Ding ab, wenn ich am Arbeiten bin. Sonst verunstalte ich Philipps Arm.«

Armand hob entschuldigend die Schultern und nahm den Anruf entgegen. Die Überraschung zeigte sich sehr deutlich auf seinem Gesicht. »Und du bist sicher, dass jetzt beide Schlüssel am Bund hängen?« Dann hörte er wieder eine Weile zu und beendete das Gespräch. »Wirklich sehr merkwürdig. Danke, Hampi, dass du mich gleich informiert hast.«

Philipp sah seinen Freund fragend an und zog den Unterarm zurück.

Ekatarina hatte genug und verließ das Zimmer. »Ihr sagt mir, wenn ihr bereit seid.«

Armand rückte seinen Stuhl zu Philipp. »Das war Hampi, der Abwart. Er war gerade auf dem Dach der Bank und hat aus purer Neugier die Schlüssel kontrolliert. Zu seiner großen Überraschung hatte er plötzlich zwei Schlüssel für den Serviceraum an seinem Bund. Der Täter muss das Original heimlich zurückgebracht haben. Hampi lässt den Bund über Nacht immer in seinem Büro. Wenn wir herausfinden, wer den Schlüssel an den Bund zurückgehängt hat, dann haben wir unseren Täter. Aber diesmal den richtigen.«

Philipp verstand nur Bahnhof. »Was hat es denn mit diesem Schlüssel auf sich?«

Armand erzählte ihm detailliert, was auf dem Dach der Zürcher Investment Bank vorgefallen war. Inklusive des fehlenden Schlüssels für den Serviceraum, des Sturzes von Wolf und ihres Anrufs an Gisler.

Philipp hatte sich kerzengerade auf der Liege aufgesetzt. Die Geschichte mit dem vermissten Schlüssel und die darauffolgenden Ereignisse waren neu für ihn. »Du behauptest also, dass Verwaltungsrätin Wolf den jungen Gisler angerufen hat, um den Ersatzschlüssel für den Serviceraum aufs Dach zu bringen?«

Armand war irritiert. »Ich behaupte gar nichts. So war es. Du warst ja gar nicht dabei und hast unten an der Treppe mit der Belegschaft gesprochen.«

»Nicht nur. Ich habe auch aufgepasst, dass niemand Unbefugtes den Tatort betritt. Ich weiß deshalb ganz genau, wer den zweiten Schlüssel an den Bund des Hausmeisters gesteckt hat«, sagte er grinsend.

Armand fand die Situation gar nicht lustig. »Willst du mich veralbern? Wer soll es denn gewesen sein?«

»Es kann nur eine Person gewesen sein – dein neuer Freund Hampi!«, sagte Philipp triumphierend.

Armand sah ihn entgeistert an. »Ich glaube, ich bringe dich wieder ins Spital. Deine Gehirnerschütterung ist schwerer als vermutet …«

GEMEINSAMKEITEN

Zürich, 24. Oktober

Auf dem Weg zur Zürcher Investment Bank erläuterte Philipp seine Theorie. Armand hörte mit Erstaunen zu. Philipps Erklärung war gleichermaßen unglaublich wie schlüssig. Nie im Leben wäre er alleine darauf gekommen. Warum sie jetzt aber zur Zürcher Investment Bank fuhren, hatte Philipp ihm noch nicht erzählt.

»Was willst du mir in der Bank zeigen?«, fragte der Hauptmann ungeduldig.

»Es ist bislang lediglich eine Vermutung, Armand. Wart's ab! Wenn ich richtigliege, ist der Fall so gut wie gelöst.« Mehr war nicht aus ihm herauszubringen.

Armand fand an dem regnerischen Abend problemlos einen Parkplatz in der unmittelbaren Nähe der Bank. Da der Empfang um diese Zeit bereits geschlossen war, betraten sie das Gebäude mit Philipps Badge durch einen Nebeneingang. Sie quetschten sich zusammen durch die Drehtür und trippelten mit kleinen Schritten ins Innere.

»Komm nicht auf falsche Gedanken«, sagte Philipp.

»Sollte ich Ekatarina einmal verlassen, dann nur wegen dir, mein Süßer!« Armand überspielte seine angeborene Klaustrophobie, und er war froh, als sie die weitläufige Eingangshalle erreicht hatten.

Kurz darauf betraten sie Philipps Büro. Dieser öffnete ein Sideboard und entnahm die Mappe mit den Resultaten des Lügendetektortests. Er hatte eine Kopie davon aufbewahrt. Er blätterte durch die Dokumente und studierte die Daten und Kurven.

Armand tigerte derweil um den Schreibtisch herum. »Es gab keine Unregelmäßigkeiten bei den Tests«, sagte er.

»Genau! Das war unser Fehler. Bei Lügendetektortests sucht man normalerweise nach Abweichungen. Was mich jedoch brennend interessiert, sind Übereinstimmungen.« Philipp ließ sich nicht aus dem Konzept bringen und beugte sich wieder über die Tabellen, Kurven und Zahlen. Einen Test nach dem anderen schob er zur Seite, bis nach 20 Minuten nur noch zwei Bögen vor ihm lagen. Mit einem Leuchtstift markierte er für Armand die verräterischen Zahlen.

»Wie konnte uns das entgehen?« Der Hauptmann strich sich aufgewühlt über den kahlen Schädel.

»Das menschliche Auge sieht, was es sehen will. Wir suchten die Ausnahme, nicht die Gemeinsamkeit.«

Obwohl die Lösung vor ihnen lag, breitete sich keine Freude aus.

»Was machen wir jetzt?«, fragte Philipp.

»Wir verbinden die Fäden. Vorsichtig wie eine Spinne. Der letzte Akt in dieser schlimmen Tragödie beginnt …«, sagte Armand ruhig.

VIERTER TEIL

DAS PFLASTER

Zürich, 26. Oktober

Polizeikommandant Guggisberg saß in seinem Bürosessel wie ein zufriedener Kater vor dem warmen Ofen. Er hatte Armand zu sich ins Büro zitiert.

»Ich komme gerade von einem Mittagessen mit Regierungsrätin Keller und Verwaltungsratspräsident von Fink. Wir haben uns in der Kronenhalle getroffen.« Guggisberg strahlte über das ganze Gesicht. Die Wangen waren leicht gerötet. Vermutlich hatten die drei sich eine Flasche Wein gegönnt.

»Ich hoffe, das Essen hat geschmeckt«, antwortete Armand freundlich.

Guggisberg entging die feine Ironie. »Keller und von Fink sind zufrieden, ja geradezu glücklich, dass der Fall endlich gelöst ist. Wir haben das Bekennerschreiben, ein Motiv und einen Täter, der sich selbst gerichtet hat. Tragisch, aber verständlich. Wir hätten ihn früher oder später sowieso erwischt. Es hat sich ausgezahlt, dass ich die Leitung der Sonderkommission übernommen habe.«

»Gratulation! Haben Sie das Gewehr, mit welchem Lemoine Wullschleger erschossen hat, schon gefunden?«, fragte Armand.

»Nein, allerdings ist es ein Leichtes, eine Tatwaffe verschwinden zu lassen. Zerbrechen Sie sich darüber nicht den Kopf.«

»Wie erklären Sie sich den fehlenden Daumenabdruck auf dem Bekennerschreiben? Wir sollten etwas vorsichtig sein mit der Kommunikation unserer Erfolgsmeldungen …«

Diese Kritik war für Guggisberg nicht mehr zu überhören. »Seien Sie doch kein Spielverderber, Armand! Ich bin zufrieden mit diesem Ausgang und lasse mich wegen eines fehlenden Abdrucks nicht verrückt machen. Vielleicht hat Lemoine ja ein Pflaster getragen …«

Armand nickte vehement. »So muss es gewesen sein!«

Guggisberg musterte Armand misstrauisch. »Sie fahren mir also nicht wieder in die Parade wie beim Fall um den ›Maskenmann‹?«, fragte er beinahe flehentlich.

Armands Kopf bewegte sich rhythmisch von links nach rechts. »Nein. Wobei nicht ich es war, der damals unsauber gespielt hat.«

»Seien Sie nicht so nachtragend. Es war eine Stresssituation für uns alle. Außerdem wurden Sie zum Hauptmann befördert. Ich habe mich für Sie eingesetzt!«

Und der Osterhase heiratet den Weihnachtsmann, dachte Armand. Er war aber nicht auf Konfrontation aus. Die allgemeine Entspannung kam ihm gelegen, so konnte er verdeckt weiterermitteln und die letzten offenen Fragen klären.

»Nehmen Sie sich doch die restliche Woche frei, Armand.«

»Das geht leider nicht. Priya besucht morgen ihre Verwandtschaft in St. Gallen. Jemand von uns sollte im Büro sein«, log Armand, ohne rot zu werden.

»Ich dachte, ihre Eltern wohnen in Bern?«

Armand breitete unschuldig die Arme aus. »Ihre Lieblingscousine ist in die Ostschweiz gezogen. Studiert Betriebswirtschaft an der HSG.«

Guggisberg gab sich damit zufrieden. »Priya Schweizer ist eine talentierte Polizistin, wird es noch weit bringen.«

»Ich werde sie dieses Jahr auf die Beförderungsliste setzen. Ich hoffe, das geht in Ordnung?« Armand nutzte die Gunst der Stunde.

»Gute Idee«, sagte Guggisberg und beendete das Gespräch.

DIE FOTOGRAFIE

St. Gallen, 27. Oktober

Priya stieg in St. Gallen aus dem Zug. Allerdings nicht, um ihre Cousine zu besuchen. Genau genommen hatte sie gar keine. Die Kantonshauptstadt präsentierte sich an diesem Freitagmorgen in einem grauen Kleid, und ein garstiger Nieselregen klebte das Laub auf der Straße fest. Trotzdem entschied sich die junge Polizistin, zu Fuß zu ihrem Zielort zu gehen. Zeit hatte sie genug.

Nach einem 20-minütigen Fußmarsch meldete sich Priya am Empfang des betreuten Wohnheimes. Sie wurde bereits erwartet.

»Guten Morgen, Frau Schweizer«, begrüßte sie Frau Marthaler, die Leiterin der Einrichtung. »Unsere Bewohnerinnen sind gerade beim Frühstück. Können Sie warten, bis Frau Peyer fertig ist? Ich möchte die eingespielten Abläufe nur ungern unterbrechen.«

Priya war selbstverständlich einverstanden und setzte sich in einen kleinen Warteraum im Eingangsbereich. Das Wohnheim beherbergte ausschließlich Frauen, die aus den verschiedensten Gründen auf einen sicheren Ort angewiesen waren. Charlotte Peyers Mutter litt seit dem tragischen Tod ihrer Tochter wieder an einer schweren Depression und Alkoholsucht, von denen sie sich vor Jahren erfolgreich befreit und seither selbstständig gelebt hatte.

Armand hatte sich am Telefon rätselhaft ausgedrückt. Sie seien, so ihr Chef, der Lösung des Falls auf der Spur. Es gelte nun, die letzten Puzzleteile zusammenzufügen. So rasch und diskret wie möglich. Um die Ermittlungen nicht zu gefährden, dürfe niemand von Priyas Reise erfahren. Nicht einmal Guggisberg. Armand hatte Priya den Auftrag erteilt, Charlotte Peyers Mutter ausfindig zu machen. Es müsse eine enge Verbindung zwischen der Familie Peyer und jemandem aus dem innersten Zirkel der Zürcher Investment Bank geben. Armand hatte keine weiteren Informationen preisgegeben. »Grab so lange, bis du den Knochen gefunden hast«, waren seine Worte gewesen.

Warum auch einfach, wenn es kompliziert ging.

Um 10 Uhr wurde Priya von Frau Marthaler abgeholt. »Frau Peyer hat ihr Frühstück beendet. Sie können sie jetzt sprechen. Gehen Sie bitte behutsam vor. Frau Peyer hat eine schwere Zeit hinter sich.«

»Natürlich«, entgegnete Priya. Sie hatte sich als alte Freundin von Charlotte angemeldet. Diskret, wie befohlen. Priya war sich bewusst, dass sie sich mit ihrer Lüge auf dünnem Eis bewegte. Sicher hatte Armand für das Vorgehen seine Gründe.

Charlottes Mutter, Ingrid Peyer, erwartete den Besuch in ihrem Zimmer. Priya erschrak, als sie die Frau sah. Gemäß ihren Vorabklärungen war Ingrid Peyer 52, wirkte jedoch mindestens zehn Jahre älter, da sie schwer vom Leben gezeichnet war. Die faltigen Wangen hatten eine gelbliche Farbe, und die Schulterknochen zeichneten sich deutlich unter dem losen Pullover ab. Dennoch strahlte Frau

Peyer Wärme aus und empfing ihren Gast mit einem müden Lächeln. »Schön, dass Sie mich besuchen, Frau Schweizer. Es freut mich, dass Sie sich noch mit Charlotte verbunden fühlen. Solange wir an sie denken, lebt sie in unseren Erinnerungen weiter.«

Priya quälte das schlechte Gewissen. Es war nicht anständig, die trauernde Mutter zu belügen. Aber es ging darum, den Tod ihrer Tochter aufzuklären. Das waren sie der jungen Frau schuldig – und das war ihr Beruf. Priya konnte nur hoffen, dass sich im Verlaufe der Ermittlungen keine neuen Abgründe auftaten, die Ingrid Peyer vollends verschlucken würden.

»Sie sind also mit Charlotte befreundet«, fragte Peyer wie selbstverständlich in der Gegenwartsform.

Priya überschlug die Beine und spielte ihre Rolle. »Wir haben uns über eine gemeinsame Freundin kennengelernt. Andrea Vollenweider.«

Peyer reagierte sofort. »Ja, Andrea ist so eine liebe junge Frau. Charlotte und sie sind sich bei der Arbeit auf der Bank begegnet und haben sogar zusammengewohnt. Beste Freundinnen eben.«

Priya ließ Peyer weitererzählen.

»Wie Sie sicher wissen, haben wir in bescheidenen Verhältnissen gelebt. Charlottes Vater hat uns früh verlassen. Ich habe das Mädchen alleine großgezogen. Trotz der finanziellen Probleme waren wir glücklich. Leider gab es dann diesen schlimmen Streit um das Sorgerecht. Doch dank der guten rechtlichen Beratung durfte Charlotte bei mir bleiben. Es war eine schwierige Zeit.«

»Hat Charlotte Ihnen oft von der Arbeit in der Bank erzählt?«, fragte Priya.

Peyer nickte und ihre Wangen bekamen etwas Farbe. »Nicht viel. Ich wusste nur, dass sie sehr stolz auf ihren Job war. Sie erzählte mir, dass ihre Geldsorgen bald Vergangenheit sein würden und sie sich um mich kümmern würde. Wir wollten zusammen eine lange Reise unternehmen …« Ihre Stimme brach. Peyer zog den Ärmel ihres Pullovers über die Hand und wischte sich die Augen.

»Hat Charlotte damit ihren hohen Lohn gemeint?« Priya zerriss es fast das Herz, aber sie musste das Gespräch am Laufen halten.

»Sie sprach von einem Sechser im Lotto. Nicht in echt, es ging um ein Projekt, wo sie einen hohen Bonus bekommen würde. Mehr weiß ich nicht, in Bankdingen kenne ich mich nicht aus.« Peyer hatte sich wieder gefasst.

Priya wollte die Frau nicht länger dem Schmerz ihrer Erinnerungen aussetzen und das Gespräch so rasch wie möglich beenden. »Haben Sie noch Fotografien von Charlotte, aus ihrer Kindheit oder aktuelle?«

Peyer freute sich über die Frage. »Nicht viele, aber die wenigen, die ich habe, schaue ich mir sehr gerne an. Man spürt förmlich Charlottes fröhliches Wesen.«

Sie ging zu einer kleinen Kommode im bescheiden eingerichteten Zimmer und brachte ihrer Besucherin einen Stapel Fotografien mit. Priya studierte aufmerksam die Bildaufnahmen. Ihre Augen leuchteten im Schein der Tischlampe. Einige Fotos zeigten Charlotte als kleines Kind. Sie wirkte unbeschwert und fröhlich. Ein glückliches Mädchen, das in die Kamera strahlte. Dann folgten Bilder, als Charlotte schon erwachsen war. Eines zusammen mit Andrea Vollenweider. Beide trugen elegante Businesskleidung. Wahrscheinlich war die Aufnahme bei der

Arbeit gemacht worden. Das letzte Foto zeigte eine größere Menschenansammlung, Charlotte trug Weiß.

»Das war ihre Konfirmation. Ein wunderschöner Tag mit den engsten Freunden und den Paten. Links außen stehen ihre Gotte und ihr Götti – beides ganz feine Menschen, die mir bei der gerichtlichen Auseinandersetzung mit meinem Ex sehr geholfen haben.«

Priya hielt die Fotografie ins Licht der Lampe und beugte sich tief darüber. Die Aufnahme musste gut zehn Jahre alt sein. Eine Person kam ihr bekannt vor. Sie sah jung aus, aber es bestand kein Zweifel. Sie hatte es gefunden.

Das. Letzte. Puzzleteil.

Vor dem Gebäude rief Priya sofort Armand an. Ihr Herz raste vor Aufregung. »Armand, ich habe ein Foto von Charlottes Konfirmation gesehen. Darauf sind die engsten Familienmitglieder und Freunde abgebildet. Rate mal, wen ich identifizieren konnte ...«

Zu ihrer Verblüffung nannte Armand den korrekten Namen.

»Spielverderber«, sagte Priya und machte sich auf den Weg zurück nach Zürich.

DIE STERNSCHNUPPE

Wengen, 28. Oktober

Armand und Philipp bestiegen in Lauterbrunnen die Wengernalpbahn. Es war Nebensaison, und sie waren an diesem späten Samstagnachmittag alleine im Waggon. Im Winter drängten sich hier Skifahrer, Spaziergänger und Ausflügler dicht an dicht, und es konnte auch mal zu kleineren Rempeleien kommen. Heute war jedoch alles friedlich, heile Bergwelt wie im Prospekt. Die schmalspurige Zahnradbahn führte über 19 Kilometer von Lauterbrunnen über Wengen sowie die Kleine Scheidegg bis nach Grindelwald und war damit die längste durchgehende Zahnradbahn der Welt. Die beiden Freunde beabsichtigten jedoch nicht, die ganze Strecke mitzufahren und dabei das herrliche Bergpanorama des Berner Oberlandes mit Eiger, Mönch und Jungfrau zu genießen. Vielmehr würden sie bereits in der nächsten Ortschaft aussteigen. Wengen war ein autofreies Dorf und für Touristen nur mit dem Zug zu erreichen. Das Gleiche galt für ungebetene Gäste.

In Wengen angelangt, studierten sie am Bahnhofsplatz eine Karte des Dorfes und machten sich zu Fuß auf den Weg nach Innerwengen, wo jedes Jahr im Januar die spektakuläre Zieleinfahrt der berühmten Lauberhornabfahrt von Tausenden Zuschauern beobachtet wurde. Es dunkelte bereits ein, als sie oberhalb des Hotels Bären in die

Gauchegg abbogen. Das Dorf war wie ausgestorben. Ein älteres Ehepaar ging ihnen Hand in Hand entgegen. Sie grüßten sich freundlich, wie es sich auf dem Land gehörte. Die Sonne war schon untergegangen, aber ihr Licht hing noch in der Luft wie der vorbeischwebende Duft eines Parfums. Es war ein klarer Abend, und die ersten Sterne funkelten bereits am Himmel. Das Schilthorn und die Jungfrau zeigten sich in ihrer ganzen Pracht. Der Schnee auf den Gipfeln schimmerte blau und kalt.

»Das zieht sich gewaltig«, sagte Armand nach 15 Minuten. Er ärgerte sich, keine gefütterten Schuhe angezogen zu haben. Der Hauptmann fror an den Füßen, und die Kälte kroch ihm den Beinen entlang nach oben. Wengen lag hoch über dem Lauterbrunnental auf rund 1.300 Metern und die Temperatur dementsprechend knapp über dem Gefrierpunkt.

»Es gibt auch Elektrotaxis. Die muss man allerdings in der Nebensaison vorbestellen«, erklärte ihm Philipp, der sich mit seinem dicken Mantel, Schal und den Winterschuhen pudelwohl fühlte.

»Danke für die Information«, brummte Armand und rieb sich die kalten Hände.

»Gern geschehen! Etwas Bewegung tut uns beiden gut«, entgegnete Philipp lachend und versetzte dem schlotternden Hauptmann mit der Schulter einen sanften Stoß. Eine Sternschnuppe schoss über den Himmel, um gleich darauf wieder zu verschwinden. Ohne es auszusprechen, wünschten sich die beiden Freunde, dass ihre Mission ein gutes Ende nehmen würde. Den Rest des Weges gingen sie schweigend nebeneinander und erreichten fünf Minuten später ihr Ziel.

Das schmucke Chalet stand etwas oberhalb des Weges. Das Holz der Fassade war durch die Bergsonne geschwärzt und rissig wie ledrige Haut. Es war offensichtlich jemand zu Hause, denn warmes Licht fiel aus den Fenstern. Ein Brunnen plätscherte friedlich, und ein sanfter Wind blies durch die Äste der mächtigen Tannen, die das Haus beschützten.

Idyllisch.

Die beiden Freunde stiegen die steinerne Gartentreppe zum Haus empor, und Armand klingelte an der Haustür, die mit einem kleinen Geweih geschmückt war. Nachdem einige Zeit verstrichen war und Armand gerade den Finger wieder auf die Klingel hielt, öffnete sich die Tür.

DER VERRÄTERISCHE PULS

Wengen, 28. Oktober

»Guten Abend, meine Herren. Was verschafft mir die Ehre Ihres unerwarteten Besuches?« Wenn Verwaltungsrätin Bernadette Wolf überrascht war, dann überspielte sie dies gekonnt.

»Dürfen wir eintreten?«, fragte Armand. »Es handelt sich um einen dienstlichen Besuch.«

Wolf stützte sich mit einem Arm auf ihre Krücke, mit dem anderen versperrte sie den Besuchern den Eingang. Sie trug einen schwarzen Rollkragenpullover, eine bequeme Hose und Hausschuhe. »Es tut mir leid, dass Sie den weiten Weg umsonst gemacht haben. Ich habe Besuch und bereite gerade den Nachtisch zu – Kaiserschmarren, eine Spezialität von mir. Rufen Sie mich doch das nächste Mal an, wenn Sie in Wengen sind.« Wolf trat einen Schritt zurück ins Haus und wollte die Eingangstür zuschieben.

Philipp reagierte sofort und stellte seinen Fuß in den offenen Spalt. »Liebe Frau Wolf. Wenn Sie jetzt nicht mit uns sprechen, wird Herr Muzaton in wenigen Stunden wieder an ihrer Tür klingeln – mit einem Durchsuchungsbefehl und stattlichem Polizeiaufgebot. Bis dahin würden wir selbstverständlich vor Ihrer Tür warten. Ich denke, es erregt wesentlich weniger Aufsehen, wenn Sie uns hereinbitten.«

Wolf legte die Stirn in Falten, öffnete schließlich die Tür und trat zur Seite. »Bitte, kommen Sie herein.«

Das Chalet war ein richtiges Schmuckstück und strahlte eine behagliche Wärme aus. Die Böden im Eingangsbereich waren mit dunklen Schieferplatten ausgelegt, Wände und Decke mit Altholz überzogen. Man glaubte, in einem duftenden Wald zu stehen. Philipp strich mit der Hand über die großen Holzbalken. Wolf hatte unterdessen die Eingangstür geschlossen und ging vorsichtig über eine geschwungene Treppe in den oberen Stock. Die beiden Männer folgten ihr. Im Wohnbereich prasselte ein Kaminfeuer. Der Raum war dezent mit einheimischem Handwerk veredelt: Schnitzereien, hölzerne Skier, Glocken, außerdem Bilder der herrlichen Bergwelt. In einer Ecke neben der Balkontür stand ein antiker Glasschrank mit Jagdgewehren. Wolf bemerkte, dass der Schrank sofort Armands Blicke auf sich zog.

»Mein Vater war ein passionierter Jäger. Die Tiere, von denen die Geweihe stammen, die im Haus hängen, hat er alle selber geschossen«, erklärte sie. »Er hat mir diese Leidenschaft vererbt. Ich habe immer nur Fleisch aus eigener Jagd gegessen.«

Konsequent.

Am anderen Ende des Raumes stand vor der offenen Küche ein langer Esstisch. Leere Teller auf dem Tisch bestätigten Wolfs Aussage, dass der Hauptgang vorbei war und nun die Nachspeise folgen sollte. Zwei leere Weinflaschen ließen eine gemütliche und entspannte Runde vermuten. Am Tisch saßen Patrick Gisler und Andrea Vollenweider. Die beiden blickten erschrocken auf, als Armand und Philipp den Raum betraten. Vollenweider hielt sich die Hand vor den Mund. Gisler flüsterte ihr etwas zu und nickte den ungebetenen Gästen zu.

»Die Herren Muzaton und Humboldt waren gerade in der Gegend. Ich konnte sie bei dieser Kälte nicht wegschicken, ohne dass sie sich etwas aufwärmen konnten«, sagte Wolf zu den beiden jungen Leuten.

»Danke, Frau Wolf, das war sehr nett von Ihnen«, quittierte Armand professionell. »Es trifft sich wunderbar, dass Herr Gisler und Frau Vollenweider zufälligerweise auch anwesend sind. Wir haben etwas Dringendes mit Ihnen allen zu besprechen.«

»Kann das nicht warten, bis ich nach den Ferien wieder in Zürich bin?«, fragte Wolf.

»Leider nein. Die Sache erlaubt keinen Aufschub. Es geht um Mord – Morde, um genau zu sein«, antwortete Armand.

Vollenweider verlor die Fassung und fing an zu weinen. Gisler legte seinen Arm um ihre Schultern. Sie wussten, was nun kommen würde. Wolf blieb die Ruhe selbst.

Eine reife Leistung.

»Nehmen Sie doch Platz und tragen Ihr Anliegen vor. Ich werde nicht schlau aus den Andeutungen.« Sie setzte sich an ihren Platz und bot den beiden Gästen einen Stuhl an.

Philipp und Armand zogen ihre Jacken aus und hängten sie über die Lehnen. Armand übersprang die Formalitäten. »Es war der Schlüssel, der uns auf die Spur gebracht hat. Nun ergibt das eine das andere.«

Wolf schmunzelte. »Sie sprechen in Rätseln, Hauptmann Muzaton. Was hat es mit diesem geheimnisvollen Schlüssel auf sich?«

Armand ließ sich nicht zweimal bitten. »Als wir den Tatort auf dem Dach der Zürcher Investment Bank untersucht haben, konnte der Hausmeister die Tür zum Serviceraum nicht öffnen. Wir gingen zunächst davon aus, dass er den Schlüssel verloren habe oder dass dieser ihm gestohlen worden sei. Tatsächlich jedoch befand sich der Schlüssel wie gewohnt an seinem Bund. Er konnte die Tür damit nicht öffnen, weil sie von innen verschlossen war und der Ersatzschlüssel im Schloss steckte. Sie, Frau Wolf, haben Patrick Gisler, der in ebendiesem Raum festsaß, telefonisch instruiert und das bühnenreife Ablenkungsmanöver mit Ihrem Sturz inszeniert. In der Aufregung konnte Patrick Gisler den Raum unbemerkt verlassen und dem Abwart den Schlüssel aushändigen. Und wie durch ein Wunder konnte dieser nun die Tür öffnen. Hampi hat dann den zweiten Schlüssel an seinem Bund befestigt, wo bereits das Original hing. Gestern hat er das bemerkt und mich umgehend informiert.«

Wolf mimte die Unschuldige. »Das sind schwerwiegende Anschuldigungen, Herr Muzaton. Patrick hat den Ersatzschlüssel aus dem Büro des Hauswarts nach oben gebracht. Es gibt zahlreiche Zeugen.«

»Eben nicht. Wir haben Patrick mit dem Schlüssel gesehen. Er ist aber nicht von unten gekommen, sondern war bereits die ganze Zeit auf dem Dach. Philipp hat an diesem Morgen den Aufgang zum Dach bewacht, damit niemand Unbefugtes den Tatort betreten konnte. Gisler hat ihn nie passiert … Ich beschuldige Sie der Morde an Wullschleger, Hunziker, Zimmermann und Lemoine!« Der Satz peitschte durch den Raum und löste eine beklemmende Stille aus. Ein Holzscheit knackte laut im Kamin.

»Ich muss Sie nun bitten zu gehen.« Die Schärfe in Wolfs Stimme stand im Kontrast zu ihrer Körperspannung, die deutlich nachgelassen hatte. Sie wirkte plötzlich klein und zerbrechlich.

Armand dachte gar nicht daran. »Wir haben die ganze Zeit nach einem Täter gesucht. Dabei waren es von Anfang an drei. Raffiniert. Ich gehe davon aus, dass Sie, Frau Wolf, Hansjörg Wullschleger erschossen haben. Wir werden die Tatwaffe in Ihrem Waffenschrank finden. Als passionierte Jägerin dürfte es ein Leichtes gewesen sein, Wullschleger auf dem Green zu treffen. Das erklärt auch die plötzlichen Gichtanfälle, die durch den Stress ausgelöst wurden. Es spricht für Sie, dass der Mord nicht emotionslos an Ihnen vorbeigegangen ist. Die Causa Hunziker hat uns einiges an Kopfzerbrechen bereitet, aber jetzt ist alles klar …«

Wolf blickte Armand müde an. An seiner Stelle sprach nun Philipp weiter. »Der Polizei wurde die Täterin eigentlich auf dem Silbertablett serviert. Andrea Vollenweider wurde von einer Reinigungskraft beobachtet, wie sie nach dem Mord an Hunziker überstürzt sein Büro verließ. Die Zeugin war natürlich nicht einkalkuliert und muss ein Schock für sie gewesen sein. Andrea hat dann sofort Sie, Frau Wolf, informiert. Spontan haben Sie ihr ein Alibi verschafft, indem Sie später in Hunzikers Büro gegangen sind und ein Telefongespräch vorgetäuscht haben. Sie wählten mit Ihrem Smartphone Hunzikers Nummer und haben an seinem Telefon selber abgenommen. Das Hauptgebäude war zu dieser Zeit menschenleer, sodass Sie unbemerkt kommen und gehen konnten. Um die ganze Geschichte abzurunden, haben Sie die Lügendetektortests organisiert. Andrea Vollenweider hat zwar auf alle Fragen geantwortet, was auf den Tonbändern zu hören war – aber Puls und Blutdruck waren der Ihrige, Frau Wolf. Sie haben sich während Andreas Befragung selbst verkabelt. Sehr raffiniert. So konnte Andrea auf Ihre Frage, ob sie Hunziker erschlagen habe, mit einem ›Nein‹ antworten, ohne dass die Geräte ausgeschlagen haben – weil man Ihre Daten sieht. Es gibt nur wenige Menschen, die einen so niedrigen Ruhepuls und Blutdruck aufweisen. Zu hundert Prozent identisch mit dem Test, den Sie selber in meiner Anwesenheit gemacht haben. Das lässt keine andere Interpretation zu.«

Wolf stand auf, brachte Wein und zwei zusätzliche Gläser mit an den Tisch. Sie öffnete die Flasche, einen ausgezeichneten Burgunder, und goss ungefragt ein. »Eine wirklich amüsante Geschichte. Ich bin gespannt, wie sie weitergeht.«

Armand nippte am Wein und nickte anerkennend. Dann übernahm er wieder das Sprechen. »Der Mord an Zimmermann ist nun kein Rätsel mehr. Der Stabschef wurde unter einem Vorwand aufs Dach gelockt und auf direktem Weg nach unten befördert. Ich denke, dass hier Patrick zum Zug gekommen ist. Es ist mir aber schleierhaft, warum du dich im Serviceraum versteckt hast …« Der Hauptmann wechselte zum »Du«, es fühlte sich passender an.

Wolf drehte sich zu dem jungen Mann. »Sag nichts, Patrick. Herr Muzaton will uns nur etwas anhängen, und das auf sehr abenteuerliche Art und Weise.«

Gisler blickte zu Andrea Vollenweider, die kurz vor einem Zusammenbruch zu stehen schien. Sie zitterte am ganzen Körper, und dicke Tränen kullerten über ihr Gesicht. Mit fester Stimme sagte Gisler: »Ich habe meinen Badge auf dem Dach verloren. Muss mir aus der Hosentasche gefallen sein, als ich Zimmermann über die Dachkante warf. Ich bemerkte das Missgeschick erst, als ich wieder im Büro war. Ich bin dann gleich aufs Dach gerannt und fand den Badge auf dem Boden. Als ich zurück ins Gebäude wollte, bemerkte ich den Sicherheitsbeamten, der die Treppe hochstieg. Ich konnte mich gerade noch im Serviceraum einschließen, wo ich bereits gewartet hatte, als sich Zimmermann mit Bernadette auf dem Dach traf. Den Rest haben Sie gut kombiniert. Kompliment.«

»Das stimmt nicht. Ich bin für alles verantwortlich!«, rief Wolf entsetzt.

Gisler sah sie lächelnd an. »Danke, Bernadette, aber es ist vorbei. Ich bin nicht stolz auf das, was wir getan haben. Trotzdem bereue ich es nicht.« Nach einer Pause fuhr er an Armand gewandt fort: »In einem Punkt muss ich Ihnen allerdings widersprechen, Herr Muzaton. Es waren nicht drei Täter, sondern vier. Und jeder von ihnen ist seiner gerechten Strafe zugeführt worden.«

»Was ist mit Lemoine passiert?«, fragte Philipp.

Gisler schilderte in knappen Worten, wie er Lemoines Wohnungsschlüssel an sich genommen hatte, während jener sich in einer Sitzung befunden hatte. Wolf fuhr in die Wohnung am Zürichberg und schloss ihn dort ein, damit er den Bourbon mit einem starken Beruhigungsmittel versetzen konnte. Während Wolf den Schlüssel wieder in Lemoines Büro zurückbrachte, wartete er geduldig in dessen Wohnung.

»Warum die Tiefkühltruhe, in Gottes Namen?«, entfuhr es Armand.

»Sie haben bekommen, was sie verdient haben«, flüsterte Vollenweider.

»Du spielst auf den Unfall von Charlotte Peyer an?«, fragte Philipp, der auch zum »Du« gewechselt war.

»Unfall!«, höhnte Gisler verächtlich. Er stand auf und holte sein Smartphone aus der Küche.

Armand griff instinktiv nach seiner Pistole unter dem Jackett. Wolf legte ihm die Hand auf den Arm und schüttelte den Kopf. »Das wird nicht nötig sein.«

In diesem Moment kehrte Gisler zurück und legte sein Smartphone auf den Tisch. »Das habe ich mir Hunderte Male angehört. Danach werden Sie verstehen …« Er spielte eine Tonaufnahme ab. Die Stimmen schienen aus dem Totenreich zu sprechen. Philipp und Armand lief ein kalter Schauder über den Rücken.

DIE AUFNAHME

Zürich, acht Monate zuvor

»Also, meine Herren, ich bitte Sie, mir die besprochenen Unterlagen bis Ende der Woche zukommen zu lassen«, hörten sie Wolf sagen.

Ein Stuhl wurde nach hinten geschoben und Blätter raschelten. Schritte auf dem Parkett. Erneut die Stimme von Wolf. »Ich möchte Ihnen mein aufrichtiges Beileid aussprechen.«

Stille. Dann meldete sich Wullschleger zu Wort. »Beileid? Sehr geehrte Frau Wolf, es bereitet uns doch keine Umstände, Ihnen die gewünschten Rapporte bereitzustellen. Wir stehen seitens der Geschäftsleitung dem Verwaltungsrat immer zu Diensten.«

»Ich spreche nicht von den Rapporten, Herr Wullschleger, sondern von Charlotte Peyers tragischem Unfall in Arosa. Das muss für Sie alle ein fürchterlicher Schock gewesen sein. Sicher hatte jeder von Ihnen eine gute Beziehung zu der jungen Frau, schließlich hat sie für die Geschäftsleitung gearbeitet. Sie dürfen sich keine Vorwürfe machen. Was hätten Sie auch tun können …? Wenn Sie mit mir darüber sprechen möchten, dann kommen Sie einfach auf mich zu. Auf Wiedersehen.«

Eine Tür öffnete sich und fiel kurz darauf ins Schloss. Ein Räuspern. Ein Schlag auf den Tisch, wahrscheinlich mit einer flachen Hand. Erneute Stille.

Die Sekunden zogen sich in die Länge wie zäher Kaugummi. Dann die Stimme Zimmermanns. Laut und deutlich. »Ist die alte Schachtel total senil geworden? Ich möchte Ihnen kondolieren …«, äffte er Wolf verächtlich nach.

»Sie weiß etwas«, sagte eine andere Stimme. »Wieso würde sie sonst von Arosa anfangen?« Es handelte sich um Yves Lemoine.

»Hör doch auf damit! In dem Moment, als Wolf die Tür geschlossen hat, wusste sie doch bereits nicht mehr, was wir hier diskutiert haben«, entgegnete Zimmermann schroff.

Nun meldete sich Wullschleger erneut zu Wort. »Kurt hat recht. Wir dürfen uns nicht verrückt machen lassen. Der Fall ist abgeschlossen. Wir sollten uns dem Tagesgeschäft widmen.«

»Mit dem Tagesgeschäft meinst du wahrscheinlich vor allem die kleine Vollenweider«, entgegnete Zimmermann hämisch.

»Was willst du damit sagen?«, blaffte Wullschleger. Seine Stimme klang um eine Oktave höher als gewöhnlich.

»Was Kurt damit sagen will: Es ist offensichtlich, dass du deine neue Assistentin mit Blicken ausziehst. Genau wie damals Peyer. Du hast sie schließlich in die ganze Sache reingezogen. Konntest wie immer dein Maul nicht halten. Eine kleine gemeinsame Reise nach Genf … Du Vollidiot!« Die vierte Stimme gehörte Simon Hunziker.

»Du bist ja nur neidisch. Aber mach dir mal keine Sorgen. Ich hole mir vielleicht im Geschäft Appetit, den Hunger stille ich woanders. Ich bin diesbezüglich etwas professioneller als du«, verteidigte sich Wullschleger. Seine Stimme hatte ihren gewohnten Klang wiedergefunden.

Das ließ Hunziker nicht auf sich sitzen. »Ich wette 1.000 Franken, dass ich Vollenweider vor dir flachlege. Aber …« Er konnte den Satz nicht zu Ende bringen.

»Seid ihr eigentlich verrückt geworden? Charlotte Peyer ist gestorben. Und das war unsere Schuld. Der Abend in Kurts Chalet hätte nie so enden dürfen… Und wie ihr über unsere Mitarbeiterinnen sprecht, ist nur widerlich.« Lemoine schloss mit einem langen Seufzer.

Zimmermann war anderer Meinung. »Lass mich und mein Chalet mal brav außen vor. Spiel dich hier nur nicht als Moralapostel auf. Peyer wollte uns unter Druck setzen, schon vergessen? Sich ihren Anteil an unserem kleinen Nebengeschäft in Genf sichern. Dass sie dann den Kopf an der Tischplatte angeschlagen hat, war Pech. Hunziker wollte sie ja nur etwas erschrecken. Und der einzige Grund, warum du nicht an den Assistentinnen interessiert bist, ist ihr Geschlecht. Bei einem Hans Peyer wärst du nicht so zurückhaltend gewesen.«

»Du verdammtes Arschloch«, rief Lemoine.

Ein Stuhl fiel um. Es schien zu einem Handgemenge zu kommen. Nach dem kurzen Intermezzo, das von derben Beschimpfungen begleitet wurde, wurde es wieder still, und sie konnten laute Atemgeräusche hören. Dann erneut Stimmen.

»Das ist mein Büro, und wir alle beruhigen uns jetzt«, zischte Wullschleger. »Vielleicht haben wir uns an jenem Abend nicht korrekt verhalten. Vielleicht war ich ein bisschen zu redselig gegenüber Peyer. Mag sein. Aber niemand konnte ahnen, was passieren würde. Es war ein Unfall – vielleicht lief er nicht so ab, wie die Polizei vermutet, trotzdem bleibt es ein Unfall. Dass Peyer nicht tot war, als Kurt sie den Hang hinuntergeworfen hat, konnten wir nicht wissen. Auch du, Yves, hast sie dort erfrieren lassen. Nein, die Zeit für ein Geständnis ist abgelaufen. Sollte die Geschichte publik werden, sind unsere Karrieren vorbei und wir wandern in den Knast. Wir dürfen uns jetzt nicht selber ins Knie schießen!«

Stille, sie glaubten fast, die schwarzen Herzen schlagen zu hören. Dann wieder Zimmermann: »Hansjörg bringt es auf den Punkt. Wir müssen an uns denken. Die alte Wolf ist so gut wie Geschichte. Von Fink macht es auch nicht mehr lange. Er ist überreif wie ein fauler Apfel. Und CEO Tuchel kann man auch vergessen. Wenn wir die Nerven behalten, werden wir die Bank unter uns vieren aufteilen. Peyer war ein unglücklicher Kollateralschaden.«

DER ENTSCHLUSS

Wengen, 28. Oktober

Philipp und Armand blickten sich fassungslos an. Sie hatten die Tragödie nun in ihrer ganzen Tragweite erfasst.

»Wie schrecklich«, flüsterte Philipp.

Armand war weniger diplomatisch. »Diese verdammten Schweinehunde! Warum habt ihr die Aufnahme denn nicht direkt mir zugespielt?« Er blickte wütend in die Runde.

Wolf erwiderte traurig: »Ach, mein lieber Hauptmann, was wäre dann passiert? Die Aufnahme wäre von den Anwälten der Beschuldigten zerpflückt und für nichtig erklärt worden. Schließlich haben wir diese auf illegale Weise beschafft. Patrick hat das Gerät im Internet bestellt, und ich habe die Wanze heimlich vor der Sitzung unter der Tischplatte angebracht. Vielleicht hätte die Justiz auf fahrlässige Tötung oder auf unterlassene Hilfeleistung plädiert … Die Mörder von Charlotte wären mit einer milden Haftstrafe davongekommen – wenn überhaupt.«

Armand konnte Wolf nicht widersprechen. Unrechtmäßige Beweismittel hatten vor Gericht einen schweren Stand. Die Aufzeichnung wäre mit Sicherheit angefochten worden. Recht war nicht immer gerecht. Er wollte nun vollends Klarheit über die Geschehnisse. »Was hatte es mit dem Drohbrief, dem Fahrschein nach Genf und dem zerrissenen Tausender auf sich?«

Gisler erklärte: »Wir wollten die Polizei auf die falsche Spur locken und die Morde mit der Geldwäsche in Genf in Verbindung bringen, also haben wir den Fahr- und Geldschein neben Hunziker deponiert. Den Drohbrief haben wir erfunden, Wullschleger hat nie einen solchen erhalten. Das falsche Geständnis von Lemoine habe ich geschrieben und mir am Vortag selbst geschickt. Im Nachhinein wirken die vermeintlichen Beweismittel dilettantisch, aber wir sind nun mal Amateure.«

»Das Papier für Lemoines Geständnis stammte aus dessen Drucker, nicht wahr?«, fragte Armand.

Gisler nickte stumm.

»Wie war Ihr Verhältnis zu Charlotte, Frau Wolf?«, meldete sich nun Philipp zu Wort, der sich wieder gefasst hatte.

»Ich habe Ingrid Peyer als Anwältin vor Gericht vertreten. Ich habe mich auf Familienrecht, vor allem auf Mütter in Not, spezialisiert. Charlotte ist mir sofort ans Herz gewachsen. Sie war damals noch ein kleines Mädchen, aber trotz der schwierigen familiären Situation immer fröhlich und aufgeweckt. Eigentlich hat sie sich um ihre Mutter gekümmert und nicht umgekehrt. Sie müssen wissen, dass mein verstorbener Mann und ich sehr gerne Kinder gehabt hätten. Leider war uns das nicht vergönnt. Charlotte war wie ein eigenes Kind für uns. Sie hat jedes Jahr einige Wochen in den Ferien bei uns verbracht, und ich wurde ihre Patentante. Nach dem Abschluss der Schule habe ich sie gefragt, ob sie nicht bei uns in der Bank arbeiten wolle. Ein Fehler, den ich mir nie verzeihen werde.«

»Es war nicht dein Fehler, Bernadette!«, sagte Vollenweider und strich der alten Frau über den Arm.

Wolf nahm Andreas Hand in die ihre und drückte sie fest. »Ich habe Andrea und Patrick in meinen Plan hineingezogen. Bitte bestrafen Sie mich, aufgrund meiner Stellung in der Bank habe ich Druck auf sie ausgeübt.«

Vollenweider protestierte heftig. »Das kommt nicht infrage, Bernadette. Charlotte war für uns alle Familie. Nun tragen wir zusammen die Konsequenzen – wie eine Familie eben. Das sind Patrick und ich Charlotte und dir schuldig.«

»Andrea hat vollkommen recht«, bekräftigte Gisler, ohne zu zögern. »Wir sind bereit, für unsere Taten geradezustehen. Auch ich konnte Charlotte nicht beschützen, was ich mein Leben lang bedauern werde. Ich werde mich nicht aus der Verantwortung stehlen. Ihr seid meine Familie, für die ich alles tue!«

»Hat Charlotte nie etwas von der Sache in Genf erwähnt?«, fragte Armand.

Gisler schüttelte den Kopf. »Charlotte hat mir nur erzählt, dass sie von der Geschäftsleitung an einem großen Projekt beteiligt werde«, erklärte er. »Sie stehe kurz vor einem bedeutenden Karriereschritt, der ihr erlauben werde, für ihre Mutter zu sorgen. Charlotte liebte ihre Mutter sehr.« Gisler vergrub sein Gesicht in den Händen.

Armand stützte sich mit seinen Ellbogen auf den Tisch. »Was für eine Sauerei …«

Wolf stemmte sich nach oben und drückte ihren Rücken durch. »Egal was Patrick und Andrea behaupten, ich trage aufgrund meiner Position bei der Zürcher Investment Bank alleine die Verantwortung. Meine beiden jungen Freunde wurden aus Liebe und Verzweiflung in diese traurige Geschichte hineingezogen. Ich hätte das verhindern müssen. Wahrscheinlich war ich zu schwach und selbstbezogen. Darf ich Sie kurz unter vier Augen sprechen, Herr Muzaton?«

Armand tauschte einen langen Blick mit Philipp aus. Auch sie würden alles für ihre Liebsten tun – ohne Ausnahme. Die beiden Freunde hatten die dunkle Seite des Lebens kennengelernt und vor tiefen Abgründen gestanden, die sie beinahe verschlungen hätten. Armand stand ebenfalls auf.

»Ist Ihnen eigentlich bekannt, dass ich in einem Grand Hotel aufgewachsen bin und die Küche einer meiner Lieblingsorte war? Wenn ich mich dort mehr aufs Arbeiten als aufs Essen konzentriert hätte, wäre ich vielleicht sogar Koch geworden.«

Wolf verstand kein Wort. »Worauf wollen Sie hinaus, Herr Muzaton? Ich hoffe, Sie machen sich nicht über uns lustig.«

»Nein, im Gegenteil«, widersprach Armand. »Ein Kaiserschmarren ist eine ernste Sache. Es würde mir große Freude bereiten, wenn ich Ihnen bei der Zubereitung helfen dürfte. Dann können Sie mir auch Ihr Anliegen vortragen.«

Einige Zeit später fuhr die Wengernalpbahn mit einem Ruck an. Die beiden Freunde hatten den Rückweg zum Bahnhof wieder zu Fuß zurückgelegt und gerade noch den letzten Zug erwischt. Diesmal vorgewärmt und mit vollem Magen.

»Bist du sicher, dass wir das Richtige tun?«, fragte Philipp.

Armand schüttelte den Kopf. »Überhaupt nicht. Es widerspricht allem, zu was ich mich verpflichtet habe.

Die ganze Geschichte ist eine furchtbare Tragödie. Aber wenn wir den Fall von Charlotte neu aufrollen, wird das ihre Mutter nicht verkraften. Zudem sind die Täter gerichtet. Ich bin mir nicht sicher, was wir mit Andrea und Patrick machen sollen. Ich verstehe ja, dass Wolf sie schützen will. Aber wir können nicht einfach so tun, als ob nichts geschehen wäre.«

Philipp atmete tief aus. »Vielleicht müssen wir das auch nicht. Sie stellen für niemanden mehr eine Gefahr dar. Es gibt allenfalls eine Lösung für die beiden, aus welcher etwas Gutes entstehen kann. Dann wäre der Tod von Charlotte nicht umsonst gewesen.«

Philipp erklärte Armand seine Idee, und die beiden Freunde beschlossen, eine Nacht darüber zu schlafen und sich am nächsten Tag intensiv darüber auszusprechen.

VERTRAUEN

Zürich, 30. Oktober

»Bernadette Wolf hätte das nie alleine durchführen können«, sagte Priya mit Inbrunst. Die junge Polizistin hatte die Arme verschränkt und blickte ihren Chef kampflustig an. Ihr Kopf lag schief wie ein Segelboot in steifem Wind.

Armand saß zurückgelehnt auf seinem Bürostuhl. »Sie ist von sich aus auf uns zugekommen, hat ein umfassendes Geständnis abgelegt und ihr Vorgehen detailliert beschrieben. Nur der Mörder – oder die Mörderin – kann sämtliche Einzelheiten kennen. Wir haben sowohl das Jagdgewehr, mit welchem Wullschleger erschossen wurde, als auch den Laptop mit Lemoines gefälschtem Geständnis in ihrem Chalet gesichert. Die Beweise sprechen eine eindeutige Sprache. Die Anklage ist wasserdicht.«

»Wie soll sie denn Lemoine in die Tiefkühltruhe bugsiert haben?«

»Wolf hat gemäß ihrer Aussage Lemoine am Abend unter einem Vorwand in dessen Wohnung aufgesucht und das Betäubungsmittel in seinen Whiskey geschüttet. Sie hatte ihren Rollstuhl dabei – es gibt ja einen Lift im Gebäude. Mit dem Rollstuhl hat sie dann Lemoine vom Wohnzimmer zur Kühlbox bugsiert. Der Rollstuhl kann in der Höhe verstellt werden, was die Sache einfacher machte.«

»Und alles wegen dieser Betrügereien in Genf? Was ist denn mit Charlotte Peyer passiert? Ich kann beim besten

Willen nicht glauben, dass du dieses Märchen glaubst …«

Priya war nicht gerade überzeugt von Armands Argumenten.

Nicht überraschend.

Der Hauptmann stand auf und ging zum Fenster. Lange blickte er in die dicke Nebelsuppe, durch die man die umliegenden Gebäude nur schemenhaft erkannte.

»Erinnerst du dich noch an die gefälschte Zeugenbefragung, mit welcher du mich im Fall um den ›Maskenmann‹ geschützt hast?«

Priya legte genervt die Stirn in Falten. »Was hat das mit Wolf zu tun?«

»Viel, sehr viel sogar«, sagte Armand leise. »Du hast mir damals sinngemäß gesagt: ›Je weniger du davon weißt, desto besser ist es für dich. Vertrau mir.‹ Vertraust du mir auch?«

»Ich glaube dir nicht immer alles, aber ich vertraue dir blind. Das weißt du genau«, antwortete Priya, ohne zu zögern.

»Dann bitte ich dich, mir auch diesmal zu vertrauen. Wir haben es mit einer furchtbaren Tragödie zu tun. Es ist nicht nötig, dass wir den Fall von Charlotte nochmals aufwärmen. Außer Elend gewinnen wir nichts dabei. Ihre Henker sind gerichtet. Es wird keine weiteren Morde in der Zürcher Investment Bank geben.«

»Du willst deine Geschichte also Oberstaatsanwältin Emmenegger und Polizeikommandant Guggisberg so präsentieren?«, fragte Priya.

»Nur wenn du einverstanden bist. Sonst werde ich weitere Leben zerstören müssen – von Menschen, die aus Liebe in diesen schrecklichen Strudel hineingerissen wurden. Philipp und ich haben mit Wolf eine Lösung gefunden, die Gutes erreichen und zudem dafür sorgen wird, dass Charlotte nie vergessen wird.«

Priya gesellte sich zu ihrem Vorgesetzten, und beide standen einige Zeit wortlos nebeneinander. »Eine Bedingung …«

Armand blickte die junge Polizistin fragend an.

»Keine Geheimnisse mehr zwischen uns.«

»Okay, der Deal gilt ab heute. Die Vergangenheit ist davon ausgenommen. Es gibt Geschichten, die du nicht wissen willst …«

Armand streckte Priya die Hand entgegen. Nach einem kurzen Zögern schlug sie ein.

FRÖHLICH

Zürich, 31. Oktober

Armand, Priya und Philipp saßen nebeneinander in der hintersten Reihe im prall gefüllten Presseraum des Polizei- und Justizzentrums. Die Obrigkeit hatte ihre Version des Tathergangs geschluckt. Das Geständnis von Wolf, die detaillierte Schilderung der Morde, die Sicherstellung der Tatwaffe und verschiedener Indizien ließen keinen Zweifel zu. Dass die Morde am Paradeplatz in Armands Version nichts mit dem Unfall von Charlotte Peyer zu tun hatten, wurde sowohl von Regierungsrätin Keller und Oberstaatsanwältin Emmenegger erleichtert zur Kenntnis genommen. Auch Armand und Priya durften sich schließlich einmal irren.

Soll ja menschlich sein.

Polizeikommandant Guggisberg und Oberstaatsanwältin Emmenegger hatten gerade auf dem kleinen Podium am oberen Ende des Raums Platz genommen. Journalistinnen und Journalisten aller namhafter Zeitungen und Fernsehstationen drängten sich dicht an dicht. Als Guggisberg die Konferenz eröffnete, war die Luft bereits abgestanden und hing schwer im Raum.

»Der Fall um die Morde in der Zürcher Investment Bank ist endgültig geklärt«, verkündete der Polizeikommandant stolz. »Die Tatperson sitzt in Untersuchungshaft und ist geständig. Die eingesetzte Sonderkommission hat unter meiner Führung konsequent und erfolgreich ermittelt.«

Dass er auf den angeblichen Bekennerbrief von Lemoine hereingefallen war, verschwieg Guggisberg elegant. Im Gegenteil: Er drehte das Ganze zu seinen Gunsten. »Wir wussten natürlich von Anfang an, dass das angebliche Geständnis des letzten Mordopfers gefälscht sein musste. Verzeihen Sie mir, dass ich die Presse diesbezüglich mit unserem Kommuniqué in die Irre geführt habe. Wir wollten lediglich den Täter in falscher Sicherheit wiegen – mit Erfolg ...« Dann schwadronierte Guggisberg noch über Tatmotive und vor allem sich selber.

Die Presse dürstete verständlicherweise nach pikanten Details und löcherte die Beamten auf dem Podium mit Fragen: »Arbeitete die festgenommene Person bei der Zürcher Investment Bank?«, »Können Sie uns mehr zu den angedeuteten Wirtschaftsdelikten erzählen, die zu den Morden geführt haben?«, »Wie kann es sein, dass der CEO und Verwaltungsratspräsident nichts von den Machenschaften gewusst haben?«.

Auch Fröhlich, der Betreiber des »Bankenspiegels«, saß im Publikum. »Stimmt es, dass der Täter oder vielmehr die Täterin aus dem Verwaltungsrat der Bank stammt? Und ist das Motiv nicht etwas vage?«

Emmenegger und Guggisberg beantworteten die Fragen, ohne sie zu beantworten, und beendeten kurz darauf die Pressekonferenz, begleitet von einem unzufriedenen Murren der anwesenden Journalisten.

Die drei Personen im Raum, die den wahren Sachverhalt kannten, blickten sich zufrieden an. Die Journalisten und die Behörden würden sich schon bald anderen Themen zuwenden. Aber da gab es ja noch den Finanzblog. Der investigative Journalist schien eine Insiderquelle angezapft zu haben. Vielleicht war seine Frage auch lediglich ein Schuss ins Dunkle gewesen. Er war jedenfalls der Einzige, der die Version von Guggisberg kritisch hinterfragte und wohl eine Story dahinter witterte. Philipp flüsterte Armand und Priya etwas zu und folgte dem umtriebigen Journalisten vor das Gebäude.

»Herr Fröhlich, darf ich Sie kurz sprechen?«, sprach Philipp ihn an.

Fröhlich wollte gerade auf sein Fahrrad steigen und reagierte überrascht, als er Philipp erkannte. Er schob den Drahtesel in den Ständer zurück. »Herr Humboldt, da haben Sie ja einen Coup gelandet! Die Tür zum Verwaltungsratspräsidenten der Zürcher Investment Bank steht Ihnen jetzt weit offen … Darf man schon gratulieren?« Fröhlich schien bereits auf der Suche nach der nächsten Story zu sein.

»Vielleicht, vielleicht auch nicht«, entgegnete Philipp geheimnisvoll. »Ich möchte Sie bitten, nicht weiter über die Morde in der Zürcher Investment Bank zu berichten. Viele Menschen sind traumatisiert. Wir sollten die Geschichte nun ruhen lassen.«

Fröhlich schmunzelte. »Ich schreibe über das, was meine Leserschaft interessiert. Diese Geschichte hat die Klicks meines Blogs in schwindelerregende Höhen schnellen lassen.«

»Es ist keine Geschichte, sondern eine Tragödie. Sie generieren nicht nur Klicks, sondern reißen immer wieder alte Wunden auf«, gab Philipp zu bedenken.

»Wunden ja – aber bei den Reichen und Mächtigen. Das ist nun mal mein Job.« Fröhlich hob unschuldig die Schultern.

»Es gibt auch Mütter, Väter, Freunde und unser Personal,

die sich alle nach Normalität sehnen. Mit jedem Bericht fügen Sie diesen Menschen neue Schmerzen zu.«

»Ich verletze niemanden, ich berichte nur«, antwortete Fröhlich.

Gutes Argument.

»Der ›Bankenspiegel‹ ist doch ein Finanzblog, oder?« Philipp spielte nun seinen Trumpf aus.

Fröhlich nickte.

»Als solcher ist er auf echte Insiderinformationen angewiesen, nicht wahr?«

Nochmaliges Nicken.

»Was halten Sie davon, wenn ich Ihnen die aktuellsten Neuigkeiten über die Zukunft der Zürcher Investment Bank zuspiele und Sie darüber hinaus immer mal wieder mit News füttere?«

Fröhlich war nun hellwach. »Was verlangen Sie dafür?«

»Sie berichten über die heutige Pressekonferenz und lassen den Fall dann ruhen. Ich garantiere Ihnen, dass Sie Ihre Schlagzeilen bekommen werden – nur anderweitig.«

»Mein Instinkt sagt mir, dass es sich lohnen könnte, noch weiter in diesem Fall zu graben.« Fröhlich war ein harter Hund.

Philipp aber auch.

»Womöglich. Doch wenn Sie zu tief graben, verärgern Sie vielleicht Hauptmann Muzaton und mich. Das wäre nicht klug.«

»Drohen Sie mir etwa?«, fragte Fröhlich lächelnd.

»Nein, im Gegenteil. Ich biete Ihnen ein Geschäft an. Take it or leave it. Ihre Entscheidung.«

*

Fröhlich blickte dem Bankprofessor lange nach. Er kniff die Augen zusammen und wog die Vor- und Nachteile des ihm soeben unterbreiteten Angebots ab. Dann stieg er auf sein Fahrrad und fuhr fröhlich pfeifend davon.

DER ABSCHIED

Zürich, 1. November

Von Fink hatte das Geständnis von Bernadette Wolf zugesetzt. »Ich kann es immer noch nicht glauben. Bernadette ist doch eine anständige und prinzipientreue Person«, klagte er händeringend.

Darum hat sie auch so gehandelt, dachte Philipp. »Man weiß nie, was in einem Menschen vorgeht«, sagte er.

Von Fink zündete sich eine Zigarre an. Etwas, was er sonst nie in seinem Büro tat. Nachdenklich betrachtete er die Glut. »Da haben Sie sicherlich recht, lieber Professor. Menschen sind wie ein tiefer See, bei dem man nicht auf den Grund sehen kann. Aber ich habe Sie nicht deswegen zu mir gebeten. Unsere Hauptaktionäre waren zu meiner Überraschung von Ihren Ideen angetan. Es gilt nun, diese konsequent umzusetzen. Ich werde Sie an der nächsten Generalversammlung als Vizepräsident des Verwaltungsrates vorschlagen«, sagte er feierlich.

Die meisten Manager hätten ein solches Angebot begeistert angenommen. Philipp hatte jedoch andere Pläne. »Vielen Dank, Herr von Fink, aber ich muss Ihre großzügige Offerte leider ablehnen.«

Von Fink verschluckte sich am Rauch und bekam einen Hustenanfall. »Hören Sie doch auf zu taktieren. Machen Sie sich keine Sorgen um Ihre Entlöhnung – sie wird fürstlich ausfallen.«

Philipp winkte ab. »Es geht mir nicht ums Geld, davon habe ich genug. Ich habe die Aufgabe als Sonderdelegierter des Verwaltungsrates immer als eine temporäre angesehen. Ich werde mich nun voll auf meine Anstellung an der Universität konzentrieren und freue mich vor allem darauf, wieder mehr Zeit mit meiner Familie zu verbringen.«

»Ihre Kinder sind doch schon erwachsen«, knurrte von Fink. »Zudem haben Sie eine Verantwortung gegenüber der Bank. Wer soll denn das alles umsetzen, wenn Sie nicht hier sind?«

Philipp schüttelte wohlwollend den Kopf. »Meine Kinder werden bald zu Teenagern, da fangen die Probleme erst an. Mein Entschluss steht fest. Mit Werner Tuchel haben Sie einen hervorragenden CEO. Er hat in der Krise an Format gewonnen. Ich traue ihm zu, den Prozess erfolgreich anzuleiten. Die Geschäftsleitung ist neu besetzt, und die Bank kann nun endlich wieder nach vorne schauen.«

»Darf ich Sie wenigstens kontaktieren, wenn wir mit unserem Latein am Ende sind und nicht weiterwissen?«, fragte von Fink. Er hatte eingesehen, dass Philipps Entscheidung gefallen war.

»Natürlich, Herr von Fink. Ich bleibe der Zürcher Investment Bank immer verbunden. Oder wie Cicero sagte: Amicus certus in re incerta cernitur.«

»Was soll das denn heißen?« Von Fink sprach kein Latein.

»Einen sicheren Freund erkennt man in unsicheren Zeiten«, übersetzte Philipp.

INSIDERWISSEN

Zürich, 2. November

Bankenspiegel
2. November, 7:30 Uhr

Laut unseren Informationen stammt der Paradeplatz-Mörder aus dem innersten Zirkel der Bank. Man muss sogar von einer Paradeplatz-Mörderin sprechen. Die Risikochefin des Verwaltungsrates, BW, hat die Manager bestraft, die in einen Geldwäschereiskandal verwickelt waren. Es handelte sich schlussendlich um Gier nach Geld einerseits und die Gier nach Gerechtigkeit andererseits.
Dennoch wird sich dieser Blog nun aus der Berichterstattung über diesen Fall zurückziehen. Es ist ein Gebot des Anstandes, dass man die Hinterbliebenen und die Belegschaft der Bank zur Ruhe kommen lässt. Der dubiose Kunstfonds, mit welchem sich die Opfer bereichert haben, wird von der Bank aufgelöst. Da sich die Zürcher Investment Bank kooperativ gezeigt hat, wird die Strafzahlung moderat ausfallen. Einmal mehr hat Armand Muzaton, Leiter der Zürcher Kriminalpolizei, einen schwierigen Fall gelöst. Wir kümmern uns derweil wieder um die Kernkompetenz dieses Blogs – Insiderwissen! Dazu gleich die heißesten News:

Bankprofessor Philipp Humboldt hat die Zürcher Investment Bank verlassen, nachdem er wichtige strategische Weichen gestellt hat. Kosten und Komplexität der Bank werden reduziert und die Strategie vereinfacht. Verwaltungsratspräsident von Fink und CEO Tuchel werden den Prozess weiterführen. Die Aktionäre sind über die Neuausrichtung erfreut. Man darf gespannt sein, wie es weitergeht. Wie immer wird dieser Blog als Erster darüber berichten.

Beobachter, 07:31 / 347 Likes
Schade, dass die Berichterstattung über die Morde aufhört – jetzt wurde es erst richtig spannend!
Beobachterin, 07:32 / 347 Likes
Super, dass die Berichterstattung über die Morde aufhört – genug ist genug!
Patriot, 07:45 / 240 Likes
Muzaton hat wieder einmal Glück gehabt. Der Typ ist ein Sicherheitsrisiko für die Stadt …
Antwort von Emmi auf Kommentar von Patriot, 07:59 / 93 Likes
Muzaton muss für den Regierungsrat kandidieren – meine Stimme hat er sicher!

MÄNNERGESPRÄCHE

Florenz, 8. Dezember

Im Dezember klappte es endlich mit der geplanten Reise nach Florenz. Philipp und Armand verbrachten zusammen mit Sophie und Ekatarina einige unbeschwerte Tage in der Hauptstadt der Toskana. Sie besuchten die Kathedrale Santa Maria del Fiore, die Uffizien, den Palazzo Pitti, spazierten über den Ponte Vecchio und schlenderten durch die verwinkelten Gassen der Altstadt. Wer die vier kennt, weiß natürlich, dass bei ihrer Reise ausgiebige Mahlzeiten nicht fehlen durften. Und diesbezüglich hatte die italienische Küche einiges zu bieten.

An ihrem letzten Abend saßen sie glücklich in einer kleinen Osteria. Sie überließen die Menüwahl dem Patron des Hauses. Dieser freute sich sehr über das ihm entgegengebrachte Vertrauen und verwöhnte seine Gäste besonders aufmerksam. Der Patron leistete ihnen immer wieder an ihrem Tisch Gesellschaft. Es kam nicht oft vor, dass sich vier Touristen fließend auf Italienisch mit ihm unterhielten. Er war davon so angetan, dass er ihnen zum Hauptgang eine Magnumflasche Guado al Tasso aus dem Hause Bolgheri servierte. Sophie und Ekatarina wollten diese noble Geste nur akzeptieren, wenn der Gastgeber auch für sich ein Glas mit an den Tisch bringen würde, was dieser freudig tat. So nahmen die gemeinsamen Ferien ein friedliches Ende.

Nachdem die Rechnung bezahlt war und sie sich vom Patron herzlich verabschiedet hatten, suchten Armand und Philipp gemeinsam die Toilette auf.

Gewisse Dinge erlaubten nun mal keinen Aufschub.

»Denkst du oft an die Morde in der Zürcher Investment Bank?«, fragte Philipp. Die beiden Freunde standen Schulter an Schulter am Urinal der kleinen Toilette und ließen der Natur freien Lauf.

»Jeden Tag«, antwortete Armand. »Ich sehne mich geradezu danach, endlich wieder einmal ›normale‹ Verbrechen aufzuklären. Zuvor müssen wir aber mit Wolf sicherstellen, dass unsere Idee – genau genommen deine – sauber umgesetzt wird. Das ist alles, was wir noch tun können. Dann kann ich mit unserer Entscheidung leben.«

Philipp nickte, schloss den biologischen Vorgang ab und schlängelte sich an Armand vorbei zum Lavabo. »Mach dir keine Sorgen. Ich stehe regelmäßig mit Wolf in Kontakt. Das Projekt dürfte bis Weihnachten in trockenen Tüchern und alle Verträge von den Anwälten abgesegnet sein.«

»Dann lass uns wieder zu unseren besseren Hälften gehen. Sie werden uns sicher schon innigst vermissen«, sagte Armand, drängte Philipp lachend zur Seite und hielt seine Hände unter den laufenden Wasserstrahl.

EPILOG

Zürich, 23. Dezember

Philipp fuhr nach seiner letzten Vorlesung des Jahres auf direktem Weg von der Universität ins Seefeld. Auf der Höhe des Schauspielhauses wählte er eine Nummer. Sofort füllte ein Summton das Wageninnere. Nach kurzer Zeit wurde der Anruf entgegengenommen.

»Guten Tag, Frau Wolf. Ich wollte nachfragen, wie es Ihnen geht«, sagte Philipp und bremste vor einer roten Ampel ab.

»Das ist nett von Ihnen, dass Sie mich noch so kurz vor Heiligabend anrufen«, erwiderte Wolf erfreut. »Es geht mir den Umständen entsprechend. Ich genieße hier in Wengen meine letzte Adventszeit und versuche Frieden zu schließen mit allem, was passiert ist. Nur die Fußfessel drückt ein wenig.«

Wolf war es aufgrund ihrer fortgeschrittenen Krebserkrankung gestattet worden, ihre letzten Tage in ihrem Wengener Chalet zu bleiben. Dort verbrachte sie ihren Lebensabend unter Obhut einer Krankenschwester. Der Sender am Fuß war eine Bedingung der Staatsanwaltschaft gewesen.

»Soll ich nach den Feiertagen mit Armand bei Ihnen vorbeischauen?«, schlug Philipp vor. »Es ist wichtig, dass wir uns an die Abmachung halten.«

»Herzlichen Dank, aber das wird nicht nötig sein. Ich werde heute Nachmittag mit meinem Anwalt die letzten

Verträge unterschreiben. Nach meinem Tod wird das Chalet in Wengen als Zufluchtsort dienen und Kindern in Not wie auch ihren Müttern Obdach gewähren. Wie von Ihnen vorgeschlagen, wird neben dem Haus mein ganzes Vermögen in eine Stiftung übertragen. Die Stiftung wird Charlottes Namen tragen und von Andrea und Patrick geleitet. Sie haben bereits bei der Zürcher Investment Bank gekündet und sind Ihnen sehr dankbar, diese eine und letzte Chance bekommen zu haben. Eine Bitte habe ich noch …«

Philipp wartete gespannt.

»Ich wäre beruhigt, wenn Sie in den Stiftungsrat eintreten würden und die beiden jungen Menschen unterstützen könnten.«

Philipp überlegte nicht lange. »Es wird mir eine Ehre sein! So kann ich auch Armands Bedingung erfüllen, dass Andrea und Patrick ihre Taten sühnen. Sofern das überhaupt möglich ist.«

»Wissen Sie, wenn Armand damals die Untersuchungen in Arosa geleitet hätte, wäre es nie so weit gekommen. Ich mache mir oft Gedanken über die Hinterbliebenen der Opfer. Wie geht es ihnen?«

»Ich habe mich mit ihnen in Verbindung gesetzt«, antwortete Philipp. »Wullschlegers Frau ist mit einem Freund nach England gezogen. Es scheint ihr gut zu gehen. Zimmermanns Frau hat glücklicherweise ein intaktes Umfeld und ist sozial engagiert. Kinder gab es in beiden Ehen keine. Lemoine und Hunziker waren alleinstehend«, antwortete Philipp und wechselte das Thema. »Sind Sie nicht einsam im Chalet?«

»Nein, nein«, erwiderte Wolf. »Ich habe ja eine Krankenschwester im Haus, zudem besuchen mich Andrea und

Patrick fast jedes Wochenende. Ich soll Sie und Armand übrigens herzlich von ihnen grüßen. Neulich war Hubert bei mir«, erzählte Wolf.

»Von Fink war in Wengen?« Philipp war überrascht.

»Ja. Es war ihm ein Bedürfnis, sich mit mir auszusprechen. Wir haben lange diskutiert und darüber die Zeit vergessen. Er hat dann sogar bei mir übernachtet. Es war ihm aber nicht wohl in seiner Haut. Wahrscheinlich ist er nur geblieben, weil die Krankenschwester bei mir im Hause lebt. Jedenfalls habe ich gehört, wie er die Tür des Gästezimmers von innen abgeschlossen hat, bevor er zu Bett ging. Ich kann es ihm nicht verübeln.«

Mittlerweile hatte Philipp das Seefeld erreicht und parkte vor dem Haus, in dem Armand wohnte. Er verabschiedete sich von Wolf. Zu diesem Zeitpunkt wusste er nicht, dass dies das letzte Mal sein sollte, dass er mit ihr gesprochen hatte. »Ich muss jetzt Schluss machen. Ich plane eine Überraschung für meine Familie.«

»Oh, Sie Armer! Die Geschäfte sind sicher rappelvoll«, seufzte Wolf ins Telefon.

Philipp hatte nicht vor, etwas einzukaufen. »Es handelt sich nicht um ein klassisches Weihnachtsgeschenk. Ich lasse mich tätowieren. Aber diesmal ohne Unterbrechung!«

DANKSAGUNG

Wie immer gilt mein größter Dank Ihnen, meine lieben Leserinnen und Leser. Die vielen freundlichen Rückmeldungen und Zuschriften der vergangenen Jahre haben mir immer große Freude bereitet. Ich hoffe, dass ich etwas mit diesem Roman zurückgeben konnte. Nicht vergessen möchte ich natürlich alle, die mich während des Schreibprozesses unterstützt, unterhalten, abgelenkt und motiviert haben. Und ja, ich werde natürlich weiterschreiben …

www.andreas-russenberger.ch

Philipp Humboldt ermittelt:

1. Fall: Paradeplatz
ISBN 978-3-8392-2746-6

2. Fall: Bahnhofstrasse
ISBN 978-3-8392-0002-5

3. Fall: Langstrasse
ISBN 978-3-8392-0275-3

4. Fall: Geschäftsleitung
ISBN 978-3-8392-0469-6